AF397407

Ines Vitouladitis, geboren im Dezember 1987, ist verheiratet, Mutter von vier tollen Kindern im Kleinkind- bis Teenageralter, gelernte Kinderpflegerin und Autorin mit Herzblut. Sie lebt mit ihrer Familie im ländlichen Elsdorf, nutzt ihre Freizeit vor allem zum Schreiben neuer Geschichten und ist schon seit der Grundschulzeit ein großer Bücherfan, woraus schließlich der Wunsch entstand, eigene Romane zu verfassen. Mit 13 Jahren begann sie, nach einigen Gedichten und Kurzgeschichten, erste Manuskripte zu schreiben. Seit 2020 geht sie ihrer großen Leidenschaft nach und veröffentlicht regelmäßig Bücher im Romantasy- und Romance-Bereich.

INES VITOULADITIS

Das kleine

Diner

in *Little* Goldcoast

Für alle, die Kind geblieben sind, obwohl das Erwachsensein Bürden mit sich bringt.

Für alle, die Pläne schmieden, um sie zu verwerfen und etwas Besseres zu tun.

Für alle, die mehr tragen, als man ihnen ansieht.

Für alle, die ein zweites Zuhause suchen – kommt mit nach Little Goldcoast.

Kapitel 1

Happy Birthday

Sehr geehrte Miss Graham,

im Namen des gesamten Abercrombie Verlags bedanke ich mich für Ihren freundlichen Brief.
Was die Kontaktdaten von Miss Lilianna angeht, muss ich Ihnen in diesem Zuge jedoch leider mitteilen, dass wir nicht dazu befugt sind, diese weiterzugeben, da wir die Privatsphäre unserer Autorinnen und Autoren stets respektieren und schützen. Gerne können Sie Ihre Fanpost aber an uns schicken – wir leiten diese zeitnah und zuverlässig weiter.
Des Weiteren tut es mir von Herzen leid, dass Ihnen die aktuellen Romane von Suri Lilianna nicht mehr in jener Art und Weise zusagen, wie die Royal-Lovers-Reihe es getan hat, welche, wie Sie so schön beschrieben haben, Ihr Leben verändert hat.
Ich kann Sie diesbezüglich jedoch beruhigen: Ihre Sorgen, dass Miss Lilianna unter Depressionen leidet, einer Gehirnwäsche unterzogen oder von uns durch einen minderwertigen Ghostwriter ersetzt wurde, sind völlig unbegründet. Laut unseres Kenntnisstandes er-

freut sich unsere geschätzte Autorin sowohl körper-
lich wie auch mental bester Gesundheit, und auch ihre
Bücher befinden sich nach wie vor auf vielen unterschiedlichen Bestsellerlisten, sodass wir Ihnen versichern können, dass deren Qualität nach Royal Lovers
nicht gelitten hat.
Vielleicht kann Die Sonne bei Nacht Ihr Interesse we-
cken? Der gemütliche wie humorvolle Sommerroman
erscheint am ersten Juli diesen Jahres und hält einen
Protagonisten bereit, der Ihrer männlichen Lieblings-
figur Jace O'Kelly gar nicht so unähnlich ist. Teilen Sie
uns bitte gerne frühzeitig mit, wenn Sie ein signiertes
Exemplar mit Farbschnitt erhalten möchten, da diese
immer schnell vergriffen sind.
Zu Ihrer letzten Frage: Sicherlich haben Sie Verständ-
nis dafür, dass wir nicht die Möglichkeit haben, ein ge-
heimes Meet & Greet zu organisieren, selbst dann
nicht, wenn Sie – ich zitiere – als Kind im selben Dorf
wie die Abercrombies gewohnt haben und deshalb
fast zur Familie gehören, es tausendprozentig keiner
Menschenseele erzählen und ganz bestimmt mit ins
Grab nehmen werden. Auch die von Ihnen selbst for-
mulierte, mitgesendete und bereits unterzeichnete
Verschwiegenheitsklausel ändert daran zu meinem
Bedauern nichts. Unser Vertrag mit, und unsere Treue
zu den Autorinnen und Autoren erlauben diesbezüglich keinerlei Ausnahmen.
Bitte sehen Sie die beigelegten Charakterkarten und
den exklusiven Taschenkalender mit den anstehenden
Veröffentlichungen unserer Verlagsbücher als Zei-
chen unserer Wertschätzung.
Mit freundlichen Grüßen

Samuel Dawson
Abercrombie Verlag

Enttäuscht aufstöhnend ließ ich den Brief sinken und legte meine Stirn auf der Schreibtischkante ab. Es war *so* klar gewesen, und dennoch hatte ich insgeheim die Hoffnung gehegt, den Verlag mit meinem Brief überzeugen zu können. Immerhin hatte ich mehrere Stunden meines Lebens für diesen seitenlangen und äußerst euphorischen Wunsch geopfert, der mich dem Traum, meiner Lieblingsautorin im wahren Leben zu begegnen und ihr all die wichtigen Fragen zu stellen, die mir auf der Seele brannten, bedeutend näherbringen sollte. Wie sollte ich denn ohne ihre Hilfe jetzt jemals herausfinden, was ich tun musste, um genauso glücklich, verliebt und perfekt zu werden wie Catherine Beaumont und Jace O'Kelly es waren?

„Und Nervenzusammenbruch Nummer 3724." Harvey zog das *U* vom *Und* übertrieben in die Länge, raschelte mit der Chipstüte, die er heimlich in die Wohnung geschmuggelt hatte, und steckte sich laut vernehmlich eine Handvoll Kartoffelchips mit Bacon-Geschmack in den Mund, deren penetranter Gestank schon die Luft erfüllte. Eine Weile lang durchdrangen seine zufriedenen, nur hin und wieder von ruhigen Atemzügen unterbrochenen Kaugeräusche das Kinderzimmer, in dem wir saßen, während ich meine Stirn nach wie vor auf der Schreibtischplatte ruhen ließ. Dann traf mich völlig unerwartet etwas am Kopf, von dem ich ziemlich sicher war, dass es eine Walnuss war.

„Aua, verdammt Tori!" Mit tränenden Augen richtete
ich mich auf und rieb mir über die Stelle am Hinterkopf, an der ich getroffen worden war. Unmittelbar neben einer der Rollen meines Schreibtischstuhls lag die
verräterische Nuss und schaukelte sogar noch leicht
hin und her.

„Nervenzusammenbruch Nummer 3724 erfolgreich
abgewendet", erklärte Tori zufrieden, ehe sie sich mit
Unschuldsmiene an mich wandte. „Und woher genau
willst du wissen, dass *ich* das war? Im Zweifel für den
Angeklagten, nicht wahr?" Alle Viere von sich gestreckt
auf meinem Sitzsack unter der Dachschräge liegend,
musterte sie mich mit unbedarftem Blick.

„Weil er …", ich deutete auf Harvey, „… Chips isst und
du …", ich zeigte auf den Nussknacker und die Keramik-
schüssel voller dunkelbrauner Schalenteile zu ihren
Füßen, „… Nüsse! Außerdem würde Harvey so was niemals tun."

„Ach, aber ich?" Tori schüttelte in gespielter Empö-
rung den Kopf, sodass ihre kurzen schwarzen Haare
hin- und hergewirbelt wurden.

„Ja, das würdest du … eindeutig", entgegnete ich,
klaubte die Nuss vom Boden auf und warf sie zurück,
doch meine beste Freundin schnappte sie gekonnt und
mit völlig unbeeindrucktem Gesichtsausdruck direkt
aus der Luft, ohne sich auch nur minimal vom Sitzsack
fortzubewegen.

„Du vergisst wohl wieder, dass ich eine begnadete
Handballerin bin", erinnerte sie mich.

„Erzähl mir mehr, sobald es Quidditch ist." Ich zuckte
mit den Schultern, knüllte den Brief vom Abercrombie

Verlag zu einer festen Papierkugel zusammen und beförderte diesen mit einem grimmigen Fingerschnipsen in den Papierkorb.

„Quidditch? Ist das nicht was zu essen? So eine Art deftiger Kuchen, oder?", warf Harvey ein und schob sich die Brille mit dem Zeigefinger hoch auf den Nasenrücken.

„Du meinst wohl *Quiche*, Blödmann", lachte Tori, dann deutete sie auf den Papierkorb. „Was ist passiert? Plant wieder irgendein Autor den Tod deines Lieblingscharakters? Müssen wir dich wieder davon abhalten, eine Petition zu starten, die verlangt, dass ein ganzes Buch umgeschrieben wird?"

Harvey lachte, und ich stöhnte gepeinigt auf.

„Erinnere mich nicht daran", verlangte ich, das Gesicht vor Scham in den Händen verborgen. „Ich war noch jung und ..."

„... brauchte das Geld?", ergänzte Tori.

Wieder brachen beide in Gelächter aus.

„... war ziemlich verliebt in Sirius Black", verbesserte ich ungerührt. „Dieses Mal geht es um etwas völlig anderes. Die Autorin von *Royal Lovers* schreibt in der letzten Zeit ganz anders. Als ... als hätte man sie durch jemand anderen ersetzt. Diese ganze mitreißende, wilde, rohe, perfekte Romantik fehlt, wegen der ich ihre Art zu schreiben so gemocht habe."

„Menschen ändern sich nun mal, Jenna", erklärte Tori ungerührt. „Auf der ganzen Welt und aus den verschiedensten Gründen. Das ist nichts Neues oder Ungewöhnliches. Vielleicht hat sie sich scheiden lassen oder jemanden kennengelernt. Oder sie ist in die Wechseljahre gekommen und hat ihre Ansichten geändert."

„Aber warum muss ausgerechnet Suri Lilianna sich verändern?", seufzte ich. „Ich bin mir sicher, dass etwas anderes dahintersteckt als so eine banale Scheidung oder Hormonveränderung! Es ist doch gut möglich, dass sie in einer Lebenskrise steckt und dringend Hilfe braucht oder ... oder irgendein Geheimnis verbirgt, das sich langsam seinen Weg an die Oberfläche bahnt, weswegen sie sich plötzlich völlig anders verhält." Tief Luft holend fügte ich hinzu: „Vielleicht hat sie einen geheimen Zwilling wie in Band drei, als Catherine sich im Wald verirrt hat, sich ihren Knöchel bricht und den Kompass während des schlimmen Unwetters verliert, weil der böse Stiefonkel von ... " Ich unterbrach mich mitten in meinem Redefluss, da meine Freunde mich mit ihrem obligatorischen Jenna-spinnt-mal-wieder-Blick ansahen.

„Ich habe jedenfalls beim Verlag nachgefragt, ob es ihr gutgeht und ob man eventuell ein Meet & Greet mit ihr vereinbaren könnte", schob ich etwas leiser hinterher, was das Ganze recht verharmlosend zusammenfasste.

„Hast du *nicht!*", stöhnte Tori auf.

„Hat sie. Du kennst sie doch." Harvey steckte sich gänzlich unbeeindruckt eine weitere Portion Chips in den Mund, wobei eine ganze Menge kleiner bis mittelgroßer Krümel auf mein Bett bröselte. Ich biss mir auf die Unterlippe, um mir einen Kommentar zu verkneifen. Leider war das Zimmer nicht das größte und Sitzgelegenheiten demnach spärlich gesät.

„Und was haben sie dir geantwortet?", erkundigte Tori sich mit einem Blick, der verriet, dass sie die Antwort darauf eigentlich schon kannte.

„Dass ich sie am Arsch lecken kann“, erklärte ich frustriert. „In freundlichere Worte verpackt und mit ein paar echt hübschen Charakterkarten als Trost, aber der Kontext war derselbe.“

„Arschlöcher“, schloss Tori geradeheraus.

„Wie schade, tut mir leid für dich.“ Harvey bedachte mich mit aufrichtiger Empathie, bevor er sich wieder seiner Chipstüte zuwandte.

„Ist nicht so wichtig“, log ich und machte eine wegwerfende Handbewegung. „So was wirft mich nicht aus der Bahn. Ich bin eine erwachsene Frau.“

„Die immer noch in ihrem Kinderzimmer wohnt“, ergänzte Tori, während sie eine weitere Walnuss knackte.

„Die *wieder* in ihrem Kinderzimmer wohnt“, korrigierte ich sie eingeschnappt. „Vorübergehend.“

„Und die trotz ihres abgeschlossenen Literaturstudiums für einen Mindestlohn im Buchladen um die Ecke jobbt, weil sie nicht weiß, was sie aus ihrem Leben machen will“, fügte Harvey hinzu.

„Und sich weigert, Männer zu daten, weil sie immer noch nicht verkraftet hat, dass ihr Ex ein Arsch ist, sodass sie lieber für nicht existente männliche Hauptfiguren aus Büchern schwärmt.“

„Und schon mal im Krankenhaus war, weil sie mit einem Buch in der Hand eine nasse Stelle am Boden übersehen hat, gestürzt ist und sich das Handgelenk gebrochen hat.“

„Und das Paradebeispiel dafür ist, dass Disneyfilme unserer Generation eine unrealistische Vorstellung von Liebe vermittelt haben.“

„Ist ja gut, ist ja gut …" Kopfschüttelnd brachte ich die beiden zum Schweigen. „Ihr müsst mich ja wirklich *sehr* lieben, so wie ihr über mich redet."

„Tun wir", stimmte Tori mir zu und erhob sich wenig elegant vom Sitzsack.

„Sehr" nickte Harvey kauend. „Gerade weil du so ein Freak bist. Wir sind der Club der Freaks, und du bist unsere Vorsitzende. Du bist wie … wie *Belle* aus *Die Schöne und das Biest*."

Noch ehe ich mich über diesen schmeichelhaften Vergleich mit der hübschen, singenden und Bücher liebenden Disney-Prinzessin freuen konnte, legte Tori mir ihre Hand auf die Schulter.

„Eher wie diese verrückte Meerhexe von Arielle", machte sie Harveys schöne Worte mit einem unschuldigen Lächeln zunichte.

Was ich in ihren Augen ausgerechnet mit der herzlosen Ursula gemein hatte, sollte ich nicht mehr erfahren, denn genau in diesem Moment öffnete sich die Zimmertür, und das Gesicht meiner Mutter erschien im Türspalt. Schweigend glitt ihr Blick über den Chips essenden Harvey auf meinem Bett über Tori, deren Hand immer noch auf meiner Schulter lag und schließlich auf das Chaos am Boden. Deutlich sichtbar mahnte sie sich innerlich zur Ruhe - immerhin hatte ich Geburtstag - und atmete dann tief ein und wieder aus.

„Wolltet ihr nicht eigentlich … irgendwohin gehen?", erkundigte sie sich nach etwas, was ich so eindeutig nie gesagt hatte.

„Die Buchhandlung hat schon geschlossen und …", setzte ich an.

„Ich spreche nicht von der Buchhandlung, Jenna Hope Graham. Ich spreche von Clubs, Diskotheken, Cocktailbars ...“, zählte sie an den Fingern ab.

„Tabledance Bars“, ergänzte Tori trocken.

„Irgendwas, was *Spaß* macht“, verlangte meine Mutter und ignorierte den Kommentar meiner Freundin geflissentlich. Nach zehn Jahren Freundschaft zwischen uns war sie inzwischen immun gegen jegliche Arten von Tori-Sarkasmus.

„Aber Cara, wir *haben* Spaß“, beharrte ich verzweifelt. Ich sprach meine Mutter mein ganzes Leben lang nur mit ihrem Vornamen an. Anderenfalls, und so hatte sie es mir schon als Kleinkind gepredigt, wäre sie sich alt vorgekommen.

„Jenna, Schätzchen, glaub mir, das hier ...“, vielsagend deutete sie auf alles, was sich im Zimmer befand, unter anderem auch auf meine Freunde, „... ist kein Spaß. Wollen wir nicht einfach Sushi essen gehen?“

„Ich mag kein Sushi“, erinnerte ich sie vorsichtig.

„*Jeder* mag Sushi.“ Schnaubend schüttelte sie den Kopf. „Ich verstehe dich nicht, Jenna. Du hast Geburtstag. Du bist jetzt vierundzwanzig Jahre alt. Als ich in deinem Alter war ...“

„Ich weiß, ich weiß ...“ Genervt verdrehte ich die Augen. „Da warst du schon verheiratet und hattest zwei Kinder.“

„Ja, und hätte *alles* darum gegeben, meinen Geburtstag in einem Club, einer Diskothek oder einer Cocktailbar verbringen zu können“, behauptete sie, ihre Ansprache mit einem bestärkenden Nicken unterlegend.

„Mit einem bisschen Alkohol, guter Musik, netten Gesprächen und anschließendem Ausschlafen am nächsten Morgen. Und? Konnte ich das?"

„Konntest du nicht."

„Und wieso konnte ich das nicht?"

„Weil du dich um deine Familie gekümmert hast."

„Richtig. Damit du es mal besser hast als ich. Also nutz diese Möglichkeit doch bitte."

Resigniert senkte ich den Blick. Es hatte wenig bis gar keinen Sinn, meiner Mutter meine Auffassung von Spaß näherzubringen, das wusste ich. In den letzten vierundzwanzig Jahren war mehr als deutlich geworden, dass ihre sich von der meinen gravierend unterschied und dass es unwahrscheinlich wäre, dass sie in irgendeiner Art und Weise Einsicht zeigen würde, was dieses Thema betraf. Dass ich die Vorstellung von einer eigenen kleinen Familie, einem beschaulichen Heim und gemütlichen Filme- und Spieleabenden viel spannender fand als jene, nachts um die Häuser zu ziehen, brauchte ich gar nicht in den Mund zu nehmen.

Als ich zehn Jahre alt gewesen war, hatten wir die Kleinstadt, in der ich aufgewachsen war, in einer Nacht- und Nebelaktion verlassen. Dabei hatten wir meinen älteren Bruder und meinen Dad zurückgelassen. Seitdem hatte ich wieder und wieder erfahren dürfen, dass sie glücklicher gewesen wäre, wenn ich mich, da ich ihr durch meine Geburt schon ihre Jugend versaut hatte, zu einer Zweitversion ihrer selbst entwickelt hätte. Sie genoss ihr Leben als attraktive Singlefrau, verdrehte gerne Männern den Kopf und liebte nichts mehr als ausufernde Shoppingtouren, Wellnessurlaube und wilde Abende mit ihren Freundinnen, während ich ... nun ja ... das genaue Gegenteil davon war.

„Jenna!" Cara schnipste mit den Fingern vor meinem Gesicht. „Träumst du etwa wieder?"

Erschrocken fuhr ich zusammen. Wann genau war sie vom Türrahmen ins Zimmer gekommen? Kopfschüttelnd stellte sie einen Wäschekorb mit frisch gewaschener, gefalteter Kleidung auf meinem Bett ab und bemühte sich dabei, ausreichend Abstand zu Harvey und den Chipskrümeln zu halten.

„Macht irgendwas", startete sie einen letzten Versuch und blies sich eine lange dunkle Haarsträhne aus der Stirn, die sich aus ihrem hohen Zopf gelöst hatte. „Es ist Jahrmarkt in der Stadt. Das wäre doch was für dich, nicht wahr?" Dabei sah sie mich voller Verzweiflung an, als würde ich nicht bloß entspannt mit meinen Freunden dasitzen, sondern mit einer Nadel im Arm und einer Flasche Hochprozentigem an den Lippen in der Gosse liegen. Jenna, die Ungewöhnliche. Jenna, die Verträumte. Jenna, das Sorgenkind. All das und mehr hatte ich sie schon über mich sagen hören.

„Ein Jahrmarkt", wiederholte ich langsam, als müsste ich tatsächlich darüber nachdenken.

Cara nickte zustimmend.

Unmengen an Fremden, Lärm, Trubel und schreiende Menschen, die in Achterbahnen und Karussells durch die Luft geschleudert wurden – klang scheußlich.

„Klar, gute Idee", log ich stattdessen, was mir ein siegesgewisses Lächeln meiner Mutter, aber auch skeptische Blicke meiner beiden besten Freunde einhandelte.

„Sehr gut." Cara klatschte zufrieden in die Hände. „Dann treffen wir uns in zehn Minuten unten. Ich fahre euch hin. Und Harvey, Schätzchen ..." Ihr Blick glitt über sein Gesicht, über die Chipstüte in seiner Hand und wieder zurück. „Dir ist bewusst, dass das für deine Haut ganz und gar nicht gut ist?"

„Cara ...", stöhnte ich ungläubig. Als ob er nicht selbst wusste, dass er Pickel hatte.

„Ich meine ja bloß ..." Abwehrend hob sie die Hände. „Also, in zehn Minuten unten?"

„In zehn Minuten unten." Ich rang mir ein Lächeln ab, das nicht lange hielt und exakt in dem Moment aus meinem Gesicht verschwand, als sie die Tür hinter sich schloss.

„Gott, deine Mutter hasst mich." Harvey, dem ihre Worte offensichtlich den Appetit verdorben hatten, knüllte die Chipstüte zusammen und zog eine Grimasse. Er war ein wenig blass um die Nase geworden – und das, wo er ohnehin eher bleicher Natur war. Wenn es jemanden gab, vor dem er sich fürchtete, dann war es Cara.

„Sie ist nicht zufrieden damit, dass ihre Tochter Außenseiter als Freunde hat", stimmte Tori ihm mit kraus gezogener Nase zu, unbeeindruckt eine Walnuss nach der anderen knackend.

„Sie ist nicht zufrieden damit, dass ich ich bin", entgegnete ich seufzend.

„So langsam sollte sie sich aber damit abfinden, dass du eben Jenna bist – und nicht Cara zwei Punkt null." Tori schüttelte den Kopf.

„Ist doch egal", tat ich unbekümmert und erhob mich von meinem Schreibtischstuhl.

Nachdenklich ließ ich meinen Blick durch den kleinen Raum gleiten, der innerhalb der letzten vierzehn Jahre wahrscheinlich weitaus weniger Veränderungen durchgemacht hatte als die meisten anderen Kinderzimmer. Nachdem ich ein Jahr lang mit meinem damaligen Freund zusammengelebt hatte, war ich zu Caras Bedauern vor etwa zehn Monaten zurückgekehrt und hatte mich als Übergang in meinem ehemaligen Kinderzimmer eingerichtet, das zum Glück noch nicht ganz leergeräumt gewesen war.

Ich hatte keine Rosa-, Schwarz- oder Fangirl-Phase durchlebt und auch zu keinem Zeitpunkt mit viel Leidenschaft und noch mehr Klebeband Poster von *One Direction* oder Billie Eilish an die Wände geklebt. Stattdessen waren bloß die Anzahl der Regale und die der Bücher gewachsen. Von Letzterem wesentlich mehr als Erstere noch zu tragen vermochten. Sie waren überall: auf dem Schreibtisch, auf der Fensterbank, auf dem Nachttisch. Manchmal fühlte ich mich wie *Maggie* aus *Tintenblut,* und dann wurde mir wieder klar, dass ich erwachsen war und nicht bloß keinen Vater hatte, der Buchfiguren aus Büchern herauslesen konnte, sondern einfach generell keinen. Zumindest keinen, der mich in seinem Leben haben wollte.

„Na dann los", ermunterte ich mich, strich meine überschulterlangen braunen Haare glatt, die ich am Morgen noch gewaschen hatte, und nahm die Türklinke in die Hand.

„Juhuu." Harvey gab sich nicht einmal Mühe, seine Enttäuschung darüber zu verbergen, das gemütliche Bett und Zimmer verlassen und unter Menschen gehen zu müssen. Während er einer Walnuss von Tori auswich, kehrte er die letzten Chipskrümel von der Matratze auf den Boden und schob sie mit dem Fuß unter den Bettkasten.

„Vielleicht wird es ja gar nicht mal so schlimm." Tori schlang mir einen Arm um die Schulter und knuffte mir aufmunternd in die Seite. „Irgendwas sagt mir, dass das noch ein magischer Geburtstag wird."

Kapitel 2

Jahrmarkt

Drei Dinge, die ich an Jahrmärkten nicht mochte, fielen mir bereits unangenehm auf, während wir uns noch auf dem Weg vom Parkplatz zum lautstarken, blinkenden Getümmel befanden – die Unmenge Menschen, die sich dort aufhielt, der Lärm, den sie verursachten und das Gefühl, das es in mir auslöste, mittendrin zu sein. Ich mochte weder das Großstadtleben noch das Aufeinandertreffen vieler unterschiedlicher Personen. Hektik und Ansammlungen waren nichts für mich. Vielmehr war ich für Ruhe und wenige entspannte Kontakte, bei denen ich ganz ich selbst sein konnte. Dass es wenig Sinn hatte, dies meiner Mutter zu erklären, hatte ich bereits mit zehn Jahren erkannt. Sie hatte so lange darauf bestanden, dass ich mich schon daran gewöhnen, ja, es sogar lieben würde, dass ich mir das im Teenageralter schließlich sogar selbst eingeredet hatte.

Mit fröhlicher Miene stapfte sie voraus, während ich zwischen Harvey und Tori hinterher schlurfte und hoffte, dass wir bald wieder zu Hause sein würden.

„Sieh mal, Schätzchen, eine Geisterbahn!", versuchte Cara mich zu begeistern und wedelte wild mit dem Arm in Richtung einer nicht gerade vertrauenswürdig aussehenden Ansammlung von Schienen, über denen ein Horrorclown mit schauriger Grimasse vor und zurück wippte. Passend dazu drangen grünlicher Nebel, Kettenklirren und Schreie aus dem Inneren, das hinter einem klappernden Tor lag.

„Nope. Lieber esse ich meine eigenen Schuhe", raunte ich Tori zu.

Doch Cara ließ sich nicht davon abbringen, mich auf jede noch so kleine Attraktion aufmerksam zu machen, welche ihrer Meinung nach zum Highlight meines Geburtstags werden könnte.

„Schau mal, eine Achterbahn!"

„Wow, ein Kettenkarussell!"

„Ein Riesenrad, Jenna, ein Riesenrad!"

„Wer hat Lust auf eine Runde Autoscooter?"

„Da gibt's Zuckerwatte! Wollt ihr welche?"

„Wenn ich weiter den Kopf schüttle, bekomme ich noch Muskelkater im Nacken", brummte ich, während sie einige Meter vorlief, um freudestrahlend auf einen Stand zu deuten, bei dem man mit Pfeilen auf rote Luftballons werfen konnte. Eine große Gruppe junger Leute, vielleicht in meinem Alter oder sogar etwas jünger, stand lachend davor, während ein blonder Kerl mit Lederjacke sein Bestes gab, seiner weiblichen Begleitung zu imponieren. Ohne Berührungsängste stellte Cara sich dazu und lächelte alle freundlich an.

„Ich bin definitiv bei der Geburt vertauscht worden", ächzte ich.

„Würde ich dir sofort glauben, würdest du nicht wie ein Klon von ihr aussehen", gab Harvey mit echtem Bedauern in der Stimme zu bedenken.

„Sie versucht, durch dich das Leben zu leben, das sie in deinem Alter nie leben konnte", spielte Tori wie schon so oft die Hobby-Psychologin und schüttelte abschätzig den Kopf. „Sie hat so früh geheiratet und Kinder bekommen, dass sie wohl immer das Gefühl hatte, etwas zu verpassen."

Ein Ballon platzte, und ich zuckte zusammen. Der blonde Kerl triumphierte und Cara gratulierte ihm zu seinem guten Wurf. Seufzend ließ ich meinen Blick über all die Fahrgeschäfte, Fressbuden und Menschen, die offensichtlich alle mehr Spaß hatten als ich, gleiten. Plötzlich fühlte ich mich undankbar.

„Vielleicht sollten wir wenigstens eine Zuckerwatte essen", schlug ich vor. „Und mit ...", mein Blick glitt suchend über die furchteinflößenden Achter- und Geisterbahnen, bis er am wenig gruseligen Riesenrad hängenblieb, „... dem da fahren." Da musste man sich zumindest keine Sorgen um Horrorclowns oder Schnelligkeit machen. Bloß um die Höhe.

„Ich würde jetzt gern *Call of Duty* spielen", seufzte Harvey, was ihm einen warnenden Blick von Tori einbrachte.

„Aber noch lieber gehe ich mit euch und Cara auf den Jahrmarkt", korrigierte er sich wenig überzeugend. „Und fahre mit euch Riesenrad und esse Zuckerwatte."

„Alles, was *du* an deinem Geburtstag gerne machen möchtest", ergänzte Tori und betonte das Du, als würde sie wieder auf die unterschwellige Steuerung meiner Mutter anspielen, die derweil dem jungen Blonden immer noch verzückt beim Pfeile werfen zusah.

Ich zuckte mit den Achseln. Geburtstage empfand ich seit jeher als Last, nicht als Geschenk. Cara hatte mir schon früh erklärt, dass es eigentlich die Mutter sein müsste, die man an dem Tag feiert – immerhin war sie es gewesen, die etliche Jahre zuvor siebzehn Stunden lang in den Wehen gelegen hatte. Ich hatte nichts getan, außer mich gebären zu lassen. Ich verband meinen Geburtstag damit, dass sie für mich putzen, Besuch empfangen, Geschenke bezahlen und Unternehmungen planen musste, während ich gefälligst dankbar und demütig zu sein hatte. Dabei hätte mir, seit ich denken konnte, ein gekaufter Kuchen und ein ruhiger Abend gereicht. Oder ein Disneyfilm, eine Kuscheldecke, ein heißer Tee und eine Schüssel Popcorn.

Während Tori rechts von mir vor sich hin philosophierte und Harvey zu meiner Linken nur ab und an einige Kommentare einwarf, blieb mein Blick an etwas hängen, das aussah, als gehörte es nicht hierher. Zwischen all den lauten, blinkenden, großen Fahrgeschäften voller schreiender und aufgekratzter Menschen befand sich ein Zelt in abgenutzt schwarzer Farbe, vor dem ein Holzschild in den Boden geschlagen worden war. *Madame Hekate* verkündete es in fein säuberlichen Lettern, an denen jedoch, wie am Zelt, auch schon der Zahn der Zeit genagt hatte, *Wahrsagerin, Seherin, Visionärin, Prophetin – heute nur zehn Dollar pro Sitzung. Ihr Glück wartet bereits.*

„Ich glaube, das will ich machen", hörte ich mich sagen und steuerte unbewusst auf diesen Ruhepol inmitten des Chaos zu. Es war fast, als würde ich magnetisch davon angezogen werden.

„Alles, Schätzchen, meinst du das Riesenrad oder die Raupe oder ... oh." Cara hatte entdeckt, was mein Interesse geweckt hatte und nickte mit einer Mischung aus

Enttäuschung, gezwungenem Lächeln und Hätte-ich-mir-ja-denken-können im Blick.

„Eine Wahrsagerin, Jenna? Wirklich? Für so einen Humbug willst du mein Geld ausgeben?"

„Wahrsagerin, Seherin, Visionärin *und* Prophetin." Ich nickte.

„Das klingt ziemlich abgefahren", kam Tori mir zu Hilfe und schüttelte mit einer harschen Kopfbewegung ihre schwarzen Haare aus dem Gesicht. „Wie in diesem schrägen Kinofilm, in dem sich anfangs zwei Mädels die Zukunft voraussagen lassen und am Ende alle von Geistern verfolgt und absolut bestialisch ermordet werden."

Cara schloss kurz die Augen und atmete tief durch.

„Könnte aufregend sein", schaltete sich nun auch Harvey ein, während er jedoch ein wenig angespannt wirkte und meine Mutter kaum ansehen konnte. „Ich habe letztens erst ein Video auf TikTok gesehen, wo so eine Prophetin ..."

„Wie auch immer." Cara fächelte sich mit der Hand Luft zu, als wären es nicht frühlingshafte zwanzig, sondern hochsommerliche vierzig Grad, und zog einen Zehn-Dollar-Schein aus der Tasche. Mit einem „Alles, was dich glücklich macht" überreichte sie ihn mir.

„Danke." Ich rang mir ein Lächeln ab. „Wollt ihr mitkommen?"

„Oh, ich verzichte." Tori hob abwehrend die Hände und blickte drein, als hätte ich sie zu Kaffee und Kuchen mit dem Teufel höchstpersönlich eingeladen.

„Scheint ziemlich eng da drin", gab Harvey ihr recht.

„Ich fahre lieber eine Runde Riesenrad", antwortete auch Cara mit zielgerichtetem Blick in Richtung des riesigen Fahrgeschäfts, in dessen oberstem Korb gerade eine Gruppe kreischender und lachender Teenagermädchen ihren Spaß hatte.

Mit einem tiefen Atemzug wandte ich mich dem geheimnisvollen Zelt zu. Prompt stellte sich mir die erste Frage: Wie klopfte man an, wenn es nichts zum Anklopfen gab? Einen kurzen Moment lauschte ich angestrengt, konnte jedoch nicht hören, ob sich gerade jemand drinnen befand, den ich womöglich stören könnte. Viel zu laut war das Chaos drum herum. Also gab ich mir einen Ruck, steckte meine Hand in die horizontale Öffnung des Zeltes, schob sie ein Stück weit zur Seite und schlüpfte durch den entstandenen Spalt hinein.

Im Inneren war gerade so viel Platz, dass zwei normal gewachsene Personen, ein kleiner Tisch und die beiden blauen flachen Sitzkissen, die beidseitig vor selbigem lagen, Platz fanden. Es roch nach Lavendel und Kamille, aber nicht direkt nach Pflanzen, wie sie in der Natur vorkamen, sondern eher wie ätherische Öle, die ein wenig zu großzügig eingesetzt worden waren.

Der Lärm des Jahrmarkts drang etwas gedämpfter ins Innere des Zeltes, was ich sowohl als angenehm als auch als überraschend empfand, schließlich waren dessen Wände nicht gerade dick.

Ich hatte mir im Voraus keine Gedanken darüber gemacht, wie eine gewöhnliche Wahrsagerin auszusehen hatte, doch nach einem einzigen Blick war mir klar: Madame Hekate war ein Paradebeispiel dafür. Sie trug ein auffälliges knallrotes Gewand und ein Seidentuch in derselben Farbe um den Kopf, welches im Stirnbereich in einem goldenen Band endete. An jedem ihrer Finger steckte mindestens ein Ring, dazu trug sie übergroße Ohrringe, hatte stark geschminkte Augen, und ihr roter Lippenstift hatte sich in vielen Fältchen um die Mundwinkel bereits abgesetzt. Sie war Anfang, vielleicht Mitte sechzig und bewegte sich von der Aura her irgendwo zwischen weise und verrückt. Mit stechendem Blick musterte sie mich, als ich zaghaft in ihr Zelt trat.

„Ähm … hallo", brachte ich hervor und wedelte in Ermangelung passenderer Worte mit dem Geldschein. „Ich würde gerne einen Blick in die Zukunft kaufen."

Einen Blick in die Zukunft kaufen? Peinlich berührt biss ich mir auf die Unterlippe. Warum war meine Zunge bloß immer schneller als mein Gehirn?

„Ich meine … wenn Sie gerade frei sind", setzte ich betont höflich hinzu, strich mir eine Haarsträhne hinter das Ohr und lächelte.

Doch Madame Hekate erwiderte mein Lächeln nicht. Stattdessen wandte sie sich umständlich nach hinten, zog etwas hervor, das wie ein übergroßes Geschirrtuch aussah, legte es vor sich auf dem Tisch ab und entfaltete es, sodass eine Glaskugel zum Vorschein kam. Ohne auf irgendeine Art und Weise Notiz von mir zu nehmen, ließ sie anschließend ihre Hände mit kreisenden Bewegungen über die Kugel gleiten, wobei sie sie jedoch nicht direkt berührte. Dabei summte sie leise und monoton vor sich hin. Sie schien absolut konzentriert bei der Sache zu sein. Hatte sie vielleicht gar nicht richtig mitbekommen, dass ich das Zelt betreten und sie angesprochen hatte, sondern vorhin vor lauter Konzentration einfach bloß durch mich hindurchgesehen?

„Soll ich vielleicht später wiederkommen?", schlug ich eingeschüchtert vor.

„Du bist eine gefangene Seele." Die Stimme der Hellseherin klang viel klarer als erwartet, sodass ich irritiert die Stirn runzelte. Irgendwie hatte ich etwas anderes erwartet. Etwas Weicheres, Verträumteres.

„Ich?", fragte ich nach einer Weile des Zögerns, obwohl wir beide eindeutig die einzigen im Zelt waren.

„Du suchst nach Antworten, die dir niemand bisher zu geben vermochte." Wieder und wieder gestikulierte sie mit ihren Händen über der Glaskugel, während ihr Blick durch mich hindurchzugleiten schien.

Ich schluckte. Woher wusste sie das? *Konnte* sie das überhaupt wissen? Instinktiv war ich einen Schritt näher an sie herangetreten, so nah, dass uns nur noch der Tisch und die davor liegenden flachen Sitzkissen trennten. Nachdenklich nahm ich diese näher in Augenschein. Hatte sie mich eigentlich dazu aufgefordert, mich zu setzen? Wahrscheinlich nicht direkt. Aber galt es nicht als unhöflich, dass ich stehen bleiben musste, während sie selbst saß und mit mir sprach? Ohne weiter darüber nachzudenken, ging ich in die Knie und kauerte mich in einer Art Schneidersitz auf das Kissen.

„Du fragst dich, wann und wo du endlich dein Glück finden wirst." Madame Hekate legte ihre Hände nun endlich gänzlich auf die Kugel, wobei sie jeden Finger einzeln senkte und dabei mit ihren Nägeln ein klackerndes Geräusch verursachte – ob gewollt oder unbewusst war mir nicht ganz klar. „Du fragst dich, was du tun musst, um das zu werden, was du immer schon sein wolltest – du selbst. Dein Sehnen nach Liebe ist laut, es schreit förmlich. Du willst gesehen werden, willst wachsen, willst lieben."

„Das ist richtig", brachte ich leise hervor, obwohl ich mir sicher war, dass sie meine Bestätigung gar nicht brauchte. Sie wirkte von ihrem Tun recht überzeugt.

Im nächsten Moment glaubte ich, etwas in der Kugel zu sehen. Ganz kurz, nur für den Bruchteil einer Sekunde, schien sich etwas darin bewegt zu haben. Wie eine zarte Nebelschwade. Oder hatten die Gase der ätherischen Öle mir bereits derart das Hirn vernebelt, dass ich halluzinierte?

„Du musst dahin gehen, wo deine Wurzeln sind", hauchte die Wahrsagerin, den Blick so intensiv auf die Glaskugel gerichtet, als würde sie ganze Welten darin sehen. „Da, wo du hergekommen bist, wartet dein Glück."

Im nächsten Moment klärte sich ihr Blick und mit der Grazie einer Balletttänzerin, die nebenbei auch Trickbetrügerin war, zog sie mir den Zehn-Dollar-Schein aus der Hand. „Danke, der Nächste bitte!"

„Ich ... das war's?" Verunsichert starrte ich sie an. „Wollen Sie nicht die Linien in meiner Hand lesen oder so?"

„Nicht nötig." Sie neigte den Kopf leicht zur Seite. „Ich weiß, was ich gesehen habe. Glaub mir, wenn du eine Antwort auf deine Fragen suchst und nicht nur diese beantwortet haben möchtest, sondern auch Liebe und dich selbst finden willst, dann befolge meinen Rat. Und jetzt geh." Sie wedelte mit ihrer Hand Richtung Ausgang. „Geh und finde all das."

Verdattert wie sprachlos rappelte ich mich auf, warf ihr noch einen letzten fragenden Blick zu und stolperte aus dem Zelt. Sofort empfing mich wieder der charakteristische Lärm des Jahrmarkts, der mir durch Mark und Bein ging, während Madame Hekates Worte sich in meinem Kopf wiederholten.

Ich entdeckte Cara einige Meter vom Zelt entfernt, völlig vertieft in ein Gespräch mit zwei Männern, die sie wahrscheinlich von der Arbeit her kannte. Oder sie hatte sie ganz schamlos und direkt angesprochen ... beides war möglich. Harvey und Tori hatten sich kaum vom Fleck bewegt, und man sah ihnen deutlich an, dass sie lieber woanders wären. Als sie mich erblickten, setzten beide ein Lächeln auf.

„Und? Hat sie dir eine glänzende Zukunft, Reichtum und Liebe vorausgesagt?“, zog Tori mich auf.

„Nicht ganz.“ Ich hob die Schultern und ließ sie wieder sinken, ehe ich kurz zusammenfasste, was bei der schrägen Wahrsagerin passiert war.

„Gute Taktik“, musste Harvey zugeben.

Tori schüttelte den Kopf, dann hielt sie mit skeptischem Blick inne. „Warte ... du glaubst den Scheiß doch nicht, oder?“, fragte sie alarmiert.

„Ich ... keine Ahnung.“ Unsicher nahm ich eine Haarsträhne und zwirbelte sie zwischen den Fingern. „Was, wenn etwas dran ist? Woher hätte sie denn sonst so viel über mich wissen können?“

„Jenna, das sind Standardsätze!“ Tori stöhnte ungläubig auf. „Jeder mit einem klein wenig Menschenverstand und Kreativität kann sich da hinsetzen, eine wichtige Miene machen und dir irgendeinen Unsinn prophezeien.“

„Kann schon sein", gab ich zu. „Andererseits ... was, wenn es *doch* stimmt?"

„Wenn du in der Kleinstadt, in der du die ersten zehn Lebensjahre verbracht hast, die wahre Liebe findest?"

„Und die Antworten auf all meine Fragen und mich selbst?", ergänzte ich mit erhobenem Zeigefinger.

„Logisch. Und wenn sie nicht gestorben sind, dann leben sie noch heute."

„Selbst wenn nichts dran ist ...", schaltete sich Harvey ein, „... es wäre immerhin eine Reise wert. Du sagst doch immer, wie sehr du es bedauerst, deinen Bruder nicht besser zu kennen."

„Vergiss aber nicht, dass dort, wo ihr Bruder lebt, auch ihr Vater ist", ergänzte Tori nachdenklich. „Der, zu dem sie seit vierzehn Jahren kaum Kontakt hat und dem sie mit Sicherheit nicht über den Weg laufen will."

„Auch wieder wahr." Harvey kratzte sich am stoppligen Kinn, sichtlich gewillt, mir bei der Problembewältigung zu helfen. „Vielleicht sollte sie es lieber doch lassen."

Hin- und hergerissen blickte ich von einem zum anderen. Es wäre verrückt, nach all den Jahren Little Goldcoast wieder zu besuchen, vor allem, wenn der Auslöser eine schrullige alte Wahrsagerin auf dem Jahrmarkt war. Doch hatte ich mich nicht schon lange insgeheim nach einer Veränderung gesehnt und mir immer vorgenommen, allem eine Chance zu geben? Ich seufzte. Wenn das Schicksal mir doch nur ein Zeichen geben würde ...

Kaum hatte ich den Gedanken zu Ende gedacht, vibrierte das Handy in meiner Hosentasche. Stirnrunzelnd zog ich es hervor und erstarrte, als ich den Namen auf dem Display sah.

Kapitel 3

Aufbruch

„Nur damit wir das richtig verstehen: Dass dein Bruder, der sich sowieso immer kurz an deinem Geburtstag meldet, dich vorhin angerufen hat, ist also ein Zeichen dafür, dass Fräulein Abrakadabra recht hat und du nach Little Goldcoast zurückkehren musst, um dort dein Glück zu finden?", fasste Tori meine Worte mit größtem Sarkasmus zusammen. Sie setzte die letzten drei Worte mit Zeige- und Mittelfinger beider Hände zusätzlich in Anführungszeichen.

„Also erstmal heißt sie Madame Hekate, nicht Fräulein Abrakadabra", korrigierte ich meine Freundin mit einem Augenzwinkern. „Und zweitens … so wie du das sagst, klingt es zugegebenermaßen ziemlich schräg, aber … ja, irgendwie schon. Ja, ich sehe es als Zeichen. Vielleicht sollte ich es einfach wagen. Was kann schon groß passieren?"

„Nicht wirklich viel", kam Harvey mir zu Hilfe. „Immerhin ist es eine winzige Kleinstadt, und du kennst quasi jeden dort."

„Aber wenn das der Fall wäre, wüsste sie doch davon, dass ihre große Liebe dort wohnte oder ihre Zukunft sich an eben diesem Ort befände?", gab Tori zu bedenken.

„Ich bin seit fast vierzehn Jahren nicht mehr da gewesen. Es kann sich alles geändert haben", erklärte ich. „Ilay und seine Freundin Nora sind auch miteinander aufgewachsen und haben erst als Erwachsene zueinander gefunden."

Da saßen wir also – zu dritt auf der Rückbank des Wagens meiner Mutter, als wären wir wieder Zahnspangen tragende Zehntklässler ohne Führerschein, und diskutierten über mein zukünftiges Glück oder eben Pech.

„Ich will nur nicht, dass du dich zu sehr reinsteigerst und enttäuscht wirst." Tori kurbelte das Fenster ein wenig herunter und die kurzen schwarzen Haare, die sie sich in einem Anfall von purer Selbstüberschätzung Anfang des Jahres zu einem fransigen Bob geschnitten hatte, wurden ihr vom Wind ins Gesicht geweht. „Nervenzusammenbruch Nummer 3726 ist gerade nicht drin. Mir sind die Walnüsse ausgegangen."

„3725", verbesserte Harvey zu meiner Rechten, die langen dürren Beine angewinkelt, da diese sonst nicht ausreichend Platz hätten. „Oder zählst du das jetzt gerade dazu?"

„Tue ich." Tori nickte fachmännisch, dann lehnte sie sich ein wenig nach vorne. „Was sagen Sie dazu, Cara?"

„Ich?" Caras braune Augen suchten im Rückspiegel nach meinen, dann drehte sie *Joni Mitchells A Case Of You* leiser. „Also wenn du mich fragst, solltest du gehen."

„Wirklich?" Harvey, Tori und ich hatten es vollkommen synchron und völlig ungläubig hervorgebracht.

Ausgerechnet die Frau, die Little Goldcoast in einer Nacht- und Nebelaktion und voller Zorn verlassen hatte, hieß es plötzlich gut, dass ihre Tochter diesen Ort wieder aufsuchte. Es fühlte sich paradox an. Immerhin hatte sie in meiner Jugend mehr als genug getan, um mich von dort fernzuhalten.

„Wirklich." Cara betätigte den Blinker und nahm die nächste Ausfahrt. „Du bist jetzt vierundzwanzig", fügte sie hinzu, als wäre das die Erklärung für alles. „Genieß dein Leben. Mach was Verrücktes. Mach überhaupt mal irgendwas, bevor es zu spät ist."

Malcolm Grimm, der sich die zufällige Namensverwandtschaft mit den legendären Märchen-Brüdern zunutze gemacht und seinen Bücherladen *The Brother Grimm* genannt hatte, musterte mich aufmerksam über den Rand seiner Brille hinweg, während ich vor meinem Lieblingsregal stand und die neu eingetroffenen Bücher einsortierte. Natürlich war auch das neueste Werk von Suri Lilianna dabei, ein dicker, türkis-violetter Roman namens *Geheime Küsse im Elfenbeinschloss*, auf dessen Cover eine wohlgeformte Frauensilhouette abgebildet war, die auf ein edles Gebäude zu schwebte. Im Hintergrund befand sich eine Stallung mit prachtvollen Pferden, deren Mähnen im Wind wallten. Das Buch war bereits vor einigen Wochen erschienen, doch Mister Grimm war wie immer etwas spät dran, sodass wir die Bücher nach allen anderen in der Stadt erhielten.

„Und wieso genau sollte es ein Problem sein, wenn du ein paar Tage nicht im Laden sein kannst?", erkundigte er sich mit der Stimme eines Mannes, der schon viel erlebt und eine Menge Zigaretten geraucht hatte. Er hob die grob gestrickte Baskenmütze, ohne die er nie sein Haus verließ, ein wenig an und kratzte sich an der Stirn.

„Ich weiß nicht … schaffen Sie das denn alles ohne mich?", gab ich zu bedenken und schob *Geheime Küsse im Elfenbeinschloss* neben *Sterne über dem Pferdehof* und *Ein Kuss, ein Traum, ein Sommer.* Dass Suri Lilianna nach der *Royal Lovers*-Trilogie die Ideen ausgegangen waren, konnte man wirklich nicht behaupten, auch wenn ich mir von ganzem Herzen wünschte, sie hätte andere – eine Folgetrilogie von *Royal Lovers* zum Beispiel. Oder einen geheimen Zwillingsbruder von Jace O'Kelly, der sich durch irgendeinen Dschungel kämpfen und seine Geliebte über mehrere Bücher hinweg aus den Klauen einer berühmt-berüchtigten Mafiagang befreien musste. Oder so ähnlich.

„Und wieso sollte ich das nicht schaffen?" Mister Grimm hatte viele positive Angewohnheiten. Er war intelligent und gebildet, auch wenn er mit fortschreitendem Alter ein wenig schrullig wurde. Er backte die weltweit besten Schokoladenkekse und konnte zuhören und erzählen wie kein Zweiter. Auch im Lösen von Kreuzworträtseln und Empfehlen von Büchern war er wirklich hervorragend. Dass er jedoch so gut wie jede Frage mit einer Gegenfrage beantwortete, ließ nur allzu oft das Gefühl in mir aufkeimen, plötzlich wieder die Schulbank zu drücken.

„Ich … weiß es nicht", druckste ich herum.

Weil Sie alt und gebrechlich und hin und wieder echt durcheinander sind und ich ein unheimlich schlechtes Gewissen hätte, Sie allein zu lassen.

„Weil Sie doch sowieso schon so viel zu tun haben", antwortete ich stattdessen. „Und dann auch noch meine Aufgaben, die Sie dazu übernehmen müssten. Das ... das ist eine ganze Menge."

„Ist das eine Menge, ja?" Er lächelte milde und begann, den leeren Karton sorgsam zusammenzufalten, nachdem ich das letzte Buch herausgenommen hatte. „Möchtest du deinen Bruder gerne besuchen, Jenna?"

Ich schluckte. Das war es, was ich ihm erzählt hatte. Dass ich Ilay wiedersehen und ein paar Tage in der Kleinstadt verbringen wollte, in der ich die ersten zehn Jahre meines Lebens gelebt hatte. Die Geschichte mit der Wahrsagerin ließ ich weg, immerhin schien er mich sowieso schon für ein wenig wunderlich zu halten.

„Ja", antwortete ich nach einer kurzen Denkpause zögerlich.

„Und siehst du, dass die Kunden uns hier die Tür einrennen, ich alle Hände voll zu tun habe und eigentlich noch zehn von dir einstellen sollte, um all der Arbeit Herr zu werden?" Mister Grimm lächelte.

Unweigerlich glitt mein Blick durch den kleinen Bücherladen am Rande der Stadt. Er war im Gegensatz zu denen in der Stadtmitte altmodisch und winzig. Genau deswegen hatte ich mich damals hier beworben statt in einer der berühmten Buchhandlungsketten, die überall wie Unkraut aus dem Boden schossen. Es roch nach Papier, Holz, Tabak und Tee, und ich liebte alles daran – auch die Tatsache, dass an den wenigsten Tagen viel los war.

„Ich denke, eine Weile dürften Sie es ohne mich schaffen", musste ich zugeben.

„Das wollte ich hören." Zufrieden wandte er sich von mir ab, um den inzwischen zerkleinerten Karton zu entsorgen. „Ab Montag kannst du mich allein lassen", fügte er auf dem Weg hinaus hinzu. „Das ist mein verspätetes Geburtstagsgeschenk an dich."

„Montag?" Mit einem Buch in der Hand hielt ich inne. „Heute ist doch schon Freitag." Tatsächlich hatte ich eher mit einem kurzen Urlaub in ein, zwei oder sogar drei Monaten gerechnet.

Die Finger schon um den Türknauf gelegt, wandte Mister Grimm sich noch einmal um. In seinem Kopf schien es zu arbeiten.

„Heute ist Freitag?"

In Harveys WG im siebten Stock eines typisch grauen vielstöckigen und seelenlosen Hochhauses roch es nach Chips mit Bacon-Geschmack, nach Umkleidekabine, Marihuana und Füßen. Er lebte in der eindeutig klischeehaftesten Männer-WG von allen, mit ganzen Stapeln von leeren Pizzakartons, einzelnen Socken in jedem Raum und ungewaschenen Tellern, die sich im Waschbecken und darum herum stapelten. Leider befand sich der PC, den alle drei Bewohner nutzten, im Wohnzimmer, welches sie sich ebenfalls teilten. Dadurch wurde Tori und mir zusätzlich das fragwürdige Vergnügen zuteil, den nervösen Medizinstudenten James sowie dessen Cousin Cole, von dem niemand wusste, was genau er eigentlich tat, um Miete und Essen zu bezahlen, dort anzutreffen. James sprang sofort auf, lief knallrot an und ließ eine Zeitschrift, die verdächtig danach aussah, als wäre sie nicht für Kinder und Jugendliche geeignet, unter dem abgesessenen Sofa verschwinden, während Cole weiterhin Spaghetti ohne Sauce direkt aus einem Topf, welchen er auf dem Schoß hielt, in seinen Mund schaufelte. Er trug nichts als eine Feinrippunterhose unter einem offenen Bademantel und starrte auf den Fernseher, ohne Notiz von uns zu nehmen. Ich wusste nicht, ob ich ihn amüsant oder gruselig finden sollte. Es wäre gut möglich gewesen, dass er nicht eine einzige funktionierende Gehirnzelle im Kopf hatte und keiner Fliege etwas zuleide tun konnte, aber er hätte eben auch ein chronischer Massenmörder sein können. Man wusste es nicht.

„Und schon gebucht." Harvey tippte ein bisschen auf der Tastatur herum, überflog die Zeilen auf dem Monitor schneller als ich sie lesen konnte und rief bereits eine neue Seite auf, auf der es um die Bezahlung ging. „Ich sagte doch, dass das kein Problem ist. Niemand möchte nach ...", er warf erneut einen Blick auf den Bildschirm, „... Belbridge fliegen. Scheint nicht besonders groß oder spektakulär zu sein."

„Das kommt ganz auf den Betrachter an", erklärte ich. „Für uns ist es klein und langweilig, für die Leute aus Little Goldcoast ist es eine riesige Stadt, in der sie shoppen, essen gehen und einkaufen können."

Harvey machte mir Platz, damit ich meine Kontodaten eingeben konnte. Etwas zögerlich kam ich dem nach und hatte plötzlich das Gefühl, Schmetterlinge im Bauch zu haben.

„Ich bin tierisch aufgeregt", gab ich zu, während der Bezahlvorgang abgeschlossen wurde. „Dieser Urlaub könnte quasi mein ganzes Leben verändern. Wer weiß, vielleicht zeigt Little Goldcoast mir endlich, wer ich bin. Was ich tun soll. Vielleicht hat Madame Hekate recht, und mein Traummann läuft mir dort über den Weg.

Stellt euch bloß mal vor, ich rufe euch an und bin verlobt." Lachend schüttelte ich den Kopf. „Jace kannte Catherine knappe sechzehn Stunden, bevor er ihr einen Ring an den Finger gesteckt hat, wusstet ihr das? Okay, er hat ihn eigenhändig geschmiedet und das auch schon Jahre zuvor, weil er ihr Gesicht im Traum gesehen hatte, aber es geht ja eher darum ..."

Die plötzliche absolute Stille um mich herum ließ mich innehalten. James stand mitten im Raum, hielt ein Buch verkehrt herum in der Hand und starrte mich an, als wäre ich ein Patient, dessen Psychose er gerade zu analysieren versuchte. Tori und Harvey hatten wieder ihr Jenna-spinnt-schon-wieder-Gesicht aufgesetzt, und sogar Cole sah mich an. Ich war mir nicht ganz sicher, aber wahrscheinlich war es das erste Mal, dass er mich überhaupt wahrnahm.

„Sorry." Ich zuckte mit den Schultern und lächelte entschuldigend in die Runde. „Wenn es um meine Bücher geht, kann ich nicht aufhören zu reden. Ich fühle mich einfach gerade, als wäre ich selbst die Protagonistin in einem Roman." Ich betrachtete den Computerbildschirm, auf dem inzwischen meine Zahlung als getätigt und das Ticket als gekauft angezeigt wurden. „Eigentlich ist es sogar tatsächlich so. Das Buch ist mein Leben. Und ich ... na ja ... ich schreibe die Geschichte darin, nicht wahr? Die Seiten sind noch fast alle leer, also ..."

Cole schaltete den Fernseher lauter, und James verließ wortlos den Raum.

„Du hast vollkommen recht." Harvey deutete auf den PC. „Und jetzt geh dir lieber die Hände waschen. Ich

glaube nicht, dass dieser Computer nur zu Recherche-
zwecken und zum Kaufen von Flugtickets genutzt
wird.“

Kapitel 4

Willkommen in Little Goldcoast

Ich war zehn Jahre alt und die meisten Mädchen aus meiner Klasse hatten inzwischen damit aufgehört, mit Puppen zu spielen. Stattdessen interessierten sie sich nun für Nagellack, Schuhe und die Jungs aus der Parallelklasse – zumindest behaupteten sie das. Es gab Mädchen wie Zoe Fletcher, die sogar schon einen festen Freund hatte, mit dem sie in der Pause Händchen hielt und der sie im Schulbus unter Zeugen auf den Mund geküsst hatte. Es gab Mädchen wie Nora Harrison, die ihre vierköpfige Clique anführten, welche außer ihr nur aus Jungen bestand, von denen einer mein Bruder war. Und es gab mich – Jenna Hope Graham. Immer ein bisschen kleiner als die anderen, immer ein bisschen schüchterner, ein bisschen verträumter. Ich passte in keine dieser Gruppen.

Nicht dass ich es nicht versucht hätte – im Gegenteil. Ich war eine Weile lang wirklich bemüht gewesen, all das, was die anderen als neuen Lebensinhalt ansahen, auch als den meinen anzunehmen. Also gab ich mein Taschengeld für einen glitzernden blauen Nagellack aus, obwohl ich mir viel lieber ein neues Buch gekauft hätte. Ich begleitete Nora, Ilay, Aron und Liam einen

Tag ins Schwimmbad nach Belbridge und tat, als würden Noras rebellische Ideen mir gefallen, dabei fand ich sie einfach nur unnötig und hatte die ganze Zeit über schreckliche Angst, erwischt zu werden. Und ich suchte mir sogar einen Jungen aus, in den ich mich bewusst verliebte. Ich konzentrierte mich so sehr darauf, ständig an ihn zu denken, dass mir sogar übel davon wurde - bis er schließlich eines Tages eine Freundin hatte und ich irgendwie erleichtert darüber war, nicht mehr in ihn verliebt sein zu müssen. Ich hatte versucht, mich zu verhalten und zu denken wie die anderen. Aber ich war nicht wie sie. Ich war ein verträumtes, ruhiges Kind – und ich wollte genauso sein. Wollte mit meinen Puppen spielen, lesen, albern sein und Tagträumen nachhängen. Doch an diesem einen Abend ließ ich ein Stück dieser Kindheit für immer in Little Goldcoast zurück.

Dad hatte im *Goldies* wieder über die Stränge geschlagen. Er ging nicht oft hin, viel seltener als die Väter einiger meiner Klassenkameraden, aber wenn er es tat, dann endete es selten glimpflich. Er und der alte Kane, dem das Diner gehörte, vergaßen dann die Zeit und offenbar auch ein Stück weit ihre Selbstkontrolle. Dad war dann zu Hause so laut durch die Haustür in den Flur hineingepoltert, dass ich aufgewacht war. Cara, die im Wohnzimmersessel auf ihn gewartet hatte, begrüßte ihn mit einer Schimpftirade, die mir die Ohren klingeln ließ.

„Sollen wir eine Bibi Blocksberg-Kassette hören?" Ilay war in mein Zimmer gekommen, seinen alten Kassettenrekorder unter den Arm geklemmt, und hatte ihn neben meinem Bett auf dem Nachttisch abgestellt.

Wenn sie stritten, sah er es als seine Pflicht an, mich abzulenken, auch wenn ihn nie jemand darum gebeten hatte. Er las mir vor, erzählte Witze, die so unlustig waren, dass sie schon wieder komisch waren und manchmal, so wie an jenem Tag, brachte er seine Kassetten mit. Meistens genügte es, eine Seite davon anzuhören. Wenn sie umgedreht werden musste, war es unten meist still geworden, und Ilay ging zurück in sein Zimmer. Ich durfte die zweite Seite dann immer noch bis zum Ende anhören. An diesem Abend genügte eine Seite jedoch nicht.

„Ob Sie bitte Platz machen könnten!" Eine dunkle, gereizte Stimme drang mir ins Ohr. Gleichzeitig rüttelte jemand unsanft an meiner Schulter.

Erschrocken fuhr ich in die Höhe. Es dauerte einige Sekunden, bis ich mich zurechtfand und mir bewusst wurde, dass ich nicht mehr zehn, sondern vierundzwanzig Jahre alt war und mich statt in meinem ehemaligen Kinderzimmer im Flugzeug auf dem Weg nach Belbridge befand. Der untersetzte Mann neben mir tupfte sich mit einem verwaschen aussehenden Taschentuch die Stirn ab und drückte mir sein Knie gegen das Bein.

„Entschuldigen Sie." Ich beeilte mich aufzuspringen und ihn vorbeizulassen.

So eilig wie er Richtung Toilette sprintete, war anzunehmen, dass er es kaum noch rechtzeitig hinschaffen würde.

Ein Gähnen unterdrückend reckte ich den Hals, um aus dem Fenster sehen zu können, was bis dato gänzlich von dem kräftigen Herrn verdeckt gewesen war. Ein merkwürdiges Kribbeln und Prickeln durchfuhr mich, als mir bewusst wurde, wie nah all das nun war, was vor ein paar Tagen noch eine surreale Idee gewesen war. Ob Little Goldcoast für mich wirklich das Glück bereithalten würde? Die große Liebe? Einen Wink des Schicksals, was ich mit meinem Leben anzustellen hatte? Nun, da es allmählich wirklich Zeit dafür wurde? Immerhin war ich kein Teenager mehr, sondern fast Mitte zwanzig, mit abgeschlossenem Studium. Der eigentliche fixe Plan, einen eigenen Verlag zu gründen und Suri Lilianna abzuwerben, hatte mit jedem Semester ein wenig an Realitätsnähe verloren. Ich würde schon einiges tun müssen, um den Abercrombie Verlag in den Schatten zu stellen. Gedanklich druckte ich schon hübsch verzierte Flyer aus, auf denen in kunstvoll geschwungenen Lettern *Graham Verlag* stand. Oder irgendwas anderes vor dem Wort Verlag, je nachdem, ob ich bis zu dessen Gründung heiraten würde. Blumig sollte er aussehen, ebenso wie die Homepage, und jedes Buch würde mit Farbschnitt, Lesezeichen, Widmung und prunkvollem Merchandise zu den Lesern nach Hause kommen. Tassen zum Beispiel. Oder Lesezeichen in 3D-Optik. Oder ...

„Sind Sie irgendwie schwerhörig oder so?" Mein Sitznachbar war wieder da und schien wenig erfreut, dass ich ihm, nachdem ich ihn vorhin nicht herausgelassen hatte, nun den Weg zu seinem Sitz versperrte. Seinem Gesichtsausdruck nach zu urteilen hatte er mich bereits ein oder sogar zweimal angesprochen, was ich dank meiner ausufernden Tagträumerei gar nicht mitbekommen hatte.

Peinlich berührt machte ich ihm erneut Platz und versank dann in der Vorstellung, nicht mehr die schräge kleine Jenna zu sein, die lesend gegen Laternenmasten lief und im Bücherladen um die Ecke arbeitete, sondern Jenna Hope Graham vom Graham Verlag.

Graham Verlag? Ist das nicht der, für den Suri Lilianna die Abercrombies verlassen und eine Folgereihe von Royal Lovers geschrieben hat?, fragte eine enthusiastische Stimme in meinem Kopf.

Seht sie euch an: Millionärin, immer adrett gekleidet, mit einem absoluten Traummann verheiratet und Besitzerin des weltweit bekanntesten Verlags. Was für eine Frau!, schwärmte eine andere.

Ich erwischte mich dabei, wie ich lächelnd abwinkte und zwang mich dazu, den Rest des Flugs das Buch aus meinem Handgepäck zu lesen, anstatt überschwänglichen Tagträumen nachzuhängen.

Am späten Nachmittag setzte das Flugzeug zur Landung an, und ich beeilte mich, so schnell wie möglich aufzustehen, damit der schlechte Eindruck, den ich bisher bei meinem Sitznachbarn gemacht hatte, wieder wettgemacht würde. Aufregt und ein wenig nervös zugleich verließ ich das Flugzeug, um in der großen sterilen weißen Halle nach meinem Bruder zu suchen. Dass ich mir einfach ein Taxi hätte nehmen können, hatte er geflissentlich überhört, denn obwohl inzwischen viele Jahre vergangen waren und unser Kontakt – vor allem aufgrund unserer Eltern – nicht immer ganz unkompliziert gewesen war, war er immer noch der große Bruder, der es als seine Verantwortung sah, seine kleine Schwester abzuholen.

Ich erkannte Ilay auf den ersten Blick. Ich hatte Fotos gesehen, und es hatte einige wenige Videoanrufe gegeben, doch jemanden in natura auf Anhieb zu erkennen, war dennoch etwas anderes. Ich hatte fast befürchtet, länger nach ihm suchen zu müssen. Aber zwischen all den anderen Wartenden, Suchenden, Ankommenden und Abreisenden stach er mir sofort ins Auge. Er sah aus wie damals mit dreizehn – nur größer, breitschultriger und mit Dreitagebart. Alles in mir zog sich bei seinem Anblick vor Freude und Aufregung krampfhaft zusammen. Ich konnte nicht länger an mich halten, drängelte mich an den anderen Passagieren vorbei und lief auf ihn zu.

Mit einem freudigen Quietschen fiel ich ihm um den Hals. Er war so groß geworden. So erwachsen. Seine Nähe fühlte sich trotz all der Jahre, die vergangen waren, vertraut und beruhigend an. All die Anspannung der letzten Stunden fiel während dieser Umarmung von mir ab.

„Willkommen zu Hause, kleine Schwester." Sanft löste Ilay meine Arme von seinem Hals, schob mich etwas zurück und sah mich mit einem liebevollen Kopfschütteln an. „Ich kann nicht fassen, dass du erwachsen bist."

„Was hast du erwartet, wer aus dem Flugzeug steigt?" Ich musste lachen. „Eine Zehnjährige mit Babypuppe im Arm?"

„Und einem Buch vor der Nase", ergänzte eine klare Frauenstimme.

Überrascht bemerkte ich die hübsche rothaarige Frau, die an Ilays Seite stand und geduldig wartete, bis ich sie ansah.

„Nora!"

Auch ihr fiel ich spontan um den Hals. Wir waren nie die besten Freundinnen gewesen, aber sie gehörte zu fast jeder Erinnerung, die ich an meinen Bruder hatte und dass die beiden nun ein Paar waren, war etwas, was ich schon zu Grundschulzeiten prophezeit hatte.

Lachend tätschelte Nora mir den Rücken. Sie wirkte wesentlich erwachsener als ich, obwohl wir genau gleich alt waren – zumindest kam es mir so vor. Während ich ein blumiges Frühlingskleid mit einem kurzärmligen rosa Strickbolero und ein breites rosa Haarband trug, war sie klassisch und schick mit einem schwarzen Hosenanzug und Blazer bekleidet.

„Oh, das …" Ihr Blick folgte meinem, und sie machte eine wegwerfende Handbewegung. „Wundere dich nicht. Ich habe einfach Unmengen an Kleidung aus New York und trage sie auf. Wäre zu schade, sie wegzuwerfen."

Lächelnd drückte Ilay ihre Hand, ehe er sich mein Gepäck schnappte. Ich fühlte mich ein wenig wie das zu groß geratene Kind der beiden, als ich ihnen aus der Flughafenhalle hinaus und zu ihrem Auto folgte. Fehlte nur noch, dass sie sich links und rechts bei mir unterhakten und mich vor- und zurückfliegen ließen.

Obwohl Nora mir den Beifahrersitz anbot, nahm ich auf der Rückbank Platz. Erschöpft und euphorisch zugleich lehnte ich mich an, schloss für einen Moment die Augen und genoss das Ruckeln des Motors, die Kühle des Fensters, an das ich meinen Kopf lehnte, und die Stille um mich herum. Als ich die Augen wieder öffnete, bemerkte ich, dass sowohl Ilay als auch Nora mich beobachteten. Er im Rückspiegel, sie hatte sich leicht zur mir nach hinten gedreht.

„Wir sind superneugierig", setzte Nora an und strich sich eine Strähne ihrer glänzenden roten Haare hinter das Ohr. „Als du angerufen und gefragt hattest, ob wir spontan ein Zimmer für dich frei hätten, ist Ilay fast ausgeflippt."

„Bin ich gar nicht", verteidigte er sich mit einem verlegenen Lachen.

„Doch, bist du, Liebling", neckte Nora ihn. „Wie geht es dir?", erkundigte sie sich im selben Atemzug bei mir. „Was machst du so? Und wie geht es deiner Mom?"

Ilay atmete bei dieser Frage lautstark aus, und mir fiel auf, dass Nora sich auf die Unterlippe biss. Die Frage war ihr wahrscheinlich einfach so herausgerutscht.

„Ihr geht's gut", antwortete ich sachlich und begann dann mit meinem Bericht. Ich erzählte von meinem Literaturstudium, von Tori und Harvey, vom Jahrmarkt und Madame Hekate mit ihrer schrägen, aber absolut glaubwürdigen Prophezeiung. Eigentlich hatte ich nur kurz erklären wollen, wer ich inzwischen war, was ich tat und weshalb ich hierhergekommen war, doch wie immer artete es ein wenig aus. Ich schweifte ab und merkte irgendwann, dass wir tatsächlich schon in Little Goldcoast angekommen waren, während die Worte immer noch aus mir heraussprudelten.

„Jedenfalls hat Mister Grimm dem Kunden dann tatsächlich alle sechs Romane über Norwegen verkauft, die wir im Laden hatten, und das, obwohl er eigentlich Bücher über Schweden gewollt hatte", beeilte ich mich, meine Erzählung ein wenig zu verkürzen.

Nora lachte höflich. „Beeindruckend."

Sie deutete auf das Haus, auf dessen Einfahrt wir zum Stehen gekommen waren. „Willkommen in unserem trauten Heim. Wundere dich nicht, wenn es etwas chaotisch wirkt – wie du weißt, sind wir erst vor kurzem eingezogen."

Ilay stieg aus und schüttelte grinsend den Kopf. „Du wirst gleich sehen, dass Noras Auffassung von Chaos sich um Welten von dem unterscheidet, was der typische Otto Normalverbraucher als Chaos betrachtet", raunte er mir zu, als er mir die Autotür aufhielt und mich aussteigen ließ.

Während er mein Gepäck aus dem Kofferraum hievte, folgte ich Nora und sah mich in der aus wenigen Häusern bestehenden Straße um, in der früher Mikas und Mayas Familien gewohnt hatten und in der oft Fußball gespielt worden war. Um zum *Golden Lake* oder zum Diner zu gelangen, musste man nur eine der vielen schmalen Gassen nutzen, das wusste ich noch. Auch sonst kam mir alles hier so bekannt vor, als wäre ich nur für eine kurze Zeit lang weg gewesen.

Noras und Ilays Haus hatte eine weiße Fassade, eine elegant anmutende, grau lackierte Holztür und eine Veranda, auf der zwei Stühle und ein rundes Tischchen standen. Die alte Frau, der es früher gehört hatte und die nebenbei einen staubigen kleinen Second Hand-Laden geführt hatte, musste inzwischen gestorben sein.

Als Nora die Tür aufschloss und mich freundlich hineinbat, wusste ich sofort, was Ilay vorhin gemeint hatte. Das Innere des Hauses sah aus, als wäre es vom Team von *SCHÖNER WOHNEN* eingerichtet und vor meinem Erscheinen noch von einer zwölfköpfigen Putzkolonne auf Hochglanz poliert worden. Der helle Laminatboden glänzte prunkvoll, und die Bilder an der

Wand machten den Eindruck, als hätte jemand den Abstand dazwischen auf den Millimeter genau berechnet.

Beeindruckt drehte ich mich langsam einmal um mich selbst und blieb mit dem Blick an der weißen Wendeltreppe hängen, an deren Geländer sich eine Lichterkette emporschlängelte.

„Danke. Schuhe bitte ausziehen", verlangte Nora ebenso höflich wie bestimmt und deutete auf ein schmales weißes Regal im Eingangsbereich, auf dem sich ein Schild mit der Aufschrift *Für Gäste* und ein halbes Dutzend flauschig aussehender Hausschuhe befanden.

„Natürlich." Schnell schlüpfte ich aus meinen weißen Sneakers und stellte sie ins Regal, um mir ein Paar Hausschuhe herauszunehmen.

„Sehr schön." Nora nickte lächelnd und deutete mit einer weit ausholenden Handbewegung auf Ilay, der mein Gepäck die Wendeltreppe emportrug. „Wir haben dir das Gästezimmer hergerichtet. Ich hoffe, es gefällt dir."

„Bestimmt. Vielen Dank." Verdammt nochmal, wieso kam ich mir gegenüber Nora bloß wie ein kleines Kind vor? „Ich ... laufe einfach mal hinterher."

„Mach das. Ich kümmere mich ums Abendessen." Damit wandte sie sich von mir ab und verschwand mit großen Schritten in die Richtung, in der ich die Küche vermutete. „Ach, und ... Jenna ..." Sie hielt noch einmal inne und lächelte mich über die Schulter hinweg an. „Willkommen in Little Goldcoast."

Kapitel 5

Erwischt

Die Bibi-Blocksberg-Kassette lief bereits zum zweiten Mal, und im Erdgeschoss war es immer noch nicht leiser geworden. Sie verletzten einander nie –dafür war ich dankbar – doch als kleines Mädchen mitanzuhören, wie die eigenen Eltern den jeweils anderen für das schlechte Leben, das sie angeblich führten, verantwortlich machten, tat auf eine Art und Weise weh, die unbeschreiblich war. Ilay hatte sich inzwischen auf dem Fußteil meines Bettes zusammengerollt. Er atmete ganz langsam und ruhig, doch ich wusste, dass er nicht wirklich schlief, sondern bloß so tat, um mich, seine kleine verängstigte Schwester, zum Einschlafen zu animieren.

Plötzlich fiel unten etwas um, und wir fuhren beide in die Höhe. Es folgten ein wütender Schrei, dann eine viel zu lange Stille und schließlich energische Schritte auf der Treppe. Ich hielt den Atem an. Im nächsten Moment wurde meine Zimmertür aufgerissen und Cara stand im Türrahmen. Schwer atmend schleuderte sie mir einen abgewrackt aussehenden Koffer entgegen, die damals blondierten Haare zu einem unordentlichen Dutt in die Höhe gesteckt und einen Ausdruck im

Gesicht, der irgendwo zwischen Wahnsinn und Verzweiflung einzuordnen war.

„Pack deine Sachen!", verlangte sie.

„Ich hole meine." Ilay sprang auf, um in sein Zimmer zu eilen. So war mein Bruder. Er stellte keine Fragen, er tat einfach, was man von ihm verlangte, und strahlte dabei noch eine unglaubliche Ruhe aus.

„Du nicht." Cara hielt ihn am Arm fest und schob ihn zurück in den Raum. „Nur Jenna."

Keuchend fuhr ich in die Höhe, beide Hände auf meine Brust gepresst, unter der mein Herz so heftig schlug, als würde es herausspringen wollen. Erleichtert schloss ich die Augen wieder, sank zurück in das weiche, wohlriechende Bett und wartete, bis mein Herz sich wieder beruhigt hatte. *Es war bloß ein Traum*, sprach ich mir selbst beruhigend zu, *einer, der wirklich so stattgefunden hat, aber immerhin schon vor fast vierzehn Jahren.*

Als ich die Augen das nächste Mal öffnete, fühlte ich mich gleich so voller Tatendrang, dass ich die Beine aus dem Bett schwang, mich ausgiebig streckte und in meinem vorübergehenden Quartier umsah. An Noras und Ilays Gästezimmer hätte ich mich gewöhnen können. Das Bett war weich und duftete nach blumigem Weichspüler und wenn man aus dem Fenster blickte, konnte man den *Golden Lake* sehen. Auf den Nachttisch hatte Nora mir sowohl eine Flasche Wasser und ein paar Cookies als auch ein neues Buch gelegt, das ich noch nicht kannte. *Ein kleines Willkommensgeschenk*, hatte sie gesagt, und zwischen Ilay und mir hin und her gesehen, als würde sie sich wirklich aufrichtig freuen, dass ich bei ihnen war.

Beschwingt verließ ich das Zimmer, suchte kurz das Bad auf und spritzte mir ein wenig kaltes Wasser ins Gesicht, bevor ich mir die Zähne putzte und die Haare kämmte. Sie mussten dringend wieder geschnitten werden, reichten sie mir doch längst bis zum Schlüsselbein. Sie wuchsen wie Unkraut, aber um sie wirklich lang zu tragen, waren sie viel zu dünn und glatt, aber der kinnlange Bob, den ich normalerweise trug, schummelte zumindest ein wenig Volumen hinzu. Seufzend schüttelte ich sie kurz über Kopf aus und fuhr mir mit den Händen durch die hellbraunen Strähnen, die mir sofort wieder wie ein Rahmen um das Gesicht fielen. Ob es in Little Goldcoast inzwischen einen Friseursalon gab? Unwahrscheinlich.

Mein Magen knurrte und erinnerte mich daran, dass Ilay am Vorabend versprochen hatte, mit uns im *Goldies* frühstücken zu gehen. Er hatte sich sogar extra für mich einen Tag freigenommen. Also suchte ich nach den beiden und entdeckte sie schließlich eng umschlungen in der Küche. Nora hatte ihr Gesicht an Ilays Hals gedrückt und die Augen geschlossen und er … oh shit … zu spät fiel mir auf, dass seine Hände sich eindeutig auf dem Weg unter ihr Shirt befanden. Sie wollten doch wohl nicht …

„Bitte aufhören!", hörte ich mich selbst rufen, einen Anflug von Panik in der Stimme.

Erschrocken fuhren beide auseinander.

„Oh Gott, tut mir leid. Tut mir so leid!" Ich schlug mir die Hände über den Mund und spürte, wie ich feuerrot anlief. „Ich wollte nicht … ich wusste nicht, dass …"

„Alles gut, Jenna, entspann dich." Ilay reckte sich gähnend und schaltete die Kaffeemaschine ein. „Guten Morgen, wie hast du geschlafen?"

„Kaffee?" Nora richtete sich die leicht zerzausten Haare und öffnete einen Schrank, in dem eine ganze Menge säuberlich sortierter und farblich aufeinander abgestimmter Tassen standen. „Entschuldige bitte den Schreck am frühen Morgen, wir haben wohl für einen kurzen Moment vergessen, dass du da bist."

„Ja, das … hab ich gemerkt. Und nein, vielen Dank, ich … wollte euch wirklich nicht stören", versicherte ich noch einmal. „Ihr könnt einfach weitermachen. Also sobald ich raus bin natürlich. Denn *das* will ich auf keinen Fall sehen. Zeugt mir gerne eine kleine Nichte oder einen kleinen Neffen. Aber nur, wenn ich sehr weit weg bin."

Ilay lachte.

„Es ist wirklich alles in Ordnung", erklärte er ruhig. „Gib uns eine halbe Stunde zum richtigen Wachwerden und Fertigmachen, dann können wir los, okay?"

„Nein, nein, alles gut." Die Situation war mir immer noch peinlich – offenbar sogar weitaus mehr als den beiden. „Macht euch keinen Kopf, ich … gehe einfach schon mal vor. Ich wollte sowieso mal ein bisschen die Gegend auskundschaften." Das war erstens gelogen und zweitens war ich mir ziemlich sicher, das Wort *auskundschaften* zum ersten Mal überhaupt in meinem Leben benutzt zu haben.

Zwar trug ich noch den kurzen grauen Jogginganzug, in dem ich geschlafen hatte, doch ich wollte nicht nochmal nach oben laufen und mich umziehen. Jogginganzüge waren doch sowieso gerade wieder modern, oder?

Außerdem war es Little Goldcoast. Wen juckte schon, was ich anhatte?

Schnell schlüpfte ich in meine Schuhe, ließ die Hausschuhe in dem kleinen Regal zurück und schnappte mir nur meine Tasche, die an der Garderobe hing und in der sich mein Handy und meine Geldbörse befanden.

Für einen Frühlingsmorgen war es noch recht kalt. Ein paar Vögel zwitscherten in den umstehenden Bäumen ihre Lieder und ließen mich schnell vergessen, was gerade geschehen war. Stattdessen rief ich mir in Erinnerung, weshalb ich hier war. Ich sollte besser die Augen offenhalten, um nicht zu verpassen, wenn sich mir jenes Glück plötzlich zeigte, von dem die Wahrsagerin gesprochen hatte.

Durch die schmale Gasse erreichte ich das *Goldies* schneller als gedacht. Doch durch die Fenster sah es darin ziemlich leer und dunkel aus. Ob es überhaupt schon geöffnet hatte?

Ich versuchte einen besseren Blick ins Innere zu erhaschen, konnte jedoch außer ein paar kleinen Tischen, auf denen Ketchupflaschen und Serviettenhalter standen, sowie einer Jukebox und dem leeren Tresen nichts erkennen. Nur dunkel erinnerte ich mich an das *Goldies*, das meist ein Treff für die Kleinstadtjugend, junge Erwachsene und müde Familienväter gewesen war und das ich selbst äußerst selten besucht hatte. Laut Ilay hatte sich dort inzwischen einiges verändert, und auch der alte Kane, vor dem ich mich als Kind zur Belustigung aller schrecklich gefürchtet hatte, weil ich der Meinung gewesen war, er sähe wie ein *böser Weihnachtsmann* aus, arbeitete längst nicht mehr dort. Das, was ich erkennen konnte, gefiel mir recht gut. Hatte etwas von *Luke's Diner* aus *Gilmore Girls*.

Um nicht dumm dazustehen, während ich auf meinen Bruder und seine Freundin wartete, beschloss ich, ein wenig um das Diner herumzulaufen und Ausschau nach ihnen zu halten. Zu einer Seite grenzte das *Goldies* direkt an ein großes Wohnhaus, zur anderen befand sich eine schmale Gasse, durch die ich einige Male auf und ablief und einigen mehr oder weniger realistischen Tagträumen nachhing. Der Verlag Graham war offenbar noch nicht abgehakt.

Ich fuhr vor Schreck fürchterlich zusammen, als ich mich zum wiederholten Male am Ende der Gasse umdrehte, um, gedanklich in wilde Dialoge vertieft, erneut an deren Anfang zu spazieren. Denn plötzlich stand ein großer, breitschultriger Mann vor mir, der die Hände in die Hüften gestemmt hatte und mich mit skeptischer Miene ansah.

Einen Moment lang war ich wie zu Eis erstarrt, dann sah ich ihn mir genauer an. Er kam mir nicht bekannt vor. Natürlich hatten auch die Kinder und Jugendlichen von damals sich inzwischen verändert, aber diesen Kerl hatte ich definitiv noch nie gesehen. Außerdem schien er mindestens zehn Jahre älter zu sein als ich.

Er war kein Disney-Prinz. Eher der dunkle, wenn auch unbestritten attraktive Bösewicht. Hochgewachsen, muskulös und großflächig tätowiert blickte er mit hochgezogenen Augenbrauen auf mich herab. Er hatte schwarze, glänzende Haare, die ihm bis in den Nacken reichten. Als er auf mich zukam, wappnete ich mich innerlich. Ich war auf alles vorbereitet - aber nicht auf das.

„Hungrig?", erkundigte er sich ruhig. Seine Stimme war zwar rau, aber viel freundlicher als erwartet.

„Ich ... was?" Völlig verwirrt starrte ich ihn an.

„Du schleichst nun schon seit einer ganzen Weile um die Container mit Essensresten herum und siehst dich um", erklärte er. „Und du kommst nicht von hier. Denn wäre das so, dann wüsstest du, dass ich immer etwas zu Essen für die habe, die nichts besitzen."

Oh mein Gott! Er dachte ernsthaft, ich hätte nur auf eine Gelegenheit gewartet, im Müll nach Essen zu suchen. Konnte es noch peinlicher werden?

Geduldig wartend sah er mich an, die breiten Arme vor der Brust verschränkt.

„Ich bin Jenna", brachte ich endlich mit hochrotem Kopf hervor.

Ernsthaft, Jenna? Was sollte das sein – eine Erklärung?

„Ich wollte keinen Müll stehlen!", schob ich eilig hinterher und schüttelte wie zur Bestätigung vehement den Kopf. „Ich ... besuche meinen Bruder hier. Wir wollten uns im *Goldies* treffen, aber dann habe ich die beiden in der Küche erwischt, wie sie ... nun ja ... ein bisschen zu innig miteinander gekuschelt haben, also habe ich angeboten, schon mal vorauszugehen." Während ich sprach, fuhr ich mit meinem Fuß einen Halbkreis am Boden nach, der aussah, als hätte ihn jemand in den Stein geritzt. Den Fremden direkt anzusehen, war einfach zu unangenehm. „Und als ich davorstand, sah das *Goldies* aus, als wäre es noch geschlossen, also bin ich ein wenig herumgelaufen, um nicht wie ein ausgesetzter Hund vor der verschlossenen Tür auf die beiden warten zu müssen. Meine Mutter sagt nämlich immer, dass ich nicht wie ein trauriger Hund gucken soll. Aber ich mache das gar nicht mit Absicht, wissen Sie? Das … das passiert einfach." Zaghaft sah ich zu ihm hoch, in der Hoffnung, dass er mir glaubte – und dass er nicht gerade feststellte, dass ich wirklich wie ein trauriger Hund dreinblickte.

„Bist du fertig?" Ein wenig überfordert dreinblickend rieb er sich die Stirn, als würde er all die Informationen, die da so ungefiltert auf ihn eingeprasselt waren, erstmal verarbeiten müssen.

„Ich … denke schon." Ich nickte tief ausatmend.

„Gut." Der Mann machte einen Schritt auf mich zu, und ich musste kurz gegen den Reflex ankämpfen, erneut zurückzuweichen. Doch dann streckte er mir bloß die Hand entgegen. „Grayson", stellte er sich schlicht vor. „Grayson Kane."

„Jenna." Mir fiel ein, dass ich das schon gesagt hatte, also fügte ich meinen Zweit- und Nachnamen hinzu, ergriff seine Hand und verzog keine Miene, als er ein wenig zu fest zudrückte. „Jenna Hope Graham. Mein Bruder ist Ilay. Sie kennen ihn bestimmt. Er sieht aus wie ich … nur als Mann. Mit Bartwuchs, größer und mit einer dunkleren Stimme … also zumindest mit einer *etwas* dunkleren Stimme, besonders dunkel ist seine tatsächlich nicht."

Großer Gott, warum hielt mir denn niemand den Mund zu? Das war ja grauenhaft.

Grayson Kane betrachtete mich, als wäre ich ein A-lien, das unmittelbar vor seinen schwarzen großen

Sneakers gelandet war. Dann nickte er knapp und brummte: „Gut. Komm mit.“

„Wohin?“, fragte ich vorsichtig.

„Ins *Goldies*.“ Er nickte Richtung Gassenausgang. „Frühstücken.“

„Entschuldige bitte, Jenna.“ Nora drückte mich kurz an sich. „Wir waren gerade dabei, unsere Schuhe anzuziehen, als das Telefon geklingelt hat. Es war leider ein wirklich wichtiger Anruf, den ich annehmen musste.“

„Schon in Ordnung“, winkte ich ab, als hätte ich sie beide nicht innerhalb der letzten halben Stunde mindestens zehnmal innerlich verflucht. „Grayson hat mir Gesellschaft geleistet.“

„Grayson?“ Ilay hob eine Braue, dann lachte er. „Da haben sich ja zwei gefunden.“

„Aber wirklich.“ Nora kicherte.

Grayson und ich tauschten einen knappen Blick miteinander, dann zuckte er mit den Schultern und fuhr damit fort, die Theke mit einem feuchten Lappen abzuwischen.

„Wieso das?“, erkundigte ich mich.

„Na ja …“ Ilay nahm zu meiner Linken auf einem der Barhocker Platz, Nora zu meiner Rechten. „Du redest ständig und er nie.“

Ich öffnete den Mund, um etwas zu entgegnen, doch dann wurde mir klar, dass ich ihm nur recht gegeben hätte, also verkniff ich mir all die Kommentare, die mir auf der Zunge lagen. Wahrscheinlich bildete ich es mir bloß ein, aber für einen kurzen Augenblick war ich mir ziemlich sicher, ein amüsiertes Grinsen über Graysons Kanes ernstes Gesicht huschen zu sehen.

Während er uns ein *Goldies Breakfast* auftischte, lief mir das Wasser im Mund zusammen und mein ohnehin schon knurrender Magen zog sich in jäher Vorfreude krampfhaft zusammen. Der Früchtetee, den er mir gekocht hatte, war lecker gewesen – aber nicht sättigend. Nun glitt mein Blick über ein wahres Frühstücksparadies. In Sirup schwimmende Pancakes, ein belegter Bagel, zwei Würstchen und eine große Menge Rührei mit Speck lachten mich an.

„Danke, das sieht superlecker aus!", strengte ich mich an, den schrägen Eindruck, den ich bisher auf den Besitzer des Diners gemacht hatte, zumindest ein wenig wettzumachen und schenkte ihm ein strahlendes Lächeln.

„Jap", nickte er knapp und verschwand im hinteren Teil des *Goldies*.

„Hast du vor, Dad zu sehen?" Ilays Worte ließen mir den großen Bissen Bagel, den ich mir gerade genehmigt hatte, fast im Halse stecken bleiben. Ich trank einen großen Schluck Tee hinterher und schüttelte den Kopf.

„Ich bin nicht seinetwegen hier", stellte ich klar und war selbst erstaunt, wie unterkühlt meine Stimme klingen konnte.

Nora blickte betreten schweigend auf ihr Frühstück und rührte in ihrem Kaffee.

„Er würde sich sicher freuen, dich zu sehen", versuchte Ilay erneut, einen besonders sanft klingenden Unterton anzuschlagen und schnitt ein Stück Pancake ab, um es sich in den Mund zu stecken.

„Er hätte mich vierzehn Jahre lang sehen können." Ich kostete etwas vom Würstchen und schließlich ein paar Gabeln voller Rührei. Alles schmeckte so köstlich, dass ich seufzte und die Augen verdrehte. „Das ist das beste Essen, das ich in meinem ganzen Leben je gegessen habe."

„Wundert mich nicht", murmelte Ilay in seine Tasse hinein. Dass er damit auf Caras mangelndes Kochtalent anspielte, war unüberhörbar. Sie hatte nie besonders gut und noch weniger gern gekocht, sodass es meistens Fertigessen oder Sandwiches gegeben hatte.

„Ilay?" Ich fuhr genüsslich mit einem aufgespießten Stück Pancake durch den Sirup. „Können wir uns vielleicht darauf einigen, dass du während meines Aufenthalts hier nichts Schlechtes über unsere Mutter sagst und ich nichts Schlechtes über unseren Vater? Wir können … einfach so tun, als würde es die beiden nicht geben. Meinst du, das geht? Bitte." Unglücklich sah ich ihm in die Augen.

„Meine Güte." Nora schüttelte schmunzelnd den Kopf. „Ihr beide habt wirklich genau den gleichen Hundeblick."

„Okay." Ilay seufzte und wandte sich wieder seinem Frühstück zu.

„Sehr gut." Lächelnd schob ich den Rest Rührei auf meine Gabel. „Dann können wir jetzt zu den wirklich wichtigen Dingen übergehen: Nennt mir doch mal die Namen und ein paar interessante Randdaten aller Männer aus Little Goldcoast im heiratsfähigen Alter."

Kapitel 6

Einfach nur Max

Vieles hatte sich während meiner jahrelangen Abwesenheit in Little Goldcoast nicht geändert. Die alte, uneben gepflasterte Straße, die zu beiden Seiten von niedlichen kleinen Läden und Wohnhäusern eingerahmt wurde, zum Beispiel. Der *Golden Lake* kam mir zwar ein wenig kleiner vor, das lag aber wohl eher daran, dass ich selbst größer geworden war. Das *O* vom Neonschriftzug über dem Kiosk funktionierte nicht, sodass nur das unvollständige Wort *KISK* in regelmäßigen Abständen aufblinkte. Ein Blick ins Schaufenster von *Miller's Moms-and-Pops-Store* ließ mich kurz innehalten und in Frage stellen, dass ich tatsächlich über ein Jahrzehnt lang fort gewesen war. Es hätten auch zwei Monate sein können. Nur der Anblick des Secondhand-Ladens hatte sich verändert. Die Fenster waren verhangen, und an der Tür hing ein großes *Zu verkaufen*-Schild.

Nein, Little Goldcoast hatte sich nicht wirklich verändert. Verändert hatten sich vor allem die Menschen, die hier wohnten. Wie ich waren auch sie älter geworden, einige waren fortgezogen, andere hinzugekommen, während der eigentliche Kern über die Jahre hinweg bestehen blieb, wie es in kleinen Städten nun einmal so üblich war. Die Tatsache, dass einer der Jugendlichen von damals, der auffallend hellblonde Mika Eriksson, inzwischen sogar Vater eines Kindes war, das bald in die Schule kommen würde, ließ mich ungläubig den Kopf schütteln.

Drake und der alleinerziehende Vater Mika waren, soweit ich Nora verstanden hatte, neben einem jungen Grundschullehrer namens Max, der nach meinem Fortziehen nach Little Goldcoast gekommen war, die wohl interessantesten und attraktivsten Junggesellen der Kleinstadt. Jonah, jüngster Sohn der Abercrombie-Familie vom gleichnamigen Großverlag, war inzwischen vergeben, und Aron, Noras Zwillingsbruder, an den ich nur wenige Erinnerungen hatte, leider mit nur achtzehn Jahren verstorben. Mein Kopf brummte vor lauter Informationen, die Nora mir mitgeteilt hatte, während Ilay in der Werkstatt seines, beziehungsweise unseres Vaters arbeitete.

Erschöpft von all dem Input lehnte ich mich im Stuhl zurück und sah Nora dabei zu, wie sie ihre leere Kaffeetasse in der Spülmaschine verstaute und ein paar hübsche Dekoartikel auf der Arbeitsfläche der Küche hin- und herschob. Obwohl ich erst seit dem Vorabend hier war, war mir bereits aufgefallen, dass sie einen kleinen Ordnungsfimmel hatte und hin und wieder völlig grundlos etwas zurechtrückte, was gar nicht verstellt gewesen war. Laut Ilay war diese Macke aber früher viel schlimmer gewesen, und er sah großzügig darüber hinweg, da es nun einmal ein Teil von ihr war.

Ein Blick aus dem auffallend sauberen Küchenfenster zeigte mir die strahlende Frühlingssonne, obwohl es längst Abend war. Ich hatte über das Lesen wieder einmal die Zeit vergessen. Das Gästebett war aber auch zu bequem …

„Ilay ist wirklich glücklich, dich hier zu haben." Mit einem milden Lächeln setzte Nora sich wieder zu mir. „Er hat es zwar selten gesagt, aber mir ist aufgefallen, dass du ihm gefehlt hast."

„Wirklich?"

„Wirklich. Du bist eben seine Familie." Nora seufzte, und für einen kurzen Moment fiel ein Schatten über ihr Gesicht.

„Alles in Ordnung?", fragte ich vorsichtig, bevor ich den letzten Schluck Zitronentee trank, den sie mir gekocht hatte. Hatte ich etwas Falsches gesagt?

„Alles bestens", antwortete sie mit einer wegwerfenden Handbewegung. „Es ist nur … wenn ich euch beide so zusammen sehe, dann muss ich an Aron denken. Ich hätte manchmal auch so gerne meinen Bruder hier."

Ich musste schlucken. Bisher hatte ich nicht erfahren, woran der Junge damals gestorben war, und ich traute mich auch nicht, danach zu fragen. War er krank gewesen? Hatte es einen Unfall gegeben? Nora sah trotz ihres Lächelns unheimlich traurig aus. Mir fehlten die Worte.

„Das kann ich verstehen", brachte ich endlich nach einer gefühlten Ewigkeit hervor. „Wenn ich dich und Ilay so zusammen sehe, dann wünsche ich mir auch, dass ich einen Freund hätte, aber ich habe keinen." Erst nachdem ich es ausgesprochen hatte, realisierte ich, was ich da gerade gesagt hatte. Kopfschüttelnd fügte ich hinzu: „Das ist nicht dasselbe, ich weiß."

„Nein, das ist es nicht", stimmte Nora mir zu. Zum Glück lachte sie.

„Es tut mir leid", beeilte ich mich zu sagen. „Mein Mund ist einfach meistens schneller als mein Gehirn."

„Ja, das ist mir auch schon aufgefallen. Aber es ist in Ordnung. Ich mag das."

„Wirklich?" Irritiert runzelte ich die Stirn.

Nora nickte bekräftigend. „Weißt du, in New York habe ich eine ganze Menge Menschen kennengelernt. Die wenigsten davon waren aufrichtig und ehrlich. Es war ein spannendes Leben … laut, mächtig und voller Geräusche, Lichter und großer Augenblicke. Aber es war nicht echt. Deswegen liebe ich Little Goldcoast so. Es ist so authentisch. Auch wenn nicht immer alles Friede, Freude, Eierkuchen ist. Die Wahrheit ist manchmal eben sehr unangenehm und schmerzhaft. Und es kann langweilig sein hier … leise und vielleicht sogar ein bisschen monoton. Aber es ist immer wahr, immer real, immer echt und … lebendig. Also bitte, Jenna …" Sie lächelte und griff über den Tisch hinweg nach meinen Händen. Ihre Finger waren schlank und perfekt lackiert. „Mach dir keine Gedanken darüber, dass du dein Herz auf der Zunge trägst. Du bist echt. Das ist erfrischend. Also wehe, du änderst das."

Am Abend stand ich vor dem Spiegel im Badezimmer und kämmte mir die Haare. Ich trug selten Make-up, doch dieses Mal entschied ich mich dafür. Wer wusste schon, ob dieser Abend jener Abend sein würde? Der, an dem ich das von Madame Hekate vorhergesagte Glück in der Liebe finden würde. Beim bloßen Gedanken daran flatterten tausende Schmetterlinge in meinem Bauch auf und zogen flügelschlagend ihre Runden. Dass Ilay und Nora mich nach dem Frühstück noch einmal mit ins *Goldies* nehmen wollten, wo sie sich mit ihrer Clique verabredet hatten, freute mich, machte mich aber auch nervös. Neben Harvey und Tori hatte ich nicht viele soziale Kontakte und legte tatsächlich auch nicht allzu viel Wert darauf. Die Figuren in meinen Büchern genügten mir meistens und fühlten sich, auf eine nach außen hin wahrscheinlich verrückt wirkende Art und Weise, wie eine Familie an.

„Seid ihr fertig?", rief Ilay nach oben.

„Fünf Minuten", riefen Nora und ich synchron zurück.

Er lachte.

„So ist das eben mit zwei Frauen im Haus", erklärte Nora, die sich im Schlafzimmer fertig gemacht hatte und nun die Treppe herunterging. Die Stufen knirschten dabei vernehmlich und zeigten, dass das Haus, auch wenn es einen modernen und frischen Anstrich bekommen hatte, alt war.

Schnell nahm ich meine glatten Haare zu einem hohen Zopf am Oberkopf zusammen, trug eine zweite Schicht Wimperntusche auf und tupfte mir ein wenig Gloss auf die Lippen. Kritisch begutachtete ich mein Spiegelbild. Ich trug eine roséfarbene Bluse über einem hellgrauen Spitzentop, dazu meine dunkle Lieblingsjeans. Hoffentlich war ich nicht zu underdressed für einen Abend im *Goldies*.

„Und? Was habt ihr den Tag über so gemacht?", hörte ich Ilay im Erdgeschoss fragen. Das Haus war wirklich hellhörig.

„Ich glaube, sie hat viel gelesen", antwortete Nora. „Wir haben zusammen zu Mittag gegessen, und ich habe ein bisschen im Homeoffice gearbeitet."

Bildete ich mir das ein oder hatte ihre Stimme einen leicht bitter klingenden Unterton? Für einen kurzen Moment war es ganz still.

„Ich bin stolz auf dich", sagte Ilay dann sanft. „Es ist nicht leicht, angestellt zu sein, wenn man immer sein eigener Chef war."

„Ist schon okay", erklärte Nora, obwohl das ziemlich sicher nicht so war.

„Eines Tages wirst du deine ganz eigene Agentur haben", versprach Ilay ihr und klang dabei so ehrlich, dass selbst ich ihm glaubte. „Wir müssen nur die perfekten Räumlichkeiten finden und fleißig weiter sparen."

„Mach dir keinen Kopf deswegen", entgegnete Nora sanft. „Ich arbeite tausendmal lieber als Angestellte für diese hochmütige Zicke und lebe mit dir, als in New York eine eigene Agentur und Mason als Verlobten zu haben."

„Tausendmal?"

„Mindestens."

Oh Mann, jetzt fingen sie bestimmt wieder an zu knutschen. Betont laut, damit sie mich hörten und wussten, dass ich nicht lauschte, schloss ich die Badezimmertür hinter mir und lief die Treppe hinab.

Zu meiner Erleichterung sahen auch die beiden recht leger aus. Ilay trug Jeans, Shirt und ein offenes Hemd mit Kapuze, Nora eine Leggins und ein schlichtes jadegrünes Longshirt, das einen perfekten Kontrast zu ihrem roten Haar abgab, welches sie zu einem Dutt zusammengebunden hatte.

„Süß siehst du aus." Nora schaute mich anerkennend an.

„Danke, du … auch." Süß war jedoch nicht wirklich ein Adjektiv, das Nora Harrison hinlänglich beschrieb. Stark und taff wirkte sie und gleichzeitig zart. Reifer als ich, obwohl wir gleich alt waren. Sie hatte blaue Augen, rote Haare und Sommersprossen, und obwohl sie die Großstadt verlassen hatte, sah und spürte man noch, dass sie Jahre ihres Lebens dort verbracht hatte.

„Können wir?", erkundigte Ilay sich, den Arm um ihre Taille geschlungen.

„Wir können", nickte ich, mit einer Mischung aus Vorfreude und Unsicherheit im Bauch.

„Hi, Grayson." Ich winkte dem großen tätowierten Besitzer des Diners kurz zu, als wir eintraten und ich Ilay und Nora folgte, die zielstrebig auf einen Tisch zusteuerten, der größer war als die anderen und neben den Stühlen von einer Eckbank umrandet wurde. Dort erkannte ich auch bereits die Clique, mit der wir verabredet waren.

„Hi, Jen." Grayson blickte kurz auf, ein paar Flaschen Bier in den Händen.

Jen?

Und schon war er ans uns vorbeimarschiert, um die Flaschen an den großen Tisch zu bringen. Ein wenig zaghaft ließ ich zu, dass Ilay mich allen nach einer kurzen Begrüßung vorstellte und schüttelte die Hände, die mir entgegengestreckt wurden. Jonah, der früher viel Zeit mit und bei meinem Bruder verbracht hatte, sah inzwischen aus wie ein junger Jason Momoa. Auch an Maya erinnerte ich mich; eine gutmütige, kurvige Frohnatur mit wilden, dunklen Locken. Drake, der einst ein echter Milchbubi gewesen war, war immer noch blass, aber sah inzwischen wie ein Rockstar aus, der undercover unterwegs war. Luna trug mittlerweile schwarze Dreadlocks und ein paar Tattoos, von denen sich zwei kleine sogar im Gesicht befanden. Offensichtlich war sie immer noch das quirlige Energiebündel von früher, denn sie sprang sofort auf, umarmte mich und zog mich auf den Platz neben sich, ohne damit aufzuhören, ihre Geschichte weiterzuerzählen, die mit viel Gestik und Mimik untermalt wurde. Der Letzte im Bunde war ein charmant aussehender junger Mann mit dunkelblondem Haar, der ein wenig schicker gekleidet war als der leger anmutende Rest der Truppe.

„Das ist Max", erklärte Ilay, während der Grundschullehrer über den Tisch hinweg meine Hand schüttelte. Er hatte schöne dunkelblaue Augen, die mich nun eingehend musterten, und war, soweit ich wusste, kurz nach Caras und meinem damaligen Verlassen der Stadt nach Little Goldcoast gezogen.

„Ja, das habe ich mir schon gedacht", antwortete ich und biss mir gleich darauf verlegen auf die Unterlippe. „Also weil Nora dich so gut beschrieben hat. Euch alle", setzte ich schnell hinzu, bevor es noch unangenehmer werden konnte.

„Bier, Jen?" Grayson nickte mir zu. „Einen Cocktail?"

„Eine Limonade bitte", antwortete ich, bevor ich mich wieder an Max wandte. „Max also. Max wie Maxwell? Oder Maximilian? Maximus?"

„Max." Er schüttelte immer noch meine Hand, während sich ein charmantes Lächeln auf seinem Gesicht ausbreitete. „Einfach nur Max."

Kapitel 7

My Wish For You

Als ich meine Limonade schon zur Hälfte leer getrunken hatte und allmählich ein wenig aufgetaut war, gesellte sich eine weitere Person zur Gruppe, die mir sofort bekannt vorkam.

„Sorry, meine Mum." Erklärend wies die junge Frau auf das Handy in ihrer Hand, welches sie nun kopfschüttelnd in der Tasche ihrer dunklen Jeggins verschwinden ließ. „Mein Dad hat eine Mikrowelle gekauft, und jetzt ist sie überzeugt davon, dass ihre Gehirnaktivität unter der Strahlung leidet. Außerdem glaubt sie, dass sie nun von der Regierung abgehört werden." Seufzend strich sie sich eine Strähne ihrer langen, blond gesträhnten Haare aus dem Gesicht, ließ sich neben Jonah fallen und nahm einen großen Schluck des bisher unangetasteten orangefarbenen Cocktails, den Grayson vorhin dort abgestellt hatte.

Es dauerte einen Moment, aber als unsere Blicke sich trafen, fiel es mir sofort wieder ein.

„Romy!", rief ich freudig aus.

„Jenna!" Sie schüttelte ungläubig den Kopf. „Wie schön, dich zu sehen! Was treibt dich wieder ans Ende der Welt?"

„Eine Wahrsagerin", konnte Ilay sich wohl nicht verkneifen zu sagen.

„Woher kennt ihr beiden euch denn?" Nora runzelte sichtlich irritiert die Stirn.

„Jenna hat mir auf dem Flughafen aufgeholfen, als ich auf dem Rückweg nach Little Goldcoast war und gestürzt bin. Ich war in Gedanken versunken und habe das *Frisch gewischt*-Schild übersehen", erklärte Romy, wobei sich ihre Wangen zartrosa färbten.

„Auf dem Rückweg zu *mir*", ergänzte Jonah mit sowohl rauem als auch liebevollem Unterton in der Stimme und drückte Romy einen Kuss auf die Schläfe. Er war also der Mann, von dem sie damals gesprochen hatte.

„Das war letzten Sommer, also vor fast zehn Monaten, richtig?", schloss Romy.

„Richtig", nickte ich, obwohl ich keine Ahnung hatte, wie lange es her war.

„So lange seid ihr schon zusammen?", erkundigte Drake sich. „Darauf trinke ich." Und damit setzte er die Bierflasche an seine Lippen und genehmigte sich einige Schlucke.

„Ja, fast ein ganzes Jahr", antwortete Romy lächelnd.

„Und wir fast sieben Monate", warf Nora mit einem liebevollen Blick auf Ilay ein.

„Und schon Hausbesitzer", merkte Jonah an und hob seine Bierflasche, um mit Ilay anzustoßen. „Respekt."

„Ihr doch auch." Nora nippte an ihrem Cocktail. „Das Ferienhaus hätte ich auch sofort mit Kusshand genommen."

„Leider schon belegt – immerhin haben wir uns dort kennengelernt", entgegnete Jonah mit gespieltem Bedauern.

Ich spürte, wie mein Blick durch das Paar hindurchglitt und meine Gedanken zu jenem Tag zurückschweiften, an dem ich Romy kennengelernt hatte. Dass sie damals wegen Jonah so aufgeregt gewesen war und nun tatsächlich hier mit ihm lebte, freute mich unheimlich. Die beiden waren ein hübsches Paar, dessen Energie sofort spürbar war.

Cara war beruflich in Detroit gewesen, und ich hatte sie abholen müssen. Wie immer war ich viel zu früh gewesen, hatte mich jedoch in weiser Voraussicht mit Lesestoff eingedeckt. Romy war nur einen knappen Meter vor mir so zielstrebig durch die Flughafenhalle marschiert, dass sie das *Caution Wet Floor*-Schild übersehen und filmreif gestürzt war.

Nachdem ich ihr aufgeholfen hatte, waren wir ein wenig ins Gespräch gekommen, und es hatte sich herausgestellt, dass sie auf dem Weg nach Little Goldcoast gewesen war, wo sie jemanden hatte treffen wollen, in den sie sich unsterblich verliebt hatte.

„Wahrsagerin?" Maya stellte ihr leeres Cocktailglas auf dem Tisch ab. Das Klirren katapultierte mich unsanft zurück in die Gegenwart. Sie wandte sich mir mit interessiertem Gesichtsausdruck zu. „Das musst du mir näher erklären."

„Oh, ich weiß nicht ..." Verlegen fuhr ich mir mit der Hand über den hohen Zopf, den ich mir gebunden hatte. Doch die neugierigen Blicke blieben. „Sie hat mir an meinem Geburtstag prophezeit, dass ich dorthin zurückkehren müsse, wo meine Wurzeln sind", fasste ich recht vage das zusammen, was Madame Hekate mir tatsächlich mit auf den Weg gegeben hatte. Ich vermied es, dem attraktiven Max in die Augen zu sehen. „Um ... nun ja ... mein Glück zu finden.“

„Okay ... wow.“ Maya war in Anbetracht meiner Naivität entweder fassungslos oder von der Geschichte begeistert. Schwer zu sagen. Sie hob ihr Cocktailglas, als hätte sie vergessen, dass es längst leer war. „Darauf sollten wir anstoßen.“

„Worauf?“

Huch, wo kam denn Grayson nun plötzlich her? Hatte er sich während der letzten Stunde eher hinter der Theke und somit im Hintergrund aufgehalten, so stand er nun plötzlich an unserem Tisch, als hätte das Wort *anstoßen* ihn irgendwie angelockt.

„Auf Jennas Glück!“, erklärte Maya fröhlich.

„Auf Jennas Glück. Interessant.“ Grayson sah mir aufmerksam in die Augen.

„Ja, ich ... suche danach“, erklärte ich und kam mir selten dämlich vor.

Warum hatte Ilay das Thema mit der Wahrsagerin überhaupt ansprechen müssen? Ich kam mir vor wie ein pubertierender Teenager, der bei einer großen Familienfeier vorgeführt wurde.

„Du suchst nach deinem Glück?“ Grayson runzelte die Stirn. „Danach sucht man doch nicht.“

„Ach nein?“ Ich erwiderte seinen Blick.

„Nein“, blieb er standhaft. „Es ist doch viel schöner, wenn das Lieblingslied plötzlich im Radio läuft, als wenn man es bewusst anmacht, findest du nicht?“ Er zwinkerte mir unauffällig zu. „Nochmal dasselbe für alle?“, wandte er sich gleich darauf an den Rest der Gruppe.

„Und eine Runde Bourbon für alle“, verlangte Jonah, warf einen Blick in die Runde und zählte offensichtlich. „Also neun … oder zehn, falls du mittrinkst, Grayson. Und meine Gitarre bitte. Ich bin in Gesangslaune.“

Romy und Maya kicherten, während ich noch über Graysons Worte nachdachte.

Als dieser sich zum Gehen wandte, räusperte ich mich leise. Ich wollte kein Spielverderber sein. „Für mich bitte keinen Bourbon“, brachte ich dennoch hervor. „Lieber noch eine hiervon.“ Ich schwenkte mein fast leeres Glas. Die Limonade schmeckte hervorragend. Nicht zu süß, nicht zu sauer, sondern irgendetwas genau dazwischen. Die perfekte Mitte.

„Ach komm schon, einen musst du mittrinken“, verlangte Drake und grinste mir über den Tisch hinweg zu.

„Sie ist sicher auch betrunken nicht dumm genug, dich mit nach Hause zu nehmen, Idiot.“, zickte Luna ihn an und verdrehte die Augen.

„Amerikanisches Nationalgetränk, Jenna!“, versuchte auch Max, mich zu überreden. „Dazu kann man nicht Nein sagen.“

„Ich … trinke eigentlich gar nicht“, erklärte ich mit einem entschuldigenden Lächeln. „Aber trotzdem danke.“

„Gar nicht? So gar nicht gar nicht?“, erkundigte Romy sich. Ich schüttelte den Kopf.

„Aber so ein kleines Glas ist ja fast gar nichts“, bemerkte Max nachdenklich.

Grayson nahm mir das leere Glas aus der Hand und zog mit ein paar schnellen, lauten Armzügen die restlichen leeren Gläser und Flaschen vom Tisch. Das Klirren unterbrach die Diskussion darüber, ob ein kleines Glas Bourbon nun fast gar nichts oder doch etwas war.

„Sie sagte, sie trinkt nicht", brummte er, dann wandte er sich mir zu, als wären die anderen nicht mehr anwesend und lächelte milde. „Ich bringe dir noch eine Limonade."

„Danke", brachte ich peinlich berührt hervor.

Wahrscheinlich hielt Max mich jetzt für eine Spießerin. Und die anderen auch.

Jonah wartete, bis Grayson außer Reichweite war und neue Getränke holte, dann lehnte er sich über den Tisch und raunte mit gesenkter Stimme: „Ich glaube, das war das erste Mal, dass ich Grayson Kane habe lächeln sehen."

Stunde um Stunde verging, ebenso wie eine Getränkerunde nach der nächsten ausgeschenkt und abwechselnd von jedem am Tisch übernommen wurde. Ich fühlte mich zwischen den mehr oder weniger angeheiterten Freunden, die Insiderwitze und lieb gemeinte Neckereien austauschten, allmählich ein bisschen fehl am Platze. Seit Graysons Worten hatte immerhin niemand mehr versucht, mich zu Bourbon, Bier oder Cocktails zu überreden.

Irgendwann schnappte Jonah sich die Gitarre, die er ihm gebracht hatte, und schlug unter freudigen Lauten von Maya und unendlich verliebtem Blick von Romy ein paar Akkorde an.

„Was ist dein Lieblingslied, Jenna?", erkundigte er sich über den Tisch hinweg. „Vielleicht können wir es als kleinen Willkommensgruß für dich spielen."

Ich wurde sofort verlegen. „Ich glaube nicht, dass ihr es kennt. Es ist *I Just Want To Love You* von *The Strange Familiar.*"

Tatsächlich schien es niemand zu kennen.

„Sorry, da bin ich raus." Jonah lächelte mich entschuldigend an. „Aber ich weiß etwas Besseres." Ruhig begann er, eine Melodie zu spielen. Nach den ersten Tönen erkannte ich den Song – *My Wish* von *Rascal Flatts.*

„I hope the days come easy and the moments pass slow
And each road leads you where you want to go
And if you're faced with a choice, and you have to choose
I hope you choose the one that means the most to you
And if one door opens to another door closed
I hope you keep on walkin' 'till you find the window"

setzte er mit erstaunlich guter Stimme an.

„If it's cold outside, show the world the warmth of your smile"

fielen Ilay, Nora, Maya, Drake und Luna synchron mit ein.

„But more than anything, more than anything
My wish, for you, is that this life becomes all that you
want it to.“

Romy sang inzwischen ebenfalls mit, wenn auch so leise, dass man es kaum hörte. Nun zwinkerte auch Max mir zu und begann mitzusingen. Nicht besonders gut, aber mit offensichtlicher Freude an der Sache.

„Your dreams stay big, your worries stay small
You never need to carry more than you can hold
And while you‘re out there getting where you‘re get-
ting to
I hope you know somebody loves you, and wants the
same things too
Yeah, this, is my wish“

sang nun die gesamte Gruppe, abgesehen von mir. Ein wenig peinlich berührt hielt ich mich an meiner Limonade fest und schlürfte im Zeitlupentempo am Trinkhalm.

„I hope you never look back, but you never forget“

erklang unerwartet Graysons Stimme, der sich mit einer zweiten, etwas dunkleren und älter aussehenden Gitarre zu uns setzte, den Blick in die Ferne gerichtet. Er hatte eine auffallend schöne Stimme, rauchig und intensiv.

„All the ones who love you, in the place you left
I hope you always forgive, and you never regret
And you help somebody every chance you get

Bevor der Refrain wieder einsetzte, hob Jonah sein Glas und prostete mir zu.

„Ein Wunsch für Jenna", rief er, und alle stießen mit ihm an.

„Ein Wunsch für Jenna", wiederholte ich leise und exte meine süße Mandarinenlimonade, als wäre es Schnaps.

Kapitel 8

Date und Erdbeerkuchen

„Und wie sieht er aus?"

„Max?"

„Nein, Kermit der Frosch, Jenna. Natürlich Max." Ich sah förmlich vor mir, wie meine besten Freunde ihren obligatorischen Typisch Jenna-Blick austauschten und über mich schmunzeln mussten.

Wir telefonierten nun bereits seit einer halben Stunde, und vor allem Tori war so begierig auf Informationen gewesen, dass ich alles, was ich seit meiner Ankunft in Little Goldcoast erlebt hatte, inzwischen zusammengefasst hatte. Einschließlich des gestrigen Abends im *Goldies*, der damit geendet hatte, dass ich mit einem leicht angeheiterten Pärchen als drittes Rad am Wagen nach Hause gelaufen war und übelst gefroren hatte, weil die Nacht wohl noch nicht darüber informiert worden war, dass wir inzwischen Frühling hatten.

„Nun, er ist groß, hat dunkelblonde Haare, blaue Augen und einen echt guten Kleidungsstil", versuchte ich den jungen Lehrer zu beschreiben, den ich gerade erst kennengelernt hatte.

„Und, was glaubst du? Ist er es?" Harvey klang, als hätte er Chips im Mund, was gar nicht mal so unwahrscheinlich war.

„Ist er was?"

„Na, dein Glück!" rief Tori ungläubig. „Der Grund, weshalb du überhaupt erst in dieses verschlafene Städtchen am Ende der Welt zurückgekehrt bist."

„Puh, keine Ahnung, Leute. Ich kenne ihn ja kaum", musste ich zugeben. „Aber wer weiß. Vielleicht ergibt sich das bald."

„Und wie wir dich kennen, bist du gerade dabei, das Haus zu verlassen, um dich ein wenig in der Stadt umzusehen und ihm dabei zufällig über den Weg zu laufen", schnurrte Tori mit vor Ironie triefender Stimme.

Ich musste lachen. Sie kannte mich zu gut und wusste ziemlich genau, was ich gerade tat. Mein Blick glitt über das Bett, in dem ich saß, das Buch auf meinem zugedeckten Schoß, die Teetasse auf dem Nachttisch und den köstlich aussehenden Erdnussbutter-Marmeladen-Toast, den ich mir vorhin geschmiert hatte. Nora und Ilay mussten beide arbeiten, und obwohl sie ein sichtlich schlechtes Gewissen hatten, mich alleine zu lassen, gab es für mich kaum etwas Schöneres. Ich war gerne allein mit mir, meinen Gedanken und etwas zum Lesen.

„Er wird sicher nicht an die Tür klopfen", gab Harvey zu bedenken.

„Du bist doch nicht so weit geflogen, nur um dann in einem anderen Bett deine Bücher zu lesen", fügte Tori ein wenig oberlehrerhaft hinzu.

„Richtig", stimmte ich ihr widerwillig zu, obwohl ich eigentlich genau das vorgehabt hatte.

Aber die beiden hatten ja recht – das Glück, von dem Madame Hekate gesprochen hatte, wartete bestimmt nicht in der Nachttischschublade oder unter dem Bett, bis ich mein Buch ausgelesen und meinen Toast aufgegessen hatte. Außerdem waren nur zwei Wochen in Little Goldcoast eingeplant, danach erwarteten mich sowohl Cara als auch Mister Grimm wieder zurück. Ich würde aktiv werden müssen. Und wer wusste schon, was geschehen würde?

Eine gute halbe Stunde später hatte ich mich tatsächlich aufgerafft, das Bett und sogar das Haus zu verlassen. In der romantisierten Vorstellung, meinem Traummann direkt in die Arme zu laufen, hatte ich eines meiner Lieblingskleider angezogen: ein süßes, mintgrünes Shirtkleid, das über und über mit winzigen Ankern bedruckt war. Ein weißer Flechtgürtel umschlang die Taille. Dazu trug ich offene Haare, Sneakers und ein wenig Wimperntusche. Ich hatte mir oft ausgemalt, wie er sein würde, jener Moment, in dem die Liebe meines Lebens sich Hals über Kopf in mich verlieben würde. Jogginghosen und fettige Haare hatte ich in diesen lebhaften Tagträumen nie gehabt.

Unweigerlich blitzte eine Erinnerung vor meinem inneren Auge auf, die ich lieber nicht sehen wollte: mein erstes Aufeinandertreffen mit Bill. Ich hatte eine Winterjacke, einen Schal und die hässlichste Hose der Welt getragen, während ich dabei war, einen ganz besonders hartnäckigen Reizhusten auszukurieren und blass wie der Tod persönlich gewesen war. Und so unschön, wie es angefangen hatte, hatte es auch geendet. War das von vornherein so bestimmt gewesen? Wer wusste das schon? Aber noch einmal würde ich diesen Fehler nicht machen. Dieses Mal würde alles von Anfang an perfekt sein.

Ich blieb vor der Grundschule stehen und ließ meinen Blick über das kleine rote Gebäude gleiten, das, seit ich es als Kind besucht hatte, keinen neuen Anstrich erhalten hatte. Es sah immer noch genauso aus wie damals.

Ob es Zufall war, dass sich direkt gegenüber der Schule eine Parkbank befand? Ohne groß darüber nachzudenken, setzte ich mich darauf.

Little Goldcoasts Grundschule hatte nur vier Klassen, eine in jeder Jahrgangsstufe. Eine Zeit lang war in der Stadt damals das Gerücht umgegangen, dass eine Schließung geplant war und die Kinder aus Little Goldcoast dann in Belbridge zur Schule gehen sollten. Es freute mich, dass dies bisher nicht eingetreten war. Die Schule barg einige schöne Erinnerungen, die ich nicht missen wollte. Immerhin hatte ich dort lesen gelernt. Selbst der Gong klang noch genau gleich. Offenbar hatten die Kinder Pause. Oder frei?

Es wurde immer lauter, und nun stürmten eine Menge kleiner und mittelgroßer Kinder mit Rucksack, Pausbacken und sommerlicher Kleidung aus dem Gebäude. Einige wurden von ihren Müttern in Empfang genommen, die am Zaun gewartet hatten. Die meisten anderen jedoch verstreuten sich hüpfend, rennend und lachend in verschiedene Richtungen. Als mir klar wurde, dass gleich wahrscheinlich auch die Lehrer das Gebäude verlassen würden und ich wie ein hobbyloser Stalker hier saß und wartete, sprang ich hektisch auf, um das Weite zu suchen.

Zu spät.

„Jenna?“

Peinlich berührt hielt ich inne und drehte mich in Zeitlupentempo um. Natürlich war Max ausgerechnet in dem Moment aus der Schule gekommen, einen mit Dinosauriern übersäten Ranzen in der Hand, der ihm nun von einem lockenköpfigen kleinen Jungen abgenommen wurde.

„Danke, Mister Reed, den habe ich ganz vergessen!", brachte er atemlos hervor, um sich gleich darauf umzudrehen und davonzusprinten.

„Kein Problem, Dustin, hab' einen schönen Tag!", rief Max ihm hinterher, ehe er sich mir zuwandte. „Jenna! Schön, dich zu sehen."

„Max ..." Ich rang mir ein nervöses Lächeln ab. „Was ... ähm ... tust du denn hier?"

„Ich arbeite hier", antwortete er freundlich.

„Ach, echt?", tat ich überrascht. „Was für ein Zufall."

„Ja." Er zog das A in die Länge und fuhr sich nachdenklich dreinblickend mit der Hand durch die dunkelblonden Haare.

Er sah wirklich gut aus. Heute trug er ein weißes Poloshirt zu einer braunen Stoffhose, dazu dunkle Lederschuhe im selben Farbton wie der breite Gürtel.

„Ich muss nochmal zurück in die Schule. Lehrerkonferenz", fügte er mit einem bedauernden Unterton in der Stimme hinzu.

„Oh je", war alles, was mir dazu einfiel.

Max lachte, dann nickte er. „Ein Spaß ist es wirklich nicht. Aber wichtig für alle Beteiligten. Was ich eigentlich sagen wollte ... hättest du Lust, später etwas trinken zu gehen?"

Bat er mich gerade um ein Date?

„Oh, nein, sorry." Er fuhr sich mit der Hand über die Stirn. „Ich meinte, etwas essen zu gehen."

Oh, er erinnerte sich daran, dass ich nicht trank. Wie aufmerksam.

„Oder etwas anderes. Was immer du willst", fügte er hinzu. „Ich hätte dich sonst beim nächsten Treffen im *Goldies* gefragt. Aber da wir uns sowieso gerade zufällig über den Weg laufen ..."

Zufällig. Korrekt.

„Kino?", schlug ich vorsichtig vor.

„Kino? Klar!" Max gefiel mein Vorschlag offensichtlich. „Das in Belbridge ist vor Kurzem modernisiert worden, das wird dir gefallen. Soll ich dich um 19 Uhr abholen?"

„Ja, gern, ich ... kann dir die Adresse aufschreiben", schlug ich vor.

„Nicht nötig, ich weiß doch, wo Ilay und Nora wohnen", winkte Max ab, dann warf er kurz einen Blick über die Schulter Richtung Schuleingang, wo ein älterer Herr mit Sakko auf ihn zu warten schien. „Ich muss jetzt wirklich los, tut mir leid. 19 Uhr?"

„19 Uhr", wiederholte ich und setzte unnötigerweise hinzu: „Bei Ilay und Nora."

Max lachte.

„Um 19 Uhr bei Ilay und Nora", rief er, während er sich umdrehte. „Ich werde da sein."

„Ich auch." Logisch. Ich wohnte ja zurzeit da.

Lächelnd sah ich dabei zu, wie er in der Schule verschwand, nicht ohne mir einen letzten Blick zuzuwerfen.

Dann machte ich mich auf den Heimweg. Immerhin hatte ich mir ein Date organisiert – da hatte ich mir ein paar ruhige Lesestunden nun wirklich verdient.

Was trug man zu einem Date im Kino? Nachdenklich ließ ich meinen Blick über die vielen unterschiedlichen Antworten schweifen, die *Google* auf meine Frage hin ausspuckte. Die meisten Kinoabende hatte ich mit Harvey und Tori und in dementsprechend bequemer Alltagskleidung verbracht. Bei einem Date – und das mit einem Mann, der sich wirklich zu kleiden wusste und Klasse hatte – musste man da schon etwas genauer sein. *Google* empfahl mir, bequeme und locker fallende Kleidung zu tragen, elegant sowie entspannt, schick, aber nicht zu overdressed, klassisch aber mit eigener Note. Kopfschüttelnd ließ ich das Handy sinken und legte es auf dem Küchentisch ab.

„Danke für nichts, *Google*!", murmelte ich vor mich hin.

Tori und Harvey brauchte ich gar nicht erst zu fragen. Die beiden waren superlieb und immer für mich da, aber nicht wirklich die besten Ansprechpartner, was Mode betraf. Und Nora? Ich runzelte die Stirn. Würde mir wahrscheinlich zu einem trendigen Hosenanzug mit Blazer raten, was ihr selbst super stand, an mir aber einfach unpassend und aufgesetzt aussehen würde.

Ich warf einen Blick auf meine Uhr. 16:56. Gleich würden Ilay und Nora nach Hause kommen, dann wollten wir gemeinsam essen. Nora hatte versprochen, von unterwegs etwas Leckeres mitzubringen. Und in zwei Stunden würde Max vor der Tür stehen. Es half alles nichts – ich musste wohl oder übel ein paar Outfits anziehen und dann entscheiden, was ich als passend empfand.

Intuitiv entschied ich mich zuerst für eine schulterfreie, locker fallende Bluse in Cremeweiß, die über und über mit roséfarbenen Blumen bedeckt war und mir gerade bis über den Po reichte. Dazu schlüpfte ich in eine schwarze Leggins und musterte mich abschätzend im Spiegel. Das Outfit gefiel mir, aber war es vielleicht zu locker? Was, wenn Max mit Krawatte oder Sakko vor der Tür stehen würde und enttäuscht von meinem Auftritt wäre? Oder wenn es ständig herunterrutschen würde und ich es umständlich wieder hochziehen musste? Ich seufzte. Die weiblichen Helden in den Romanen, die ich las, hatten solche Probleme nie. Die trugen wallende Röcke, offene, wilde Haare und Korsetts … und sahen immerzu bezaubernd aus – selbst wenn sie drei Tage lang auf einem Wildpferd durch einen verhexten Wald geritten waren.

Ich testete gerade ein paar Frisuren, als es an der Tür klingelte. Ob das schon Nora oder Ilay waren? Quatsch! Die hatten doch wohl einen Schlüssel zu ihrem eigenen Haus! Immer zwei Stufen auf einmal nehmend, lief ich die Treppe herunter und lugte durch den Spion. Davor stand Grayson Kane. Überrascht öffnete ich die Tür. Einen Moment lang sahen wir einander an, bis wir endlich gleichzeitig ein *Hallo* hervorbrachten.

„Ilay ist nicht da", erklärte ich bedauernd.

„Kein Problem, ich muss mir nur kurz etwas bei ihm leihen. Mein Wasserhahn leckt, und ich finde das richtige Werkzeug nicht. Wir leihen uns ständig gegenseitig was. Ich gehe hier quasi ein und aus", erklärte er entspannt.

„Okay, wenn das so ist ..." Ich zögerte kurz. Immerhin war das nicht mein Haus. Doch dann öffnete ich die Tür gerade so weit, dass er eintreten konnte. Immerhin kannte er meinen Bruder gut. Wieso sollte ich ihn also vor der Tür stehenlassen?

Grayson nickte dankend, trat an mir vorbei und sah sich erstmal um.

„Ich habe dir etwas mitgebracht." Erst jetzt bemerkte ich, dass er eine kleine Box in der Hand hielt, die er mir nun mit einem angedeuteten Lächeln entgegenstreckte.

„Mir?" Überrascht starrte ich darauf, ohne sie anzunehmen.

„Keine Sorge, es ist nur ein Stück Kuchen. Frischkäse-Erdbeer-Kuchen, um genau zu sein. Ein traditioneller Frühlingskuchen."

„Oh ..." In Zeitlupentempo nahm ich die kleine Box an mich. Kühl und schwer lag sie in meinen Händen. „Danke."

„Kein Ding", winkte Grayson ab. Dann lief er zielstrebig in die Küche. Ob Ilay dort seine Werkzeuge aufbewahrte? Ich wagte zu bezweifeln, dass Nora das zulassen würde.

Unsicher blieb ich im Flur stehen. Ob ich ihm folgen sollte? Wirkte das nicht, als würde ich ihm nicht trauen und ihn kontrollieren wollen? Andererseits wäre es ziemlich unhöflich gewesen, einfach zurück in mein Zimmer zu spazieren. Die Einwohner von Little Goldcoast sollten auf keinen Fall denken, dass Ilay eine nicht gastfreundliche Schwester hatte. Also lief ich ihm etwas zögerlich nach. Als ich die wie immer auf Hochglanz polierte Küche betrat, zog er gerade eine Schublade auf und blickte nachdenklich hinein.

„Und, Jen, wie gefällt dir das Städtchen so?", erkundigte er sich, ohne mich anzusehen.

„Ähm ... ganz gut soweit", antwortete ich. Dass ich bisher die meiste Zeit davon mit einem Buch im Bett verbracht hatte, verschwieg ich lieber.

„Sehr schön. Und die Leute sind nett zu dir?", brummte er, in der Schublade irgendetwas von der einen auf die andere Seite schiebend. Ich bezweifelte immer noch, dass sich dort etwas anderes befand als Küchenutensilien, aber ich traute mich nicht, etwas zu sagen. Er kannte sich hier wahrscheinlich viel besser aus als ich, wenn er hier ein- und ausging.

„Ja, sehr." Ich nickte, obwohl er mich immer noch nicht ansah. „Nora und Ilay haben mich sehr nett hier aufgenommen. Und heute Abend gehe ich mit Max ins Kino."

„Ach ..." Grayson hörte kurz auf zu kramen, dann fuhr er unbeirrt damit fort. „Max also. Sehr schön. Guter Mann. Und ... ich hab, wonach ich gesucht habe." Mit einem zufriedenen Nicken zog er etwas aus der Schublade, das wie der Rühraufsatz für einen Handmixer aussah. Er schloss die Schublade und wedelte mit dem Ding.

„Ist das nicht zum ... Teig umrühren?", hakte ich vorsichtig nach.

„Genau." Grayson nickte erst nachdenklich, dann bestimmt. *„Eigentlich* ist das zum Teig umrühren. Aber man kann damit auch ganz hervorragend leckende Wasserhähne reparieren.“

„Ach, echt?“ Ich hoffte, dass ich nicht zu skeptisch klang. Aber die Vorstellung, wie jemand damit etwas reparierte, war einfach zu komisch.

„Ja, wirklich. Ist so ein Geheimtipp.“

„Cool, dann … viel Glück beim Reparieren.“

„Danke dir.“ Grayson wandte sich zum Gehen, verließ die Küche und ging zielstrebig zur Haustür. „Dann viel Spaß heute Abend.“

Ich nickte lächelnd und wünschte ihm noch einen schönen Abend. Kopfschüttelnd sah ich ihm nach, wie er mit dem Rühraufsatz in der Hand um die Ecke verschwand.

Kaum war er fort, kamen zuerst Ilay und schließlich Nora, die triumphierend einen Beutel mit chinesischem Essen in die Höhe reckte, von der Arbeit. Während wir gemeinsam gebratene Nudeln mit Pekingente aßen, erkundigten die beiden sich nach meinem Tag.

„Du hast aber nicht nur gelesen, oder?“, fragte Ilay, halb besorgt, halb belustigt.

„Quatsch.“ Ich schüttelte den Kopf und nahm einen Schluck Wasser. „Ich bin durch Little Goldcoast spaziert, habe Max getroffen und mich mit ihm für heute Abend verabredet.“

„Ach, echt?“ Nora und Ilay sahen sich an.

„Ja, wir gehen ins Kino.“ Ich drehte mit der Gabel ein paar Nudeln auf und steckte sie mir in den Mund. „Max sagt, in Belbridge wäre gerade alles modernisiert worden.“

„Also ein richtiges Date?“ Nora nahm sich noch etwas von der Pekingente und schnitt ein mundgerechtes Stück ab.

„Ich denke schon“, antwortete ich mit einem Schulterzucken.

Ilay zog eine Grimasse, als hätte er in eine Zitrone gebissen.

„Deine Schwester ist eine erwachsene Frau, Liebling“, erinnerte Nora ihn, die den Blick bemerkt hatte, ohne ihn direkt anzusehen. „Sie darf Dates haben. Und Beziehungen. Und sogar Sex.“

Ilay stöhnte überfordert auf, packte sie und hielt ihr spielerisch den Mund zu. Beide lachten.

„Außerdem magst du Max“, fügte Nora hinzu, als sie sich wieder beruhigt hatten, und füllte alle Gläser auf dem Tisch nochmal mit Wasser auf. „Er ist ein toller Mann, da bin ich mir sicher. Er ist gutaussehend, höflich und gebildet. Er hat einfach Klasse.“

„Ja, eine zweite Klasse, um genau zu sein“, sagte Ilay trocken.

„Das hat Grayson auch gesagt“, fiel mir ein. „Also dass er ein guter Mann ist.“

„Grayson?“ Ilay blickte von seinen gebratenen Nudeln auf. „Warst du auch im *Goldies*?“

„Nein, er war hier, kurz bevor ihr nach Hause gekommen seid“, antwortete ich. „Hat sich einen Rührstab ausgeliehen und mir Kuchen mitgebracht.“

Die beiden tauschten einen Blick, dann wandte Ilay sich wieder seinen Nudeln zu. Er hatte bereits fast die ganze Portion aufgegessen, während Nora und ich gerade mal bei der Hälfte angelangt waren und ich allmählich schon ein Sättigungsgefühl verspürte. Außerdem würde ich nachher im Kino sicher noch Popcorn essen. Und Nachos. Kino-Nachos waren die besten.

„Das ist merkwürdig", murmelte Ilay.

„Was denn?" Ich legte die Gabel beiseite.

„Dass Grayson hier war."

„Wieso?" Ich runzelte die Stirn. Er ging doch hier ein und aus.

„Na ja ..." Mein Bruder trank einen Schluck Wasser. „Wir haben das Haus von Hornbrillen-Hattie bereits vor Wochen übernommen. Und Grayson war noch nicht ein einziges Mal zu Besuch."

Kapitel 9

Unerwarteter Besuch

„Der Film war wirklich ... interessant.“

„Ja und so ... lang.“

„Und die Schauspieler haben ... na ja ... sie haben ihren Job gemacht.“

„Die Story nicht zu vergessen.“

„Stimmt, die war ... auch nicht zu verachten.“

Max fuhr sich mit der Hand über das Gesicht, als könnte er die letzten zweieinhalb Stunden so fortwischen und schüttelte mit einem ungläubigen Grinsen den Kopf.

„Das war der schlechteste Film des Jahrhunderts“, brachte er dann mit einem gequälten Unterton in der Stimme hervor.

„Wenn nicht gar der schlechteste überhaupt“, gab ich ihm recht und musste lachen.

Für einen Frühlingsabend war es recht kühl, und ich war froh darüber, meine schlichte weiße Strickjacke mitgenommen zu haben, die ich mir beim Verlassen des Kinos übergeworfen hatte. Nun schlenderten wir nebeneinander her durch die Fußgängerzone von Belbridge, die großen, nicht mal halbwegs leeren Becher mit Softdrinks in den Händen, die wir uns am Anfang geholt hatten.

Max warf mir einen nachdenklichen Blick zu. „Bist du jetzt enttäuscht?", fragte er vorsichtig.

„Vom Ende?" Ich zuckte mit den Schultern. „Dass die Mutter sich als Alien herausstellt, und der Alien sich als eigentlicher Undercover-Agent vom FBI, hätte ich jetzt tatsächlich so nicht erwartet. Und dass die beiden sich dann gegenseitig erschießen auch nicht, aber diese Tanklaster-Explosion direkt unter dem landenden Mutterschiff ..."

„Vom Date", warf Max vorsichtig ein. „Enttäuscht vom Date."

„Ach so." Ich lachte. „Nein, alles gut. Du hast das Drehbuch ja nicht geschrieben."

„Nein, zum Glück nicht." Er tat, als müsste er sich Schweiß der Erleichterung von der Stirn wischen.

Ich nahm einen Schluck Vanilla Coke. „Keiner konnte ahnen, dass sich *Alien-Tornados auf der Pirateninsel* als schlechter Film entpuppen würde."

Das stimmte nicht so ganz. Der Titel hatte bereits tief blicken lassen, aber leider war die Auswahl begrenzt gewesen: eine Liebesschnulze, ein Horrorfilm und ein Actionstreifen mit einer Menge Waffen, Sportwagen und Explosionen auf dem Werbeplakat.

„Immerhin wissen wir jetzt, was wir uns nicht ansehen werden, wenn jemals ein zweiter Teil gedreht wird", merkte Max tapfer an.

„Richtig. Man muss es positiv sehen", gab ich ihm recht.

Lachend stiegen wir ins Auto.

Ich hatte mir im Voraus ein wenig Gedanken gemacht, immerhin war mein Exfreund Bill bisher der einzige Mensch gewesen, den ich überhaupt jemals gedatet hatte und das auch nur zweimal, bis ich über Nacht geblieben und dann erstmal nicht mehr gegangen war. Doch meine Sorgen hatten sich bereits als unbegründet erwiesen, als ich zu Max ins Auto gestiegen war. Es war leicht, mit ihm zu sprechen. Er hatte einen angenehmen, sympathischen Charakter. Es fühlte sich fast so an, als wäre ich mit Harvey oder Tori unterwegs.

Als er mich schließlich vor Ilays und Noras Haus absetzte, fragte ich mich für einen kurzen Moment, ob er Anstalten machen würde, mich zu küssen. Nicht dass ich abgeneigt gewesen wäre oder es mir andererseits so sehr gewünscht hätte – ich war einfach nur gespannt auf das, was er tun würde. Und ein wenig auch auf meine eigene Reaktion. Er war nett, ohne Frage, und die Chemie stimmte, also würde ich wahrscheinlich nicht abgeneigt sein. Andererseits kannte ich ihn kaum und hätte mich nicht gerade als Hals über Kopf verliebt bezeichnet. Ob er gut küssen konnte? Mist! Ich hätte die Chance vorhin nutzen und ein Pfefferminz nehmen sollen, als er mir eins angeboten hatte. Jetzt schmeckte ich wahrscheinlich nach Vanilla Coke, Popcorn und Nachos. Hatte er mir deshalb eins angeboten?

„Geht's dir gut?" Max bedachte mich mit einem irritiert-besorgten Blick.

Offensichtlich war er inzwischen aus dem Auto gestiegen, um mir die Tür aufzuhalten, doch meine wirren, abschweifenden Gedanken hatten mich wieder mal von der Realität isoliert. Wahrscheinlich hatte ich mit glasigem Blick durch ihn hindurch gestarrt.

„Ja klar, wieso nicht?" Betont lässig stieg ich aus dem Wagen und wurde sogleich wieder zurückgerissen.

„Der Gurt, du … musst dich abschnallen", erklärte Max, als wäre ich einer seiner Schüler aus der zweiten Klasse.

Oh mein Gott! Konnte es noch unangenehmer werden? Peinlich berührt löste ich den Gurt und verließ das Auto.

„Danke für den schönen Abend", lächelte Max unbeirrt und drückte mir zum Abschied nur einen kleinen Kuss auf die Wange.

„Bitteschön", hörte ich mich selbst sagen.

Max lachte. „Du bist echt was Besonderes, Jenna", sagte er, ehe er wieder in seinen Wagen stieg. „Und das meine ich wirklich positiv."

„Danke." Ich lächelte schwach. „Gute Nacht, Max."

„Gute Nacht, Jenna."

„Pass auf die blinkenden Ufos auf", fiel mir auf den letzten Drücker noch ein witziger Spruch ein, doch er hatte die Tür bereits hinter sich geschlossen und fuhr mit einem Winken davon.

Hoffe, das Date ist gut gelaufen. Harvey war vorhin hier und jetzt riecht meine ganze Wohnung nach Chips mit Baconflavor. Kann er nicht was anderes suchten? Pfefferminzbonbons zum Beispiel, oder Schokobons? Vermisse dich. Tori

Jenna, es ist ein Paket für dich angekommen. Was hast du schon wieder bestellt? Ich hoffe, du machst in deinem Urlaub mehr als nur zu lesen. Als ich in deinem Alter war, hatte ich zwei kleine Kinder und hätte alles

Gähnend tippte ich je eine kurze Antwort an meine Mutter und meine Freundin ins Handy, ehe ich es in der Nachttischschublade verschwinden ließ und gegen ein Buch eintauschte. Zum Glück hatten Nora und Ilay schon geschlafen, als ich nach Hause gekommen war, sodass ich nicht in die Verlegenheit gekommen war, Fragen zum Date beantworten zu müssen. Immerhin wusste ich selbst nicht so genau, was ich dazu sagen sollte. Wir hatten einen netten Abend miteinander verbracht, ohne Frage, aber würde es ein zweites Date geben, ein drittes? Würde es am Ende auf eine Beziehung hinauslaufen?

Mit einem Gähnen versank ich in der wundervollen Welt von *Royal Lovers* und spürte gar nicht, wie irgendwann die Müdigkeit die Überhand gewann, sodass das Lesen nahtlos in Träumen überging.

Als ich am nächsten Morgen aufwachte, hörte ich bereits ein fröhliches Stimmengewirr aus dem Erdgeschoss. Es dauerte einen Moment, bis ich wusste, wo ich mich befand und mir klar wurde, dass heute Samstag war. Also hatten Ilay und Nora frei. Offenbar hatten sie jemanden zu Gast.

Gähnend klaubte ich den zweiten Band von *Royal Lovers* unter dem ich eingeschlafen war, von meinem Brustkorb, steckte mein Lesezeichen zwischen die Seiten und bettete es liebevoll auf den Nachttisch.

Im Badezimmer schlüpfte ich nach einer Katzenwäsche in eine schlichte dunkle Jeggins und ein roséfarbenes Top und band mir die Haare zu einem Dutt zurück, aus dem sich sofort einige schmale Strähnen lösten, die mir ins Gesicht fielen. Auf der Treppe nach unten schnappte ich einige Gesprächsfetzen auf.

„ … und Mason hat all meine Sachen bei meiner Freundin Celia in New York gehortet, die mir immer nur ein paar davon mitbringt, wenn sie mich besucht, weil sie selbst so viel Gepäck dabei hat, dass sie nie genug Platz hat“, berichtete Nora gerade mit einem Lachen. Mason war, wie ich von Ilay wusste, ihr Ex-Verlobter, irgendein reicher Architekten-Schnösel aus New York, dem die Agentur gehörte, die sie einst geleitet hatte.

Ich befand mich bereits auf den untersten Stufen, als die männliche Stimme, die ihr antwortete, mich erschrocken innehalten ließ.

„Vielleicht wäre es einfacher, das Ganze per Post zu schicken. Oder jemand anders bringt es dir.“ Die Stimme war sanft und freundlich und klang sehr ähnlich wie die Ilays, wenn auch eine gute Oktave tiefer und angeraut von Lebensjahren und Whiskey.

Wie in Schockstarre versetzt, schlich ich den Rest der Stufen herab, blieb im Flur stehen und starrte sie an, wie sie zu dritt dasaßen und heile Welt spielten. Obwohl ich seine Stimme bereits erkannt hatte, traf es mich, sein Gesicht so direkt vor mir zu sehen.

„Oh, um es zu verschicken, ist es viel zu viel!“ Nora lachte, ihre braune Lieblingstasse in den Händen. „Und Amber fliegt, seit sie schwanger ist, nicht mehr, aber nächsten Monat werde ich sie besuchen. Wir planen heimlich eine Babyparty und …“ Sie hielt mitten im Satz inne, als sie mich bemerkte, und eine ganze Welle an Emotionen – Freude, Schuld, Erleichterung, Scham,

Trotz – huschte über ihr Gesicht, ehe sie ein Pokerface aufsetzte und mir einen guten Morgen wünschte.

Ilays und der Blick meines Vaters folgten ihrem, und für einen Moment sahen alle drei mich mit angehaltenem Atem an, als erwarteten sie irgendeine extreme Reaktion von mir. Keine Ahnung, was sie sehen wollten – sollte ich ihm freudestrahlend um den Hals fallen? Schnaubend von dannen ziehen? Mich einfach dazusetzen und mir ein Kürbiskernbrötchen mit Nussnougatcreme schmieren? Was auch immer sie erwartet hatten, nichts davon geschah. Ich stand einfach da wie ein kleines Tier im Scheinwerferlicht und starrte zurück.

„Du bist groß geworden, Jenna.“

Wow. So viele Jahre ohne ein einziges Wort und das war es, was er mir zu sagen hatte? Das war es, was ihm auffiel? Dass ich kein zehnjähriges Mädchen mehr war? Ich beschloss, das, was er gesagt hatte, zu ignorieren. Auch den wehmütigen Unterton in seiner Stimme, den sentimentalen Blick und die Hände auf dem Tisch, bei denen ich mir sicher war, dass sie gerade ein wenig gezittert hatten.

„Dad ist da“, meldete Ilay sich als Erster zu Wort und fasste das Eindeutige unnötigerweise zusammen.

„Wir haben ihn zum Frühstück eingeladen“, fügte Nora sanft hinzu.

„Und mir nichts gesagt?“ Meine Stimme zitterte. Ich fühlte mich überfahren, ausgetrickst, übergangen.

„Wir wollten nicht, dass du dir zu viele Gedanken um das erste Zusammentreffen nach so vielen Jahren machst“, versuchte Nora mich zu besänftigen.

„Also hieltet ihr es für besser, mich ins eiskalte Wasser zu werfen?“ Ich konnte immer noch nicht fassen, dass das gerade wirklich geschah. „Ich habe gesagt, ich *will* ihn nicht sehen. Ihr hättet ihn nicht einladen dürfen!“

„Nun, das ist unser Haus, Jenna“, gab Nora zurück und klang dabei immer noch sehr liebevoll, auch wenn ich mich völlig bevormundet fühlte. „Er ist ein freundlicher Mann und ein wichtiger Mensch für uns beide, und wir dachten ...“

„Du hast ja keine Ahnung, Nora!“, fiel ich ihr ins Wort und klang dabei wesentlich aufgebrachter, als ich eigentlich hatte klingen wollen. „Ich ... ich kann nicht ...“

Ilay stand auf. Langsam, als wäre ich ein eingeschüchtertes wildes Tier, das er nicht erschrecken wollte, kam er auf mich zu und strich mir dann ganz sachte und vorsichtig mit dem Handrücken über den Oberarm.

„Beruhige dich, Jenna. Ich bin mir sicher, wir finden eine Lösung. Soll ich dir einen Tee machen?“

Typisch mein Bruder. Er wollte immer den Frieden wahren und dafür sorgen, dass alle glücklich waren. Aber ich wollte keinen Tee. Ich wollte nicht deeskaliert werden. Ich wollte weg von hier.

„Danke, nein.“ Ich schüttelte den Kopf. „Tut mir leid, dass ich euch das Frühstück verdorben habe. Ich esse heute auswärts.“

Sie hielten mich mit keinem Wort zurück, als ich in den Flur eilte, in meine Schuhe schlüpfte und das Haus verließ, während sich die Worte meines Vaters wieder und wieder in meinem Kopf abspielten wie die Melodie einer alten, rissigen Schallplatte.

Du bist groß geworden.

Kapitel 10

Wahrheiten

Im *Goldies* erwartete mich an Graysons Stelle an diesem Morgen ein schmächtiger weißblonder Kerl, der mich mit einem selbstgefälligen Grinsen bedachte, als ich eintrat. Ich kannte ihn nicht, aber er erinnerte mich an jemanden. Nur fiel mir gerade nicht ein, an wen.

„Einen wunderschönen guten Morgen an die wunderschöne junge Dame", trompetete er, während ich mich immer noch mies gelaunt an die Theke setzte. Er hatte ein schmales, spitz zulaufendes Gesicht, einen blassen Teint und blaue Augen, deren Ausdruck mir missfiel. Es kam selten vor, dass ich jemanden beim ersten Aufeinandertreffen nicht mochte, doch bei diesem Kerl war es tatsächlich so. Oder lag es womöglich doch daran, dass ich so schlecht gelaunt war? Seufzend beschloss ich, ihm noch eine zweite Chance zu geben. Schließlich konnte er nichts dafür, dass ich mich gerade über meinen Vater, meinen Bruder, meine zukünftige Schwägerin und mich selbst ärgerte.

„Ich bin Jenna", stellte ich mich vor. „Ilays Schwester. Ich bin ein paar Tage hier zu Besuch und ... hätte gern einen Früchtetee und einen Bagel."

„Ich bin Ethan. Angenehm. Sehr angenehm." Er langte über den Tresen, nahm meine rechte Hand in seine und hielt sie für meinen Geschmack etwas zu lange fest.

„Ein Früchtetee und ein Bagel. Kommt sofort." Endlich ließ er mich los. „Zu Ihren Diensten, Madam." *Draco Malfoy.* Als er das Gesicht leicht zur Seite neigte, um sich dem Wasserkocher zuzuwenden, fiel es mir ein. Natürlich! Er sah tatsächlich genauso aus wie Harry Potters hellblonder arroganter Erzfeind. Dasselbe spitze Kinn, die gleichen blauen Augen und ein sehr ähnlicher, überheblicher, aber auch intensiver Blick darin.

Kaum hatte ich die Erkenntnis über diese extreme Ähnlichkeit verarbeitet, erschien Grayson hinter dem Tresen. Er hielt ein paar Briefe in der Hand, sah ziemlich übernächtigt aus und ignorierte Ethan, der ihn fröhlich grüßte. Ohne Notiz von mir zu nehmen, holte er ein Glas aus einem der oberen Schrankfächer, füllte es zur Hälfte mit einer klaren Flüssigkeit, die mit ziemlicher Wahrscheinlichkeit Alkohol war, und kippte alles herunter, ohne eine Miene zu verziehen. Erst als er das Glas schließlich schwungvoll ins Spülbecken beförderte, bemerkte er mich.

„Oh. Hi, Jen." Er klang wenig erfreut, was aber vermutlich nicht an meiner Anwesenheit lag, sondern eher daran, dass er nicht mit Publikum gerechnet hatte. Kurz glitt sein Blick über meine Schulter durch das Innere des *Goldies.*

„Ich bin allein", erklärte ich.

„Okay." Er entspannte sich ein wenig, dann wandte er sich mit einem Stirnrunzeln an Ethan, der gerade dabei war, kochendes Wasser in eine Tasse zu füllen, in der bereits ein Teebeutel hing. „Ich übernehme", brummte er. „Danke fürs Aufschließen. Du wolltest doch sowieso noch lernen. Komm am Nachmittag wieder."

„Nicht nötig." Ethan zwinkerte mir zu, stellte die Tasse vor mir ab und legte noch zwei Päckchen Zucker daneben. „Ich mache nur noch schnell deinen Bagel und …"

„Ich sagte, ich übernehme!" Grayson warf ihm einen langen Blick zu, der Ethan sichtlich Unbehagen einflößte.

„In Ordnung, dann … wir sehen uns, Jenna." Der Draco Malfoy-Klon sah zu, dass er Land gewann, doch als er von außen am *Goldies* vorbeistapfte, war deutlich erkennbar, dass er vor sich hin fluchte.

„Habe ich was falsch gemacht?", erkundigte ich mich vorsichtig.

„Du?" Grayson wirkte aufrichtig erstaunt. „Nein, Jen, du hast überhaupt nichts falsch gemacht. Ich traue Ethan bloß nicht über den Weg."

Offenbar war ich mit meinem unwohlen Gefühl dem Typen gegenüber nicht allein – auch wenn ich mich fragte, weshalb Grayson jemanden für sich arbeiten ließ, dem er nicht vertraute.

Während er den Bagel zubereitete, den ich bestellt hatte, pustete ich in meinen dampfenden Früchtetee. Es war eindeutig zu still im *Goldies*. Keine anderen Menschen, der Fernseher, auf dem, wie ich wusste, abends oft Baseball- sowie Footballspiele ausgestrahlt wurden, war aus, und es lief nicht einmal Musik.

„Du hast ihm ja ganz schön Respekt eingeflößt", sprach ich das Erste aus, was mir in den Sinn kam und wies mit der Hand auf die Tür, durch die Ethan vorhin verschwunden war.

Grayson schob mir gekonnt einen viereckigen weißen Teller über die Theke zu, auf der ein hübsch angerichteter Bagel lag.

„Tja, der große böse Wolf eben", antwortete er lässig und zuckte die Schultern.

Ich runzelte die Stirn. „So nennen sie dich?"

Grayson war groß, dunkelhaarig und breit, aber er wirkte auf mich kein bisschen furchteinflößend oder durchtrieben wie die bösen Wölfe aus Märchen es nun einmal waren.

Der Bagel sah so köstlich aus, dass mir das Wasser im Mund zusammenlief. Sesamkörner, Tomatenscheiben, Käse und fein geschnittene Wurst fielen mir direkt ins Auge.

„Jonahs Schwester Edith hat mir diesen schmeichelhaften Titel verliehen."

Zu meiner Überraschung lehnte Grayson sich über die Theke, schnappte sich einen der langbeinigen Barhocker und nahm mir gegenüber Platz. „Sie und der andere Bruder ... keine Ahnung, wie sein Name ist ..."

„George", erinnerte ich mich.

„Genau." Grayson schnippte mit den Fingern. „Die beiden waren zu Besuch in Little Goldcoast, und irgendwie kam das Gespräch in der Runde wohl auf meine Schweigsamkeit und nicht immer allzu freundliche Ausstrahlung." Er zuckte mit den Schultern. „Edith verglich mich mit einem großen bösen Wolf, und der Rest fand es so passend, dass sie ihn nach viel Gelächter übernommen haben."

Plötzlich tat Grayson mir leid. Obwohl er recht entspannt wirkte, konnte ich mir nicht vorstellen, dass es ihm wirklich so egal war.

„Für mich wirkst du nicht wie ein großer böser Wolf."

Ich nahm den Bagel in beide Hände, drückte ihn leicht zusammen und biss hinein. Es schmeckte so herrlich, dass ich an mich halten musste, nicht genüsslich zu seufzen. Als ich den ersten Bissen heruntergeschluckt hatte, fügte ich hinzu: „Und verschwiegen und unfreundlich bist du auch nicht."

Grayson sagte nichts, aber ein kurzes mildes Lächeln huschte über sein Gesicht. Während ich weiter aß, fragte ich mich plötzlich, was vorhin los gewesen war. Was hatte ihn so sehr gestresst, dass man es ihm an der Nasenspitze hatte ablesen können - und was stand wohl in den Briefen, die er inzwischen irgendwo abgelegt hatte? Unwillkürlich glitt mein Blick zu der großen Flasche mit der durchsichtigen Flüssigkeit, aus der er sich etwas eingeschenkt hatte. Grayson folgte meinem Blick.

„Das hättest du nicht sehen sollen. Tut mir leid, Jen."

„Ist in Ordnung." Ich rieb mir mit dem Daumen etwas Tomate von der Oberlippe. „Das geht mich nichts an."

„Ich bin kein Alkoholiker."

„Habe ich auch nicht angenommen."

„Es war dumm. Wodka löst keine Probleme."

„Dieser Bagel aber." Ich reckte den Daumen hoch. „Der ist so gut, der könnte die Welt retten."

Grayson lachte überrascht. „Du bist was Besonderes", stellte er dann rau fest.

„Das hat Max auch gesagt", murmelte ich.

Irgendwie war *besonders* ein merkwürdiges Wort. Es war schwer zu sagen, ob es positiv oder negativ war – und eigentlich hieß es doch nichts anderes als *komisch*, oder?

Grayson schwieg. Er machte sich einen Kaffee und setzte sich mir wieder gegenüber. Im *Goldies* herrschte immer noch tote Hose. Ich fragte mich, ob das immer so war, und wenn ja, wie hatte das Diner sich all die Jahrzehnte über halten können? Ich musterte Grayson von der Seite und fragte mich, ob er es mir verraten würde, doch dann fiel mir etwas anderes auf, das mein Interesse auf sich lenkte: seine Tattoos. Obwohl sie auf den ersten Blick ein sehr stimmiges Gesamtbild ergaben, schienen sie bei genauerer Betrachtung nicht richtig zusammenzugehören. Es waren unterschiedliche Stile, Bedeutungen und Bilder, einige waren groß, andere klein, ein paar eher kantig, andere rund. Seinen linken Arm zierte unter anderem ein Halbmond, ein Micky Maus-Kopf und der Buchstabe L. Für wen auch immer der stand. Mein Blick glitt weiter zu seinem anderen Arm, über den sich ein großes Trible-Tattoo erstreckte. Darunter befanden sich Drachen, Totenköpfe und lateinische Worte. Ich runzelte die Stirn. Waren das Sequenzen aus einem bestimmten Buch, das er gut fand? Oder aus einem Film? War er der Typ Mann, der ins Studio ging und dort sagte: *Stich mir einfach irgendwas an eine freie Stelle?*

„Suchst du etwas?", holte Grayson mich mit einem amüsiert klingenden Unterton in der Stimme zurück in die Gegenwart.

Hitze stieg mir in die Wangen. „Nein, sorry, es ist nur ..." Ich holte tief Luft. „Deine Tattoos. Mir ist aufgefallen, dass sie nicht wirklich zusammenpassen. Keins davon ähnelt dem anderen. Das ist ... ungewöhnlich. Ich habe mal eine Frau getroffen, die besessen war von Katzen. Sie hatte überall Katzen in den unterschiedlichsten Stilen tätowiert: große, kleine, dicke, schlanke. Aber immer Katzen."

„Du hast recht." Grayson trank den letzten Schluck Kaffee und stellte seine Tasse vor sich ab. „Sie passen nicht zusammen. Sollen sie auch nicht." Mehr sagte er nicht.

Etwas enttäuscht, aber nicht mutig genug, nochmal genauer nachzufragen, aß ich meinen Bagel auf, trank den Tee und lehnte mich schließlich satt und zufrieden zurück. So sehr, wie man sich eben auf einem Barhocker zurücklehnen konnte. Bequem war anders, aber mich jetzt schon wieder umzusetzen, wäre merkwürdig gewesen. Und zurück zu Nora und Ilay wollte ich auf keinen Fall. Auch wenn die Wut durch das leckere Essen und die Unterhaltung mit Grayson etwas abgeschwächt war, konnte ich sie immer noch spüren.

Grayson sammelte mein Geschirr ein, spülte alles mit flinken Händen und stellte es zum Trocknen auf. Dann wandte er sich mir nachdenklich zu.

„Wurdest du versetzt?"

„Nein, ich ... will nur gerade nicht nach Hause", antwortete ich.

Ehe ich darüber nachdenken konnte, hatte ich Grayson, den ich gerade zum erst dritten Mal in meinem Leben sah, alles erzählt. Von der Geschichte der Trennung unserer Eltern, der Sorge, meinem Vater hier über den Weg zu laufen, auch wenn er sowieso 24/7 in der Werkstatt hockte, dem Schreck, als er dann plötzlich am Frühstückstisch gesessen hatte und der Wut in meinem Inneren, die mich aus Noras und Ilays Haus und ins *Goldies* getrieben hatte. Als ich fertig war, atmete ich so tief ein und wieder aus, als hätte ich all die Worte ohne Luft zu holen hervorgebracht. Grayson hatte mir die ganze Zeit schweigend zugehört.

„Wie alt bist du, Jen?", erkundigte er sich nun, ohne auf das, was ich ihm gerade alles anvertraut hatte, einzugehen.

Etwas überrumpelt schluckte ich. Ich hatte ihm mein Herz ausgeschüttet, und das war es, was ihm dazu einfiel?

„Vierundzwanzig. Und du?"

„Du wirkst jünger. Ich bin sechsunddreißig."

„Du wirkst älter", hörte ich mich selbst sagen.

Grayson war einen Moment lang schier sprachlos, und es war schwer zu sagen, ob er verletzt, amüsiert oder einfach nur völlig überrascht war. Dann brach er zu meinem Erstaunen in ein lautes, raues Lachen aus. Er lachte und lachte. Es war so echt und ansteckend, dass ich nicht anders konnte, als mit einzufallen.

„Tut mir leid!", brachte ich irgendwann endlich hervor und rieb mir mit dem Handrücken eine Lachträne aus dem Augenwinkel. „Du wirkst nicht älter. Nur als … als hättest du schon viel erlebt."

„Das habe ich", stimmte er mir zu, plötzlich todernst. „Wahrscheinlich der Grund, wieso ich so bin, wie ich bin … und älter wirke. Und du, wieso wirkst du so jung?"

„Ich glaube, das liegt vor allem daran, dass ich wieder bei meiner Mutter lebe", vermutete ich. „Ich habe mich von meinem Freund getrennt, bei dem ich lange gewohnt habe, und eine eigene Wohnung war gerade nicht drin, also …"

„Das tut mir leid."

„Das muss es nicht." Ich machte eine wegwerfende Handbewegung. „Bill hat zu viel in fremden Gewässern gefischt. Mit seinem kleinen Köder."

Nun war es Grayson, der ein wenig betroffen dreinblickte, während ich lachte. Um seine Mundwinkel herum zuckte es, dann fiel er mit ein.

„Am Ende habe ich ihn in flagranti erwischt", erzählte ich weiter und schüttelte gedankenverloren den Kopf. „Sie waren gerade mittendrin … oder den Geräuschen nach zu urteilen eher kurz vor dem Ende, um ehrlich zu sein. Ich bin früher nach Hause gekommen, wollte ihn überraschen, und sie haben mich nur angestarrt, mit dieser Mischung aus Scham und purem Entsetzen im Blick. Es war wie eine verdammt klischeehafte Filmszene. Wir haben uns bestimmt eine volle Minute lang nur angestarrt, alle drei. Keiner von uns hat sich bewegt oder irgendwas gesagt. Gut, was hätten sie auch sagen sollen? *Es ist nicht das, wonach es aussieht?"* Ich lachte hohl. „Es war sehr eindeutig das, wonach es aussah. Na ja, dann habe ich mich irgendwann aus meiner Schockstarre lösen können, habe *Entschuldigung* gesagt und bin raus. Kann man das glauben? Da erwische ich *meinen* Freund mit *seiner* Chefin in *unserem* Bett und entschuldige mich auch noch. Danach habe ich meine Sachen gepackt und bin zu Cara gefahren."

„Cara?"

„Meine Mutter. Sie kann es nicht leiden, wenn man sie Mom oder Mum oder Mama nennt. Da fühlt sie sich alt, hat sie mir mal erklärt. Als Kind fand ich das furchtbar, irgendwann habe ich es akzeptiert." Ich schüttelte den Kopf und seufzte resigniert.

Langsam wurde mir bewusst, was genau ich da eigentlich gerade berichtet hatte. Das wussten nicht mal Tori und Harvey so detailliert. Grayson musste mich für verrückt halten, dass ich ihm all das anvertraut hatte.

„Mein Gott, das habe ich noch nie jemandem erzählt. Das ist so unangenehm. Mein Gehirn und meine Stimmbänder arbeiten nicht miteinander. Ich quatsche so oft ohne Sinn und Verstand einfach nur los. Tut mir leid. Ich fühle mich furchtbar."

„Was kann ich tun?", erkundigte Grayson sich aufrichtig.

„Keine Ahnung." Ich berührte mit den Händen mein Gesicht. Meine Wangen glühten förmlich. „Erzähl mir etwas von dir, das keiner weiß. Dann sind wir quitt, und ich komme mir nicht mehr so blöd vor", schlug ich zaghaft vor.

Er sah aus, als müsste er einen Moment lang nachdenken. Dabei fiel mir auf, wie dunkel seine Augen waren. Das war kaum noch ein Dunkelbraun, sondern fast schon ein Schwarz. Wie zwei glänzende schwarze Perlen.

„Also gut." Grayson sah sich nach links und rechts um, als wären wir nicht die einzigen beiden Menschen im gesamten Diner, dann lehnte er sich leicht über die Theke. „Du hast nach den Tattoos gefragt."

Ich nickte bedächtig.

„Sie überdecken etwas."

„Was?"

Wieso flüsterte ich? Und warum waren plötzlich nur noch so wenige Zentimeter Platz zwischen unseren Gesichtern?

„Narben", antwortete er mit fester Stimme. „Sie überdecken Narben."

Auf dem Weg zurück zu Noras und Ilays Haus war mein Kopf voller Fragen. Hatte ich vor Grayson zu viel preisgegeben? Immerhin kannte ich ihn kaum. Und woher hatte er die Narben, die laut seiner Aussage von all den Tattoos überdeckt wurden? Hatte er Brandwunden von einem Feuer davongetragen? Einen schweren Autounfall überlebt? Waren es womöglich gar Überbleibsel einer besonders heftig ausgefallenen Kinderkrankheit?

Ich ärgerte mich ein bisschen darüber, dass unser Gespräch von zwei älteren Herren unterbrochen worden war, die ihren Morgenkaffee im *Goldies* einnehmen wollten. Grayson hatte mir knapp zugezwinkert und war dann wieder in seine typische ruhige, etwas mürrisch wirkende Art verfallen, als er die beiden Männer bediente.

Meine Wut auf Ilay und Nora hatte sich allmählich gelegt. Mir war durchaus bewusst, dass sie nichts Böses im Schilde geführt hatten, sondern mich einfach bloß ein wenig zu meinem Glück hatten zwingen wollen. Oder zu dem, was sie als solches empfanden. Sie wussten nicht, wie lange ich gebraucht hatte, um über den Menschen, den sie mir da so selbstverständlich beim Frühstück präsentiert hatten, hinwegzukommen. Dass mein eigener Vater der erste Mann war, der mir das Herz gebrochen hatte. Dass ich diesen Kontakt, den ich jahrelang so sehr vermisst hatte, nun absolut nicht mehr wollte.

Kopfschüttelnd trat ich einen Stein vor mir her und folgte ihm mit dem Blick, bis er von einer Schuhsohle jäh zum Stoppen gebracht wurde. Ich verlangsamte meine Schritte und blieb schließlich stehen.

„Ich hatte gehofft, dich hier zu treffen."

Die weiche Stimme ging mir durch und durch. Ich musste nicht aufblicken, um das dazugehörige Gesicht bis ins Detail vor mir zu sehen.

„Ich will nicht mit dir reden." Kopfschüttelnd nahm ich meinen Weg wieder auf.

„Kopf oder Zahl?"

„Wie bitte?" Nun hatte ich es doch getan. Ihn angesehen, obwohl ich es nicht wollte. Die Vorsicht und der Schmerz in seinem Blick ließen einen Anflug von Gewissensbissen in meinem Inneren entstehen, die sofort von Wut überdeckt wurden. Er war derjenige, der ein schlechtes Gewissen haben sollte.

„Wenn wir früher nicht einer Meinung waren, haben wir immer eine Münze entscheiden lassen, weißt du noch?" Wie zur Untermalung seiner Worte zog er ein Geldstück aus seiner Jackentasche. „Kopf – du gehst weiter. Zahl – du gibst mir zwei Minuten, um mit dir zu reden."

„Ich bin kein Kind mehr, Dad", brummte ich und hätte mir gleich darauf auf die Zunge beißen können. Ich hatte ihn nicht *Dad* nennen wollen. Das klang zu vertraut, zu persönlich, zu nahbar. Gleich darauf tat es mir leid, dass ich ihn so abgewiesen hatte. Zögerlich verschränkte ich die Arme vor der Brust. „Wenn es sein muss ... Wirf sie."

Schweigend sahen wir beide dabei zu, wie die Münze hoch in die Luft flog, sich mehrfach um sich selbst drehte und dann auf dem Boden landete. An seinem Gesichtsausdruck erkannte ich sofort, dass sie Zahl zeigte, noch ehe ich mich persönlich davon überzeugt hatte.

„Zwei Minuten", erinnerte ich ihn.

„Ich werde mich kurzfassen", versprach er eifrig. „Ich habe nie erwartet, dass du auf all die Briefe antworten würdest. Ich wollte nur, dass du sie liest. Damit du weißt, dass ich immer für dich da bin."

„Auf all die … Briefe?" Ich wollte es nicht, aber seine Worte lösten etwas in mir aus: Verwirrung und etwas anderes, etwas, das sich wie ein längst tot geglaubter kleiner Funken Hoffnung anfühlte. In Zeitlupentempo drehte ich mich zu ihm um. „Ist das ein Trick?"

Als wäre ich bewaffnet, nahm er die Hände hoch. „Kein Trick", versprach er.

„Von welchen Briefen sprichst du?" Ungeduldig stemmte ich meine Hände in die Hüften.

„Du weißt schon, die Briefe, die ich dir geschrieben habe. Jeden Monat einen."

Trotz all der Wut und der Jahre, die ins Land gegangen waren, seit ich ihn zuletzt gesehen hatte, wusste ich, dass er nicht log. Ich konnte es ihm an der Nasenspitze ablesen. An den treuen großen Augen.

„Dad …" Da war es wieder, obwohl ich es nicht wollte. Es ließ sich nicht steuern. „Ich … ich habe nie einen Brief von dir bekommen."

Kapitel 11

Hin- und hergerissen

Wann immer ich abgestandenen Zigarettenrauch roch, erinnerte ich mich an unsere erste Wohnung am hektischen Stadtrand zurück. Im Nachhinein betrachtet war es nicht wirklich hektisch, doch wer in Little Goldcoast aufgewachsen war, betrachtete wahrscheinlich mindestens neunzig Prozent der Orte auf der ganzen Welt als hektisch.

Neunundsechzig Quadratmeter Wohnfläche, Dachgeschoss, lichtdurchflutet mit nahegelegenen Einkaufsmöglichkeiten, Schulen und Arztpraxen – das war es, was der Vermieter bei der Schlüsselübergabe erzählt hatte, während ich durch einen kleinen leeren Raum nach dem anderen schlich und mir meine eigene Meinung bildete. Hellhörig war sie gewesen, denn ich konnte die Nachbarn streiten und irgendwo ein Baby weinen hören. Durch die Luft flogen unzählige winzige Staubkörnchen, die unsere Ankunft hier aufgewirbelt hatte, und wenn man aus dem Fenster sah, blickte man aus schwindelerregender Höhe auf eine stark befahrene Straße, an dessen Rand sich eine Gruppe Jugendlicher mit Baseballcaps und qualmenden Zigaretten laut johlend begrüßte. Nein. Alles in mir hatte Nein gebrüllt.

Nichts an dieser Wohnung war schön oder einladend gewesen, und ich war mir auch mit meinen damals erst zehn Lebensjahren ziemlich sicher gewesen, dass sich das Ganze auch mit Möbeln, Dekoartikeln und ein paar gerahmten Schnappschüssen an der Wand nicht würde ändern lassen.

Cara hatte sich mit einem koketten Lächeln das damals schulterlange blonde Haar hinter ihr Ohr geschoben und den Schlüssel entgegengenommen.

Der Vermieter hatte sie attraktiv gefunden, das war mehr als offensichtlich gewesen, und während er den typischen Spruch klopfte, ob sie denn meine große Schwester wäre, da es ja unmöglich sein konnte, dass ich ihre Tochter sei, hatte ich eins meiner Bücher aus dem Handgepäck gezogen, mich auf eine der Fensterbänke gesetzt und war aus der Realität verschwunden.

Meine Hände zitterten immer noch, während ich das Handy umklammerte, ihren Namen in meinen Kontakten suchte und den grünen Hörer-Button betätigte, um sie anzurufen.

„Cara!" Ich ließ ihr gar nicht erst die Möglichkeit, zu Wort zu kommen. „Hast du Briefe von Dad vor mir versteckt?"

Für die Bruchteile eines Augenblicks stieß sie einen überraschten Seufzer aus, der mir das Gefühl gab, dass sie sich ausnahmsweise ihrer Schuld bewusst war. Aber sie wäre nicht Cara gewesen, hätte sie sich nicht sofort wieder gefangen, um den Spieß umzudrehen.

„Hat er dir das erzählt?", erkundigte sie sich und setzte gleich ein spitzes: „Ich dachte, du willst ihn gar nicht treffen", hinzu.

Mein erster Impuls war, mich zu rechtfertigen. Schließlich hatte ich ihn gar nicht selbst aufgesucht, er war mir einfach vor die Nase gesetzt worden und hatte mich dann mitten in Little Goldcoast angesprochen. Doch dann schüttelte ich den Kopf. Ich war hier nicht diejenige, die sich erklären musste.

„Hast du Briefe vor mir versteckt?", wiederholte ich stattdessen mit Nachdruck und betonte dabei jedes einzelne Wort.

„Ach Jenna, Schätzchen ..." Cara lachte, als wäre ich ein Kleinkind, das gerade völlig überreagierte. „Das war doch nur zu deinem eigenen Schutz. Soll ich mich jetzt schlecht fühlen, weil ich mein eigenes Kind schützen wollte?"

„Zu meinem Schutz?" Sprachlos ließ ich mich mit dem Rücken an irgendeine Häuserwand sinken. Ich war noch nicht bis zu Noras und Ilays Haus weitergegangen, da ich weder Lust auf ein Gespräch über Dad hatte, noch wollte, dass sie mein Telefongespräch mitbekamen.

Ich hörte, wie Cara sich eine Zigarette anzündete. „Du weißt schon, dass du ihn nicht oft hättest besuchen können", sagte sie mit etwas in der Stimme, das ein wenig anklagend klang. „Flüge sind teuer, und ihr hättet bei so seltenen Treffen gar keine Bindung zueinander aufbauen können. Und wer hätte das Ganze wieder ausbaden dürfen und ein ständig heulendes Kind an der Backe gehabt? Ich! Du hättest ewig darunter gelitten, sensibel wie du bist. Deswegen dachte ich mir, ich mache es wie mit einem Pflaster. Ich ziehe es einfach ab, dann tut es einmal weh und danach ist es gut."

Caras bildhafte Beschreibung und die Gewissheit in ihren Worten, dass sie das Richtige getan hatte, raubte mir für einige Sekunden den Atem. Ich kam nicht umhin, mir vorzustellen, wie anders mein Leben hätte aussehen können, wenn der Kontakt zu Dad und Ilay nicht gänzlich abgebrochen wäre. Der Teil meiner Familie, der mir in jener Nacht genommen worden war, wäre immer noch da. Anders, aber da.

„Nur war das, was du da entfernt hast, kein Pflaster, Cara, sondern mein Vater!"

Ich legte auf, ließ das Handy neben mich auf den Boden sinken und verbarg das Gesicht in den Händen. Eine ganze Weile saß ich einfach nur da und atmete. Die warme Frühlingsluft drang in meine Lungen, doch ich fühlte mich trotzdem, als würde kaum Sauerstoff ankommen.

Plötzlich stieß etwas sanft an meine Schuhspitze. Ich blinzelte ins Sonnenlicht hinein und erkannte Max, der für seine Verhältnisse leger gekleidet dastand, eine Hand in der Hosentasche, mit einer trendigen Sonnenbrille auf dem Kopf.

„Verarbeitest du etwa immer noch *Alien-Tornados auf der Pirateninsel?*", scherzte er, ging aber gleich darauf neben mir in die Hocke und blickte mir ein wenig besorgt ins Gesicht. „Alles in Ordnung bei dir?"

„Wenn man die Tatsache, dass mein halbes Leben auf einer Lüge basiert, als in Ordnung betrachtet, dann ja", sinnierte ich und seufzte. Dann wurde mir klar, wie melodramatisch das klang. „Meine Mutter hat Briefe von mir ferngehalten, die mein Vater an mich geschrieben hat", setzte ich erklärend hinzu und schüttelte, immer noch aufgebracht, den Kopf. „Viele Briefe. Ich habe in der Überzeugung gelebt, dass er kein Interesse an mir hat.“

„Puh. Schwere Kost.“ Max ließ sich neben mich an die Häuserwand sinken. „Habt ihr euch denn nach der Trennung nie getroffen oder telefoniert oder so?“

„Nicht wirklich.“ Ich zog die Beine an den Körper und schüttelte gedankenverloren den Kopf. „Es gab zwei, drei Weihnachtsfeste, an denen wir uns in irgendeinem Hotel, also auf neutralem Terrain, getroffen haben. Es war schrecklich. Die beiden haben nahtlos da angeknüpft, wo sie aufgehört hatten und nonstop gestritten, während um Ilay und mich herum künstliche Festtagsstimmung herrschte. Irgendwann hat der Kontakt zwischen meinen Eltern ganz aufgehört, und ich habe nie versucht, meinen Vater zu erreichen. Ich meine ... er war der Erwachsene. Er hätte sich melden müssen. Ich dachte, er hat kein Interesse mehr an seiner Tochter.“

Eine Weile lang starrten wir beide schweigend vor uns hin und verarbeiteten auf unsere Weise, was ich gerade geschildert hatte.

„Und Ilay und eure Mutter?“, erkundigte Max sich schließlich.

„Sie hat ihn zurückgelassen. Er hat ihr das nie verziehen, verständlicherweise, und sie hat ihm nicht nachgetrauert. Zumindest nicht so, dass ich es bemerkt hätte.“

„Ziemlich miese Familiensituation“, fasste Max mitfühlend zusammen, dann erhob er sich recht elegant und reichte mir die Hand.

Ich ergriff sie und ließ mich von ihm auf die Füße ziehen.

„Wenn ich dich irgendwie davon ablenken kann, zum Beispiel mit einem zweiten Date, dann lass es mich wissen", verlangte er charmant und zwinkerte mir zu.

„Solange es nicht die Fortsetzung von *Alien-Tornados auf der Pirateninsel* ist", grenzte ich ein.

Max lachte. „Auf keinen Fall", versprach er. „Ich werde noch eine ganze Weile brauchen, um all diese Bilder aus dem Kopf zu bekommen. Wir könnten in Belbridge zu Abend essen", fügte er hinzu. „Magst du Italienisch?"

„Wer nicht?"

„Sonntagabend?" Er lächelte gewinnend. „Am liebsten wäre mir natürlich schon heute. Aber ich bin mit den anderen im *Goldies* verabredet. In der Woche haben nicht immer alle Zeit, aber der Samstagabend ist ein Muss. Komm doch auch", schlug er enthusiastisch vor.

„Klar, wieso nicht?" Ich nickte.

Bis dahin würde meine Wut auf Nora und Ilay wahrscheinlich ganz verraucht sein. Außerdem musste ich ihnen unbedingt von den Briefen berichten. Und ich würde Grayson wiedersehen. Ich mochte diesen Kerl mit den geheimnisvollen Augen irgendwie, und es wunderte mich, dass offensichtlich bisher noch nie jemand bemerkt hatte, wie sympathisch er war.

„Ich wusste nichts von diesen Briefen, Jenna." Ilay und Nora, beide eine Tasse Kaffee in den Händen, saßen am Küchentisch und sahen mich mitfühlend an.

„Wir haben nie wirklich über euch gesprochen. Ich wusste, dass es ihn traurig machte, und ich glaube, er dachte auch, dass es mich traurig machen würde.

Wahrscheinlich hat er deshalb nie etwas darüber gesagt. Dass Cara das vor dir verheimlicht hat, ist unglaublich." Kopfschüttelnd trank Ilay einen Schluck aus seiner dampfenden Tasse, auf der in knallroter Aufschrift *Mr. Right*, während auf Noras *Mrs. Always Right* stand. „Typisch für sie", setzte er mit gesenkter Stimme hinzu.

„Wie geht es dir damit?" Nora griff über den Tisch und streichelte sanft meine Hand.

„Ich weiß nicht." Seufzend rührte ich in dem Erdbeertee, den Ilay mir gekocht hatte. „Ich bin wütend auf sie. Aber vielleicht hat sie wirklich aus den richtigen Gründen das Falsche getan. Sie wollte mich schützen. Und Dad … ich habe über ein Jahrzehnt lang geglaubt, dass er mich vergessen hat. Dass ich kein Teil seines Lebens mehr war. Dass ich ihn nicht interessiert habe. Und jetzt stellt sich heraus, dass er so oft an mich gedacht hat. Dass er nie aufgehört hat, mir zu schreiben, auch wenn niemals eine Antwort oder auch nur die leiseste kleinste Reaktion von mir kam. Das ist …", händeringend suchte ich nach dem richtigen Wort, „… verrückt. Und ich will mich freuen und dankbar sein, weil ich mich geirrt habe, aber … es geht nicht. So viele Jahre voller Wut und Enttäuschung lösen sich nicht einfach in Luft auf, nur weil man erkennt, dass der Auslöser eigentlich nie existiert hat." Erschöpft ließ ich mich mit dem Rücken an die Stuhllehne sinken. „Es fühlt sich an, als …"

„Als wäre dein Leben eine Lüge?", ergänzte Nora. Schweigend stellte sie ihre Kaffeetasse auf dem auf Hochglanz polierten Tisch ab und schlang die Arme um ihren Körper, als würde sie plötzlich frieren.

„Ich … ja genau." Erstaunt darüber, dass sie es so treffend formuliert hatte, runzelte ich die Stirn. „Woher weißt du das?"

„Das ist nicht dasselbe, aber …" Nora atmete tief ein und wieder aus, während Ilay seine Hand auf ihre legte. „Als Aron gestorben ist, bin ich, wie du weißt, nach New York gezogen. Was du nicht weißt, ist, dass ich dort ein komplett neues Leben begonnen und als ganz anderer Mensch gelebt habe. Ich habe dieses traumatische Erlebnis und meine Trauer so heftig verdrängt, dass ich die Nora Harrison, die ich vorher gewesen war, nicht mehr ans Tageslicht gelassen habe. Aber als ich dann nach fünf Jahre nach Little Goldcoast zurückkam, eigentlich nur für eine Beerdigung und ein paar wenige Tage …", sie sah Ilay, der sofort grinste, vielsagend an, „… da habe ich bemerkt, dass ich mir was vorgemacht habe. Ich war immer noch die Alte, mit all meinen Fehlern, Narben, mit meinem Schmerz und meiner Vergangenheit."

„Und deiner nie enden wollenden heimlichen Liebe zu mir", ergänzte Ilay mit ein wenig zu viel Genugtuung in der Stimme.

Nora lachte. Sein Humor schien sie sofort etwas aufzulockern. Den Kopf in Gedanken behutsam schüttelnd, griff sie wieder zu ihrer Tasse.

„Wie gesagt, es ist natürlich nicht dasselbe – und ich habe die Entscheidung damals für mich selbst getroffen, du nicht. Aber ich weiß, was es heißt, das eigene Leben zu hinterfragen. Sich im Spiegel anzusehen und darüber nachzudenken, wo man heute stehen würde, wenn alles anders wäre."

„Und wie bist du damit klarkommen?“ Seufzend sah ich sie an, wie sie so dasaß, den perfekt manikürten kleinen Finger leicht abgespreizt, das Make-up, das seit dem Morgen nicht mehr erneuert worden war, immer noch makellos und mit jener taffen, selbstbewussten Ausstrahlung, die ihr wohl schon in die Wiege gelegt worden war. Nora Harrison war stark, intelligent und hatte ihr Leben so sehr im Griff, wie ich es wahrscheinlich noch in zehn Jahren nicht haben würde. Dass sie selbst schon gestrauchelt war, wirkte beinahe surreal, auch wenn es mir ein wenig das Gefühl gab, nicht alleine zu sein.

„Ich arbeite jeden Tag daran“, antwortete sie nach einer kurzen Weile. „Weißt du, Jenna, man kann nicht ändern, was passiert ist, und man weiß auch nicht, was die Zukunft für einen bereithält, aber du hast einen großen Einfluss auf die Gegenwart.“

„So weise, meine Frau.“ Ilay drückte ihr zärtlich einen Kuss auf die Stirn.

Mir war schon öfter aufgefallen, dass er sie seine Frau nannte, obwohl die beiden nicht verheiratet waren, zumindest bisher nicht.

„Nur deinetwegen“, schnurrte Nora zurück und sah ihm liebevoll in die Augen.

„Okay, genug Liebe für heute“, verlangte ich ungeduldig und brachte die beiden damit zum Lachen.

Als Ilay am Abend die Tür zum *Goldies* aufstieß und erst Nora und dann mich eintreten ließ, waren die anderen bereits da. Max hob sichtlich erfreut die Hand, als unsere Blicke sich trafen, was Nora dazu verleitete, mich grinsend mit der Hüfte anzustupsen. Mit glühenden Wangen tat ich, als hätte ich nichts bemerkt.

Max sah wieder schicker aus als der Rest der Gruppe, die fast alle Jeans und schlichte Shirts trugen. Er hingegen hatte sich für eine weiße Hose, ein hellbraunes Poloshirt und farblich darauf abgestimmte Lederschuhe entschieden. Sogar das Band seiner Uhr hatte denselben Farbton, doch das war wahrscheinlich Zufall. Zur Begrüßung umarmte er mich kurz und hauchte mir einen leichten Kuss auf die Wange, wobei sein Kinn ganz sachte mein Ohr streifte. Eine unschuldige, sanfte Berührung, die sowohl seine Zuneigung als auch seine dezente Zurückhaltung zeigte. Ein Traum. Wieso also tanzten nicht tausende von Schmetterlingen in meinem Bauch Salsa?

Irritiert nahm ich neben ihm Platz. Vielleicht war es einfach noch zu früh. Liebe auf den ersten Blick, wie es sie in all meinen Büchern gab, war wohl doch ein wenig unrealistisch. Vielleicht passierte sie manchmal erst auf den zweiten, dritten oder vierten Blick.

„Hey", begrüßte Grayson, der an unseren Tisch getreten war, die Gruppe, ließ seinen Blick etwas länger auf meinem Gesicht verweilen und deutete ein Lächeln an. „Jen."

„Grayson", antwortete ich im selben Tonfall.

„Zitronenlimonade?"

„Sehr gerne!"

„Gut." Er nickte und nahm erst danach die Bestellungen der anderen auf.

Kaum war er wieder hinter der Theke verschwunden, lehnte sich Jonah vertrauensvoll über den Tisch.

„Grayson Kane kann *lächeln*?"

„Oder hatte er gerade etwa einen Schlaganfall?“, scherzte Drake, der seine dunkelblonden Haare heute mit besonders viel Gel gebändigt hatte.

Maya kicherte, doch Luna verdrehte die Augen.

„Er hat offenbar einfach einen Narren an Jenna gefressen. Vielleicht weckt sie Vatergefühle in ihm oder so“, korrigierte sie Drake mit dezent genervtem Unterton in der Stimme. „Muss ja nicht jeder so ein empathieloser Arsch sein wie du.“

Vatergefühle? Grayson war gerade mal zwölf Jahre älter als ich. Doch ich biss mir auf die Zunge und ließ das Ganze unkommentiert.

„Was hab ich denn jetzt schon wieder gemacht?“ Drake warf ungläubig die Arme in die Luft und tauschte einen Blick mit Jonah, der leise „*Frauen*“ über den Tisch raunte, was ihm einen schiefen Blick von Romy einhandelte.

„Frauen“, wiederholte er selbstbewusst. „Die sind so. Nur meine komplett fehlerfreie, perfekte, wunderschöne Freundin natürlich nicht.“

Romy kicherte. „Blödmann“, brummte sie versöhnlich.

Grayson erschien wieder am Tisch und servierte die Getränke – meins zuerst – um wieder hinter der Theke zu verschwinden und anschließend mit zwei Gitarren zurückzukehren. Er wollte wohl wieder singen. Erwartungsvoll nippte ich an meiner Limonade, als Max sich leicht zur Seite beugte und dabei versehentlich mit seinem Oberschenkel den meinen streifte. Wieder nichts.

Und während Grayson mit rauer Stimme *Dancing On My Own* von Calum Scott anstimmte, fragte ich mich,

was ich tun musste, um meinem Herzen klarzuma-
chen, dass Max Reed mit ziemlicher Sicherheit jenes
Glück war, von dem Madame Hekate gesprochen hatte.

Kapitel 12

Italienische Nacht

„Kannst du *I Thought I Lost You* spielen?", schlug Maya nach einer Weile vor und holte mich so aus dem Grübeln zurück ins wirkliche Leben.

„Oh, das kenne ich!", hörte ich mich selbst etwas lauter und enthusiastischer als geplant ausrufen. Ich hatte *Bolt* mehrere Male gesehen und liebte das Lied aus dem niedlichen Animationsfilm einfach. Alle sahen mich an.

„Perfekt." Grayson, der den Song zu meiner Überraschung ebenfalls zu kennen schien, klimperte einige gekonnte Töne auf seiner etwas lädiert aussehenden Gitarre. Es wirkte fast, als würde er *jeden* Song kennen und spielen können.

„Dann kannst du ja den weiblichen Part übernehmen." Er hatte es nicht als Frage formuliert, sondern eher wie einen Befehl, wenn auch einen sehr freundlichen.

Kopfschüttelnd winkte ich ab. „Auf keinen Fall."

So inbrünstig ich den Song auch regelmäßig unter der Dusche trällerte, so ungern wollte ich mich in den Mittelpunkt manövrieren.

„Ich mach's." Maya zwinkerte mir beruhigend zu, und ich war froh, dass sie die Aufmerksamkeit von mir lenkte.

„Nobody listens to me,
don't hear a single thing I've said
Say anything to soothe me
Anything to get you from my head
Don't know how really I feel,
Cause it's the faith that makes it like I don't care
Don't know how much it hurts
To turn around like you were never there
Like somehow you could be replaced
and I could walk away from the promises we made
And swore we'd never break."

Mayas Stimme war toll, das musste man ihr lassen. Sie dabei so selbstsicher, vollbusig und sich aller Aufmerksamkeit bewusst vor mir sitzen zu sehen, verursachte einen kleinen Stich Eifersucht in meinem Herzen. Wieso wusste eigentlich jeder so genau, wo im Leben er gerade stand und wer genau er war? Jeder außer mir?

„I thought I lost you. When you ran away to try to
find me"

fiel Grayson im Refrain mit ein. Seine Stimme gefiel mir noch wesentlich besser als Mayas. Auch wenn ich sie bereits gehört hatte, erstaunte mich das Talent dahinter erneut.

„I thought I'd never see your sweet face again.
I turned around and you were gone
And on and on the days went,
But I kept the moments that we were in
'Cause I hoped in my heart
That you would come back to me, my friend
And now I got you.
But I thought I lost you", sangen beide zusammen.
„I felt so empty out there,
And there were days I had my doubts
But I knew I'd find you somewhere."

Bildete ich mir das ein, oder lag in Graysons Blick, mit dem er mich ansah, etwas Aufforderndes? Das Solo, welches er nun angeschlagen hatte, stand ihm. So wie er es sang, klang es meiner Meinung nach sogar noch etwas besser als das Original. Er hätte locker in einer Band singen oder als Solointerpret auftreten können.

„Because I knew I couldn't live without
You in my life for one more day
And I swore I'd never break those promises we
made."

Schwer zu sagen, ob es plötzlich an der aufgelockerten Stimmung, dem Song oder Graysons aufforderndem Blick lag. Vielleicht wollte ich den anderen oder mir selbst auch einfach nur beweisen, dass ich kein Angsthase war. Weshalb auch immer, ich nahm all meinen Mut zusammen, atmete noch einmal tief ein und begann den Refrain mitzusingen.

„I thought I lost you
When you ran away to try to find me
I thought I never see your sweet face again“

fiel ich erst zaghaft, dann mutiger mit ein, nicht ohne die überraschten Blicke der anderen zu bemerken. Maya überließ mir den Part ohne zu zögern und nickte mir aufmunternd zu, den Daumen der rechten Hand in die Höhe gereckt.

„I turned around and you were gone
And on and on the days went
But I kept the moments that we were in
’Cause I hoped in my heart
You’d come back to me, my friend
And now I got you,
But I thought I lost you.“

Als Max neben mir zu applaudieren begann, ließ Grayson die Melodie sanft auslaufen, ohne den Song zu beenden. Mit glühenden Wangen und ein wenig überrumpelt von meiner eigenen Courage nahm ich einen Schluck Limonade.

„Sicher, dass sie mit dir verwandt ist?“, erkundigte Grayson sich lässig bei Ilay.

„Willst du damit etwa sagen, dass sie talentierter ist als ich?“, tat mein Bruder bestürzt und fasste sich an die Brust, woraufhin er dem protestierenden Jonah seine Gitarre entriss, unerfahren daran herumzupfte und eine wirklich grandios schlechte Version von *Ayo Technology* von Milow zum Besten gab.

Als Max am nächsten Abend in seinem frisch gewaschen aussehenden Wagen vorfuhr, verabschiedeten Nora und Ilay mich mit allerlei gut gemeinten Ratschlägen.

„Hab einfach Spaß", schlug Nora lächelnd vor.

„Aber nicht zu viel", wandte Ilay ein.

„Hast du Kondome eingepackt?"

„Kondome?! Du meinst wohl Pfefferspray!"

„Ilay! Max ist dein Freund!"

„Und Jenna meine kleine Schwester."

„Die keine zehn Jahre mehr alt ist." Nora verdrehte die Augen und zwinkerte mir zu. „Darf ich eure Hochzeit ausrichten, wenn ihr heiratet?"

Ilay machte ein prustendes Geräusch, das wie eine Mischung aus empörtem Räuspern und Verschlucken klang.

„Ich habe weder Kondome noch Pfefferspray eingepackt und nicht vor, eins davon heute zu benutzen – oder in allzu naher Zukunft zu heiraten", beruhigte ich die beiden, warf noch einen letzten Blick in den ovalen Flurspiegel und strich eine widerspenstige Haarsträhne aus meinem Gesicht. Ich hatte meine Haare zu einem tiefen Zopf zusammengenommen und geflochten. „Und ihr beide ...", streng sah ich erst Ilay, dann Nora in die Augen, „... seid nicht meine Eltern. Entspannt euch. Ich bin genauso alt wie ihr."

„Sie werden so schnell erwachsen", säuselte Nora mit aufgesetzter Sentimentalität in der Stimme und lehnte ihren Kopf an Ilays Schulter.

„Hat sie nicht gerade noch Windeln getragen?", fiel Ilay schwer seufzend mit ein.

Kopfschüttelnd ließ ich die beiden an der offenen Haustür zurück und beeilte mich, zu Max ins Auto zu steigen, der das Ganze bereits mit amüsierter Miene verfolgt hatte.

„Wundert mich, dass dein Bruder mich nicht zu einem kurzen Aufklärungsgespräch ins Wohnzimmer gebeten hat", lachte er, nachdem er mich begrüßt hatte und losgefahren war. „Er stand im Türrahmen wie ein waschechter Dad."

„Sie haben mich allen Ernstes gefragt, ob ich Kondome und Pfefferspray eingepackt habe", stöhnte ich, halb glucksend, halb genervt.

Max brach in lautes Lachen aus, dann erkundigte er sich grinsend: „Und ... hast du?"

„Quatsch", kicherte ich verlegen zurück.

„Anständig. Sehr anständig."

Max war süß, wirklich. Ich mochte seinen Kleidungsstil, seine tollen Haare, seine höfliche und humorvolle Art und dass er mich offensichtlich gut fand, so wie ich war.

Im Autoradio lief *What If I'm Right?* von Sandi Thom, und ich fragte mich, ob vielleicht das, worüber sie gerade sang, mein Problem war, was ihn betraf.

You promised me a dream home
With roses round the door
You'll cover me in diamonds
There's nothing I want more
And you'll be strong
And you'll turn me on
But I've got my doubts and what if I'm right?

Was, wenn ich einfach nur Bedenken hatte, obwohl er eigentlich perfekt war? Innerlich den Kopf über mich schüttelnd, musste ich mir eingestehen, dass Max wirklich ein guter Fang war, einer, von dem ich noch wenige Wochen zuvor nur hatte träumen können. Ein charmanter, gut riechender Grundschullehrer mit erstklassigen Manieren und hervorragendem Geschmack; da hätte nicht mal Cara etwas zu meckern gehabt. Vielleicht musste ich mich einfach nur ein bisschen mehr anstrengen. Dann würde das Gefühl der Verliebtheit und der Schmetterlinge im Bauch schon noch kommen.

Mein Blick glitt prüfend über sein Outfit. Er trug eine schwarze Hose, ein hellblau meliertes Shirt, darüber eine dunkelblaue, fast knielange frühlingshafte Jacke und wieder die braunen Schuhe, zu denen dieses Mal der Gürtel perfekt passte. Im Gegenzug betrachtete ich nun meins, ein locker fallendes, leicht ausgeschnittenes Frühlingskleid in verschiedenen Blautönen mit braunen Riemchensandalen, dazu ein schwarzer Bolero. Sogar das passte perfekt zusammen, obwohl wir uns vorher nicht abgesprochen hatten. Das musste doch ein Zeichen sein. Oder?

Direkt vor dem *Amore Delizioso*, wie das grüne Neonlicht verkündete, fanden wir einen Parkplatz, obwohl die hier offensichtlich rar gesät waren. Doch wir hatten das Glück, dass ein roter Sportwagen unmittelbar vor uns aus einer der schmalen, mit weißer Farbe markierten Lücken rauschte, sodass Max die Gelegenheit nutzte und das Lenkrad herumriss.

„Was für ein Glück", bemerkte auch er mit einem zufrieden überraschten Lächeln, das die Grübchen auf seinen Wangen zum Vorschein brachte. „Eigentlich hätten wir einen knappen Kilometer weiter weg parken müssen, hier ist sonst zu keiner Tages- und Nachtzeit etwas frei."

Zufrieden stellte er den Motor ab und verstaute den Schlüssel in der Tasche seiner dunklen Frühlingsjacke. „Eine schöne Frau im Auto, ein reservierter Tisch im angesagtesten, ständig ausgebuchten Restaurant der Stadt, weil ganz spontan jemand abgesagt hat und ich zur richtigen Zeit angerufen habe … und jetzt auch noch ein Parkplatz unmittelbar vor dem Eingang. Ich sollte wohl Lotto spielen."

Ich fühlte mich geschmeichelt und ergriff dankbar Max' Hand, als er mir nach dem Aussteigen wie ein Gentleman die Tür aufhielt.

Die Pforte war in einem trendigen glänzenden Silberton lackiert und mit allerlei Sternen dekoriert. Schon beim Eintreten drang sanfte italienische Musik an mein Ohr, und eine verlockende Duftmischung aus den unterschiedlichsten Gerichten erfüllte meine Nase. Instinktiv verkrampfte sich mein Magen in aufgeregter Vorfreude. Ich hatte ab dem Vormittag extra nichts mehr gegessen, nicht mal mehr einen kleinen Snack, um für den edlen Gaumenschmaus am Abend genug Platz im Bauch zu haben.

„Buonasera", begrüßte uns eine bildhübsche dunkelhaarige Angestellte, die eine seitlich geknüpfte schwarze Schürze zu rotem Lippenstift trug. „Wie kann ich Ihnen helfen?"

Max erklärte ihr etwas in perfektem Italienisch, bei dem ich davon ausging, dass es um unsere Reservierung ging, da die junge Frau sofort eifrig nickte und uns an einen kleinen runden Tisch mitten im Geschehen geleitete. Dort reichte sie uns die Speisekarten und verabschiedete sich vorerst.

Gleich darauf wurde uns bereits ein auf Max' Wunsch hin alkoholfreier Aperitif nebst kleinen, hübsch angerichteten Häppchen serviert, unter anderem Nüsse und Oliven.

Beeindruckt sah ich mich um.

„So schick hier", raunte ich Max zu und fügte etwas unbehaglich hinzu: „Und so viele Leute."

„Ja, der Laden erfreut sich echt größter Beliebtheit." Er nickte und öffnete seine Speisekarte, um die Kuppe seines Zeigefingers in beeindruckender Geschwindigkeit über die dort niedergeschriebenen Gerichte gleiten zu lassen. „Gefällt es dir?", erkundigte er sich und blickte mir über den Tisch hinweg direkt in die Augen.

„Ist eigentlich gar nicht so meins", rutschte es mir heraus. „Die vielen Leute", fügte ich hinzu und schüttelte peinlich berührt den Kopf. „Das kam ... anders rüber als gewollt, sorry. Ich bin eigentlich eher der Typ Stubenhocker und Bücherwurm, das wollte ich damit sagen. Große Menschenmassen und neue Orte machen mir manchmal Angst. Aber hier gefällt es mir. Mit dir. Das Restaurant ist toll."

Max lächelte. „Ich bin froh, dass es dir gefällt", sagte er sanft.

„Das tut es", beteuerte ich erneut. „Wirklich."

Und ich meinte jedes Wort so. Von der schicken, aber dennoch gemütlichen Ausstattung über die wenigen stilvollen Dekoartikel, die freundlichen Kellner und die gehobene Atmosphäre mochte ich hier einfach alles. Auch wenn es eigentlich nicht meine Welt war; ich fand Gefallen daran, Komplimente von meinem eleganten Begleiter zu erhalten und mich von ihm ausführen zu lassen. Fast hatte es etwas von einer Disney-Prinzessin. Nicht unbedingt von Belle, die wurde schließlich von einem Biest gefangen gehalten, und auch nicht Schneewittchen, die erst sterben musste, um von ihrer großen Liebe geküsst zu werden. Angestrengt ging ich gedanklich alle Disney-Filme durch, während ich auf die Speisekarte starrte, ohne auch nur ein einziges Wort davon zu lesen. Gab es überhaupt eine Disney-Prinzessin, die nicht entführt oder eingesperrt wurde, sich als jemand anders ausgeben musste oder ewig schlief, beziehungsweise sogar verstarb, ehe der Prinz kam, sondern einfach nur von einem netten, gut gekleideten Mann zum Essen ausgeführt wurde? Und sie lebten ohne all das Drama glücklich bis an ihr Lebensende? Wahrscheinlich nicht.

„Und?", erkundigte Max sich freundlich.

„Und was?" Verwundert blickte ich auf.

„Hast du deine Wahl getroffen?"

„Ich dachte zuerst an Cinderella, aber die musste sich komplett verkleidet auf einen Ball schmuggeln, damit der Prinz sie bemerkt hat", antwortete ich mit einem gedankenverlorenen Achselzucken. „Jasmins Date war ein Dieb, Rapunzel hatte eindeutig ... warte, du sprichst von der Speisekarte, richtig?"

Max wirkte kurz verwirrt, dann lächelte er.

„Und du offensichtlich von ... Disney-Prinzessinnen? Interessante Wendung, wie kamst du darauf?" Er wirkte kein bisschen ungeduldig oder genervt davon, dass ich ihm gegenübersaß, in Tagträumen schwebte und völlig an ihm vorbeiredete. Im Gegenteil – er machte sogar einen aufrichtig interessierten Eindruck.

Ganz dezent wurde eine Platte mit Antipasti auf unseren Tisch geschoben, die so köstlich aussahen, dass ich mich auch daran direkt hätte satt essen können. Wir nahmen beide ein kleines Stück und kosteten. Max lächelte mich immer noch abwartend an.

Unwillkürlich musste ich an Bill denken, der in solchen Situationen meist furchtbar verständnislos reagiert hatte. Er hatte mich mehr als einmal einen Kindskopf genannt, eine ewige Träumerin und geistig nicht ganz stabil. Das Schlimme daran war, dass ich ihm meistens sogar geglaubt hatte und es auch heute teilweise noch tat.

„Ich nehme ...“ Nachdenklich ließ ich meinen Blick über die Karte gleiten, deren Auswahl mich beinahe erschlug. Die vielen Gerichte mit den klangvollen italienischen Namen überforderten mich. Seufzend klappte ich die Speisekarte zu und schob sie meinem Begleiter entgegen. „Du sprichst so gut Italienisch und bist sicher öfter in solchen Restaurants. Bestellst du für uns beide?“

„Sehr gerne, aber was, wenn du etwas nicht magst?“, erkundigte er sich.

„Ich vertraue deinem Wissen und bin mir ziemlich sicher, dass mir alles, was hier serviert wird, schmecken könnte“, erklärte ich gelassen.

„Dann bestelle ich einmal alles“, scherzte Max mit einem Zwinkern, schloss seine Karte dann ebenfalls und erklärte: „Meine Mutter hat italienische Wurzeln. Ich bin also zweisprachig aufgewachsen und *liebe* die italienische Küche." Das Wort *liebe* betonte er dabei mit besonders viel Nachdruck, als bestünde sonst die Gefahr, dass ich ihm nicht glauben würde. „Du solltest meine Spaghetti Carbonara kosten. Nicht ganz so himmlisch wie die meiner Mama, aber schon ziemlich nah dran, wenn ich das sagen darf." Stolz nickend strahlte er mich an.

Er war also attraktiv, hatte einen guten Kleidungsstil, mochte Kinder *und* konnte kochen?

„Hast du eigentlich auch irgendwelche negativen Angewohnheiten?", erkundigte ich mich amüsiert.

Max lachte, öffnete den Mund, um zu antworten, wurde dann aber von einem Kellner unterbrochen, der an unseren Tisch herangetreten war, um die Speisekarten einzusammeln und die Bestellungen zu notieren. Dabei hätte ich nur allzu gern von seinen Schwächen erfahren. War er rasend eifersüchtig? Mochte er keine Tiere? War er abhängig von Nasenspray? Unwillkürlich rümpfte ich die Nase.

„Ich bin absolut überpünktlich", erklärte Max, nachdem er auf Italienisch eine ziemlich lang klingende Bestellung aufgegeben hatte. „Ich hasse es, wenn sich jemand verspätet. Das macht mich richtig wütend. Wenn ich einen Termin habe, setze ich mich oft schon eine halbe Stunde, bevor ich eigentlich losfahren müsste, hinters Steuer, nur um rechtzeitig da zu sein." Er schüttelte schmunzelnd den Kopf. „Und ich bin ein bisschen hyperaktiv, habe ich mir sagen lassen. Ich bin unternehmungslustig und gern unter Menschen. Das kann auf andere mitunter anstrengend wirken."

„Das kann ich mir vorstellen", gab ich ihm recht, ehe ich mir eine höflichere Antwort überlegen konnte. „Sorry", setzte ich entschuldigend hinzu.

Max winkte lachend ab. „Lass mich raten, was du als deine größte Schwäche empfindest", scherzte er. Mir fiel auf, dass er es nicht als negativ beschrieben hatte, sondern so, als würde nur ich selbst es so empfinden.

„Hör bloß auf, es ist schrecklich", stöhnte ich, halb belustigt, halb anklagend. „Ständig höre ich mir selbst beim Reden zu, bevor ich auch nur ansatzweise über meine Worte nachdenken kann. Die meisten Menschen tun das vor dem Sprechen, ich fast immer erst zu spät."

„Und warum hältst du das für eine Schwäche?"

„Warum ich das für eine ... meinst du das ernst?"

„Natürlich." Max nickte bekräftigend. „Ehrlichkeit ist eine Tugend. Wer damit nicht umgehen kann, sollte an sich selbst arbeiten und nicht an dir."

Seltenerweise mal sprachlos starrte ich ihn an. Im gedimmten Licht waren die Pupillen in seinen Augen größer als gewöhnlich. Als ich meine Sprache wiedergefunden hatte, setzte ich nachdenklich hinzu: „Das sehen aber nicht viele so."

„Dann sind sie deiner Gegenwart nicht wert."

„So sehen mich eigentlich nur meine Freunde."

„Dann sind es wohl besonders gute."

„Die besten. Ich habe zwei." Zur Veranschaulichung hielt ich unnötigerweise zwei Finger in die Höhe, was wie ein Peace-Zeichen aussah.

„Zwei was? Zwei Äpfel? Zwei Birnen?", schaltete Max in einen gespielt strengen Modus um und lachte, als er mein überrumpeltes Gesicht sah. „Tut mir leid. Lehrerhumor. Sobald jemand eine Zahl ausspricht, muss ich das sagen. Ist wie ein Reflex.“

Kichernd schüttelte ich den Kopf. „Und was machst du, wenn irgendwo ein Gong ertönt?“

„Dann sage ich natürlich: *Ich* beende die Stunde!“, warf sich Max in die Brust.

Wir lachten immer noch, als der Kellner zurück an unseren Tisch trat und mit dem Servieren begann. Das tat er dann auch für die nächsten Stunden. Max hatte beim Bestellen keine Kosten und Mühen gescheut und uns ein leckeres Menü in typisch italienischer Reihenfolge bestellt.

Dem Aperitivo und den Antipasti, die wir schon gehabt hatten, folgte das Primo: Pasta, deren erster Bissen mir bereits klarmachte, weshalb das Restaurant stetig ausgebucht war. Ich konnte mich nicht erinnern, je zuvor so köstliche Nudeln gegessen zu haben.

„Hier würde eigentlich noch ein Fleisch- oder Fischgericht mit Beilage folgen“, erklärte Max, nachdem wir beide völlig satt unsere Gabeln beiseitegelegt hatten. Doch noch mehr zu essen konnten wir uns beide nicht vorstellen. Stattdessen orderte er uns eine Panna Cotta, die auf einem Dessertteller mit Goldrand nebst Erdbeeren und goldenem Löffel serviert wurde.

„Köstlich! Die sollte Grayson unbedingt auf die Speisekarte setzen“, schwärmte ich, nachdem ich den Löffel ein letztes Mal genüsslich in den Mund gesteckt hatte, und legte ihn mit einem zufriedenen Seufzen auf den leeren Dessertteller.

All die anderen Leute um uns herum hatte ich inzwischen längst ausgeblendet. Das Wohlfühl-Ambiente, das hervorragende Essen und nicht zuletzt die gute Gesellschaft hatten dafür gesorgt, dass ich mich völlig entspannt hatte. Fast so sehr wie zu Hause mit Tori und Harvey. Das wiederum sprach sehr für Max, denn eigentlich brauchte ich mehr Zeit, um mich in der Gegenwart einer anderen Person völlig sicher und locker zu fühlen.

Als es ums Bezahlen ging und ich mein Portemonnaie aus der Handtasche zog, winkte Max mit einem strengen Kopfschütteln ab.

„Ich habe dich eingeladen, und ich werde zahlen", stellte er klar und legte noch eine beachtliche Menge Trinkgeld für den netten Kellner obendrauf. „Da bin ich altmodisch."

„Zum Glück habe ich ein Kleid angezogen", murmelte ich auf dem Weg zum Auto. „Bei einer Hose hätte ich jetzt schon den Knopf aufmachen müssen."

Max lachte. „Wenn wir das nächste Mal hierhin kommen, werde ich definitiv auch ein Kleid tragen." Er deutete auf seine schwarze Hose. „Die saß vorher noch nicht so eng."

Gut gelaunt stiegen wir ins Auto und er fuhr mich zurück zu Noras und Ilays Haus, wo inzwischen die Rollladen heruntergelassen worden waren. Max zog den Schlüssel ab und eilte aus dem Wagen, um mir die Tür aufzuhalten.

„Ein richtiger Gentleman", lachte ich verlegen, nachdem ich mich bedankt hatte.

„So hat meine Mama mich erzogen."

„Hat sie gut gemacht." Einen Moment lang sah ich in seine dunkelblauen Augen.

Er erwiderte meinen Blick.

Wie immer begann mein Kopf zu rattern. War das nicht ein typischer Kuss-Moment? Wollte er mich küssen? Wartete er darauf, dass ich den ersten Schritt machte? Wollte ich ihn küssen? Etwas sagte mir, dass er nicht zurückweichen würde, wenn ich es darauf ankommen lassen würde, aber dass er mir genug Raum und Zeit geben wollte, um selbst zu entscheiden. Mein Blick glitt über sein Gesicht, die sanften Lippen und die schönen Augen, die mich immer noch abwartend und neugierig ansahen. Der Haustürschlüssel in meiner Hand klirrte gegen die kleinen Anhänger, die Nora für mich daran befestigt hatte.

„Gute Nacht und danke", hörte ich mich selbst atemlos hervorbringen, ehe ich mich wirklich entscheiden konnte, es zu tun oder zu lassen. Ich hatte nicht einmal Pausen zwischen den Worten gelassen. *Gutenachtunddanke.* Oh Mann!

„Gute Nacht. Und sehr gerne." Max hauchte mir einen warmen Kuss auf die Wange, strich kurz mit der Hand über meinen Oberarm und wandte sich dann zum Gehen.

Ich konnte nicht anders, als mich erleichtert zu fühlen. Erleichtert, weil es keinen Kuss gegeben hatte oder weil er von meiner Aktion kein bisschen überrumpelt war oder enttäuscht wirkte? Ich wusste es selbst nicht. Mit einem unsicheren Lächeln im Gesicht winkte ich ihm zum Abschied.

Kaum war er mit dem Auto um die Ecke gebogen, ließ ich meine Hand mit dem Schlüssel sinken. Irgendetwas hielt mich davon ab, die Tür aufzuschließen und von Noras und Ilays neugierigen Blicken empfangen zu werden.

Ich wollte jemandem von dem Date erzählen. Davon, dass es mir gefiel, wie Max mit mir umging. Davon, wie unsicher ich dennoch war, weil ich keine Schmetterlinge im Bauch oder das unbändige Bedürfnis spürte, mich ihm schmachtend an den Hals zu werfen. Davon, dass ich keine Ahnung hatte, wie viele von diesen Gefühlen, die ich glaubte empfinden zu müssen, tatsächlich in der Realität existierten und wie viele es nur in Büchern und Filmen gab. Ich wollte von der Fast-Kuss-Situation berichten, von dem komischen Gefühl dabei in meinem Bauch und der Erleichterung, dass er sich von mir abgewandt hatte. Und aus irgendeinem Grund zog es mich hierfür ins *Goldies.*

Kapitel 13

Kein böser Wolf

Meine Armbanduhr zeigte 20:55 Uhr an, und allmählich ging die Sonne unter. Mit jedem Stückchen, das goldrot am Horizont versank, wurde die Luft kühler. Der Frühling hatte seine Schönheit in den letzten Wochen schon zur Genüge entfaltet, doch die Abende waren immer noch kalt. Zum Glück erreichte ich das *Goldies* schnell, zögerte nicht lange und trat ein.

Wäre das Licht nicht an gewesen, wäre ich davon ausgegangen, dass das kleine Diner bereits geschlossen war. Nicht ein einziger Gast saß an den *Gilmore Girls*-Flair versprühenden Tischen und auch von Grayson weit und breit keine Spur. Zögerlich nahm ich auf einem Barhocker direkt an der Theke Platz, legte meine Handtasche ab und zog mein Handy heraus. Zwei bisher ungelesene Nachrichten hatten mich während des Dates mit Max erreicht; eine war von Tori, die zweite von Nora.

Mach es nicht so spannend! Wie lief es? Vermissen dich.

Wo bist du? Ilay meinte, er hätte Max` Wagen gehört. Alles in Ordnung?

Schnell tippte ich zwei knappe Antworten an die beiden ins Handy.

Es war gut. Rufe dich morgen mal an. Vermisse euch auch!

Alles in Ordnung, ich mache noch einen kleinen Spaziergang. Bis später!

Als ich das Handy zurück in die Tasche steckte, fuhr ich vor Schreck zusammen. Unbemerkt hatte sich mir Ethan, Graysons Aushilfe und seines Zeichens Draco Malfoy-Double, genähert. Er stand mir gegenüber hinter der Theke, hatte die Ellenbogen darauf gestützt und starrte neugierig auf mein Handy.

„Deinem Lover geschrieben, Süße?", erkundigte er sich mit einem süffisanten Grinsen.

Ich schluckte den Kommentar herunter, dass ich seine Bemerkung ziemlich grenzüberschreitend fand, schließlich kannten wir einander kaum, und begrüßte ihn stattdessen mit einem schlichten *Hallo*, als hätte ich seine Worte gar nicht gehört.

„Was darf's denn sein, junge Frau?"

Ich hatte gar nicht daran gedacht, auch etwas bestellen zu müssen, schließlich war ich nach dem Besuch im *Amore Delizioso* mehr als satt. Plötzlich kam ich mir dumm vor. Das *Goldies* war ein Diner, ein Geschäft, eine Einnahmequelle für Grayson. Er hatte wahrscheinlich kein Interesse daran, für lau den Zuhörer für eine fast Fremde zu spielen. Abgesehen davon war er sowieso nicht da. Aber einfach wieder zu gehen, hätte auch merkwürdig gewirkt.

„Eine kleine Limonade, bitte“, antwortete ich schließlich etwas befangen.

Nun kam ich mir dumm vor, nach dem schönen Abend mit Max nicht einfach nach Hause, beziehungsweise zu Ilay und Nora gegangen zu sein. In der Abenddämmerung mit diesem befremdlichen Kerl allein in einem menschenleeren Diner zu sein, war definitiv nicht das, was ich im Sinn gehabt hatte, als ich hergekommen war.

„Siehst du das hier, Süße?“ Eine Spur zu vertrauensvoll beugte er sich über den Tresen und deutete auf seine schmale Nase, die ziemlich weit oben eine markante Krümmung aufwies.

„Ja.“ Ich lehnte mich bewusst etwas zurück und sah ihm skeptisch dabei zu, wie er ein Glas hervorholte, ein bisschen damit herumspielte und schließlich mit angeberischer Geste erst Limonade und dann zwei Eiswürfel hineinfüllte.

„Kennst du Jonah Abercrombie?“ Grinsend schob er mir das Glas zu.

„Danke. Kenne ich.“

Mit einem Kloß im Hals schob ich das kalte Glas zwischen meinen Händen hin und her. Dieser Kerl war alles andere als ein angenehmer Gesprächspartner. Sein durchdringender Blick, die Betonung seiner Worte und nicht zuletzt die Tatsache, dass er mich *Süße* nannte, sorgten für ein unangenehmes Gefühl in meiner Magengegend.

„Er war das." Ethan nickte, deutete erneut auf seine Nase und lachte hohl. „Kam nicht damit klar, dass seine Alte eigentlich mich wollte. Hat mir die Nase gebrochen und ich ihm das Schlüsselbein. Seitdem haben wir die stillschweigende Übereinkunft getroffen, dass ihm die Blondinen dieser Stadt gehören - und mir die Brünetten." Als hätte er gerade erzählt, wie er eine ganze Schulklasse aus einem brennenden Gebäude gerettet hatte, blickte er mir selbstgefällig in die Augen.

Ich runzelte die Stirn und nahm einen Schluck Limo, um nicht antworten zu müssen. Dass die sympathische Romy auch nur ansatzweise Gefallen an diesem blonden Angeber, der aussah wie ein Teenager, gefunden haben könnte, erschien mir ziemlich unglaubwürdig. Dass Jonah ihm die Nase gebrochen hatte, glaubte ich jedoch sofort. Die Geschichte mit dem Schlüsselbein aber eher weniger. Jonah sah ziemlich muskulös aus, Ethan hingegen eher schmächtig. Außerdem hielt ich ihn aus irgendeinem Grund partout nicht für besonders mutig. Er erinnerte mich eher an einen vorwitzigen kleinen Terrier, der eine große Klappe hatte, wenn es darauf ankam aber den Schwanz einzog.

„Trinkst du einen mit?" Kurzerhand hatte Ethan zwei kleine Gläser aus dem Nichts gezaubert, klaubte eine der unzähligen mit Alkohol gefüllten Flaschen aus dem Regal und pustete ein wenig kaum vorhandenen Staub darauf fort. „Alter Cognac. Schmeckt scheiße, ist aber sauteuer und knallt."

„Nein, danke", lehnte ich gleichermaßen höflich wie bestimmt ab. „Mir reicht die Limonade voll und ganz. Ich muss auch gleich wieder los." Eilig nahm ich noch ein, zwei kleine Schlucke aus dem Glas und stieg vom Barhocker.

„Ach, hab dich doch nicht so, Süße." Unbeirrt füllte er die beiden kleinen Gläser mit dem Cognac, der eine goldbraune karamellartige Färbung hatte.

„Ich sagte *nein*. Ich trinke keinen Alkohol", erklärte ich bestimmt und griff nach meiner Handtasche.

„Gar nicht? Wo bleibt denn da der Spaß?" Ethan klemmte die Gläser beide in seine rechte Hand und trat mit schnellen Schritten um die Theke herum, als würde mich das irgendwie davon überzeugen können, doch noch zu bleiben. „Als Nächstes erzählst du mir noch, dass du nicht rauchst und keine One Night Stands hast. So prüde siehst du gar nicht aus."

Seine Unverschämtheit raubte mir fast den Atem. Wie zur Salzsäule erstarrt, blieb ich stehen, anstatt einfach zur Tür herauszuspazieren, wie ich es eigentlich vorgehabt hatte. Mit einer übertriebenen Verneigung hielt Ethan mir eines der Gläser vor die Nase.

„Es wäre extrem unhöflich, das nicht anzunehmen, Süße. Immerhin ist es ein Geschenk des *Goldies*", erklärte er provokant und reckte das spitze Kinn vor.

„Ein … Geschenk des *Goldies*?" Kopfschüttelnd schob ich seine Hand mit dem Glas beiseite. „Wenn überhaupt, dann ist es *im Besitz des Goldies*. In Graysons Besitz. Und ich bin mir ziemlich sicher, dass er keine Ahnung davon hat, dass du seinen Besitz einfach so daher schenkst, um Frauen zu beeindrucken." Ein wenig stolz auf mich, dass ich ihm die Stirn geboten hatte, erwiderte ich seinen starren Blick und näherte mich mit kleinen Schritten dem Ausgang, ohne ihn aus den Augen zu lassen.

„Ach, das bisschen Cognac macht den alten Grayson auch nicht pleite", lachte er unsympathisch, verringerte den Abstand zwischen uns wieder, genehmigte sich selbst erst das eine und schließlich, nachdem er es mir ein letztes Mal entgegengestreckt hatte, auch das zweite. „Nicht *noch mehr* pleite, als er sowieso schon ist. Geht auch gar nicht. Der alte Grayson braucht kein Schlückchen Cognac, der braucht ..."

„Der alte Grayson braucht was?!" Graysons Stimme, die, so leise und ruhig sie auch war, jäh das gesamte *Goldies* zu erfüllen schien, ließ Ethan erstarren und mich mit mehr Erleichterung aufatmen, als ich je geglaubt hatte empfinden zu können.

„Ich habe nur ... ich war ... sie wollte ...", setzte Ethan zu ein paar völlig unzusammenhängenden Erklärungsfetzen an, das bleiche Gesicht noch weißer als ohnehin schon. Wie ich mir gedacht hatte: ein Terrier, der den Schwanz einzieht.

Doch Grayson beachtete ihn gar nicht.

„Alles in Ordnung, Jen? Was hat er getan?" Er war durch eine unscheinbare Tür etwas abseits der Theke getreten und hatte sich wohl recht schnell sein eigenes Bild von der Situation gemacht, die sich ihm hier darbot. Ich, wie ich verunsichert dastand, meine Handtasche umklammerte und Richtung Ausgang schielte und wenige Zentimeter von mir entfernt sein Angestellter mit zwei kleinen Gläsern in der Hand, der mir mit dominierender Gestik gefolgt war.

„Nichts, ich habe gar nichts getan", behauptete Ethan mit einer plötzlich ganz weich und unschuldig klingenden Stimme.

„Habe ich *dich* gefragt?!“, donnerte Grayson, sodass sowohl Ethan als auch ich zusammenzuckten. Sofort glitt sein Blick zurück zu mir, über mein Gesicht, und auf seiner Stirn bildete sich eine Falte, von der ich nicht zu sagen vermochte, ob sie aus Sorge oder Zorn entstand.

„Er … er hat …“, setzte ich an, doch meine Stimme zitterte so sehr, dass ich nicht weitersprechen konnte.

Plötzlich überkam es mich wie eine Welle: mein Vater und all die Briefe, die ich nie erhalten hatte, die Unsicherheit, ob ich Gefühle für Max empfand, der Wunsch, mit jemandem darüber zu sprechen, die Enttäuschung darüber, statt Grayson Ethan vorzufinden und dann auch noch dessen aufdringliche und grenzüberschreitende Art, die mich völlig verunsichert und auch ein wenig eingeschüchtert hatte. Ehe ich mich versah, brach ich zu meiner eigenen Überraschung in Tränen aus.

„Jen!“ Grayson klang erschrocken, dann stürmte er los. Kurz schien er unsicher, ob er auf Ethan oder mich losgehen sollte, dann entschied er sich für mich, legte mir behutsam eine Hand auf die Schulter und sah mir in die Augen.

„Hat er dich in irgendeiner Weise … angefasst?“ Seine Stimme war voller Abscheu, Sorge, Zorn und Mitleid zugleich.

„Habe ich nicht!“, begehrte Ethan aus dem Hintergrund auf. „Ich würde doch nie …“

„Habe ich *dich* gefragt?!“ Grayson schien sich nur schwer beherrschen zu können, seinen Angestellten nicht hier und jetzt dem Erdboden gleich zu machen.

Mit einem tiefen Atemzug wandte er sich mir wieder zu, die Hand immer noch auf meine Schulter gelegt.

„Hat er nicht", brachte ich mit erstickter Stimme hervor. „Er war nur … sehr aufdringlich. Und ich hatte einen wirklich komischen Tag", fügte ich hinzu, um direkt klarzustellen, dass dieser Blödmann von einem Kerl mich nicht zum Weinen gebracht hatte.

„Okay", brachte Grayson sichtlich erleichtert hervor. „Soll ich dich nach Hause bringen?"

Unter Tränen nickte ich.

„Dann komm." Vorsichtig schob er mich zur Tür hinaus und warf noch einen letzten Blick über seine Schulter. „Ach, und Ethan … du bist entlassen."

Zurück an der frischen Frühlingsduft versiegten meine Tränen nach wenigen Metern Fußweg. So plötzlich diese überrumpelnde Überforderung und Traurigkeit gekommen war, so abrupt verschwand sie auch wieder.

„Tut mir leid", nuschelte ich und fuhr mir im Gehen mit dem Ärmel meines Boleros über das tränennasse Gesicht.

„Es gibt nichts, was dir leidtun müsste", betonte Grayson rau, in der Stimme immer noch einen zitternden Rest von Zorn. „Es tut *mir* leid, dass ich ihn eingestellt habe. Ich habe diesem Kerl nie über den Weg getraut. Aber da er leider Gottes der Verlobte von Poppy Geraldine ist und ich ihrem Vater noch einen Gefallen schulde …"

„Poppy Geraldine von *Geraldine Industries*?", fiel ich ihm unbeabsichtigt ins Wort. Ich wusste gar nicht, was mich mehr verwunderte: dass der aufdringliche Möchtegern-Casanova verlobt war oder dass diese Verlobte ausgerechnet eines der wohl reichsten Mädchen des Landes war.

Grayson nickte schweigend.

„Jetzt hast du gar keinen Angestellten mehr", bemerkte ich mit aufkeimendem Bedauern.

„Oh, ich werde den Menschenauflauf im *Goldies* gerade so allein stemmen können", brummte Grayson und musterte mich von der Seite.

„So was Ähnliches hat Mr. Grimm auch gesagt."

„Mr. Grimm?"

„Mein Chef. Ich arbeite in einer Buchhandlung. Die süßeste kleine Buchhandlung, die es auf der Welt gibt. Du solltest mal vorbeikommen, wenn du Urlaub hast", plapperte ich drauflos. *Wenn du Urlaub hast?* Innerlich schüttelte ich den Kopf über mich selbst und meine wieder mal zu schnell dahingesagten Worte. Machte er überhaupt jemals Urlaub? Sehr unwahrscheinlich.

„Das mache ich", antwortete er zu meinem Erstaunen jedoch und blieb schließlich stehen.

Ein wenig irritiert sah ich mich nach dem Grund dafür um, als mir klar wurde, dass wir uns bereits vor Ilays und Noras Haus befanden.

„Ich könnte für dich arbeiten", schlug ich vor.

Grayson runzelte die Stirn und musterte mich schweigend.

„Ich weiß, ich hatte nicht vor, lange in Little Goldcoast zu bleiben, aber für die Zeit, in der ich noch hier bin, könnte ich im *Goldies* aushelfen."

Aus irgendeinem Grund erschien mir dies plötzlich wie eine hervorragende Idee. „Natürlich unentgeltlich. So eine Art ... Praktikum. Da haben wir beide etwas von:

Du hast gerade deine Aushilfe verloren, und ich langweile mich sowieso die meiste Zeit." Das stimmte nicht ganz, aber das musste er ja nicht wissen.

„Jen, du musst wirklich nicht …", setzte Grayson ruhig an.

„Ich weiß, dass ich nicht muss. Ich will."

Einen Moment lang schien er hin- und hergerissen, dann zuckte er mit den Schultern.

„Von mir aus …"

„Das war nicht ganz die euphorische *Reaktion*, die ich erwartet hatte, aber ich nehme es an." Nickend nahm ich seine rechte Hand und schüttelte sie. „Also arbeite ich ab sofort offiziell im *Goldies*?"

„Offensichtlich ist das so." Grayson wirkte ein wenig überfordert. Vorsichtig, als fürchtete er, mich zerbrechen zu können, legte er seine Hände an meine Oberarme. Seine dunklen Augen musterten mich besorgt. „Geht es dir wirklich gut?"

„Klar", antwortete ich mit einer wegwerfenden Handbewegung. „Ich war einfach nur aufgewühlt. Du hast dafür gesorgt, dass es mir wieder besser geht. Danke." Intuitiv umarmte ich ihn. Grayson hielt einen Moment lang spürbar die Luft an, dann erwiderte er die Umarmung vorsichtig. Offenbar wurde er nicht oft umarmt.

„Schlaf gut, Jen", sagte er, als er mich losließ.

„Schlaf gut, Grayson." Ich nahm den Schlüssel aus meiner Tasche und lief zur Tür. Bevor ich aufschloss, wandte ich mich ihm noch einmal zu. „Ich finde immer noch nicht, dass du ein großer böser Wolf bist. Ein Wolf vielleicht, aber kein böser."

Nora und Ilay bekamen die Light-Version vom Date aufgetischt, womit Ilay sich zufriedengab, während

Nora den Eindruck machte, gerne etwas mehr hören zu wollen. Zum Glück klingelte ihr Handy, als sie gerade anfing nachzuhaken, und ich konnte mich mit der Ausrede, wirklich müde zu sein, ins Obergeschoss begeben.

„Girl, du glaubst nicht, was mir passiert ist!", dröhnte eine etwas arrogant klingende Frauenstimme aus den Lautsprechern von Noras Smartphone. „Drei Worte: Nagelstudio. Statement-Nails. Verkackt!"

„Hi, Celia", freute Nora sich entspannt, die von ihrer Freundin so viel Drama offenbar gewohnt war.

Ich war froh, dass sie sie ablenkte, denn die Geschichte mit dem *Goldies*, Grayson und vor allem Ethan ersparte ich den beiden lieber. Nicht dass sie wieder Eltern spielten und mir nachher noch ein Ausgehverbot erteilten. Von einer plötzlichen Müdigkeit befallen, lief ich ins Gästezimmer und schlüpfte aus dem Bolero sowie dem Kleid, um meinen geliebten Schlafanzug anzuziehen und mir ein Buch zu schnappen.

Und dann spürte ich etwas, das sich ein ganz kleines bisschen wie Schmetterlinge im Bauch anfühlte. Ganz leise, zart und zaghaft. Ob ich nach dem Schreck am Abend nun doch anfing, Gefühle für Max zu entwickeln? Erschöpft ließ ich mich ins Bett sinken, mit dem plötzlichen beruhigenden Gefühl, dass am Ende vielleicht doch noch alles gut werden würde.

Kapitel 14

Das Geheimnis

„Vom winzigen Bücherladen am Stadtrand zu einem schlecht besuchten Diner in einer noch weniger gut besuchten Gegend?" Tori zog lautstark Luft durch die Nase, während im Hintergrund deutlich das Rascheln einer Chipstüte zu hören war. „Ich bin mir nicht sicher, ob das so eine gute Idee ist, Jenna."

Ich liebte ihre Ehrlichkeit und die Tatsache, dass sie mich immer vor meinen eigenen Fehlern zu beschützen versuchte, aber manchmal war es anstrengend, dass sie immer so direkt war.

„Wie gesagt, er hat meinetwegen gerade seinen einzigen Angestellten entlassen." Ich hatte das Handy auf Lautsprechermodus gestellt und machte mich vor dem Badezimmerspiegel fertig, während ich mit meinen Freunden telefonierte. „Und Grayson ist wirklich ein …", ich hatte *netter* sagen wollen, aber das Wort beschrieb ihn nicht wirklich, „… *interessanter* Mensch. Ich kann mir gut vorstellen, dass es angenehm ist, für ihn zu arbeiten."

„Ah, so Ich-kann-ihn-retten-mäßig?" Tori seufzte. „Jenna, du hast eindeutig zu viele Bücher gelesen. Der Kerl hat sicher kein mysteriöses Familiengeheimnis,

Flügel oder irgendwelche übersinnlichen Fähigkeiten, die er nur dir offenbaren wird."

„Quatsch, ich habe doch gar nicht vor, Grayson zu retten oder zu ändern oder ... was auch immer mit ihm zu tun", erklärte ich bestimmt und zupfte an meiner roséfarbenen Bluse. Sie war schulterfrei und machte ein wirklich schönes Dekolleté. Nicht dass das von Bedeutung gewesen wäre, aber ich wollte einen guten Eindruck machen, wenn ich neben Grayson hinter der Theke stand und Getränke ausschenkte.

„Die Arbeit im *Goldies* wird mir schon nicht schaden. Außerdem komme ich so mal ein bisschen raus und unter Leute. Ich bin schließlich nicht hierhergekommen, um den ganzen Tag in einem anderen Bett zu liegen und ein Buch nach dem anderen zu lesen", erinnerte ich Tori an ihre eigenen Worte.

„Eins zu null für Jenna", kommentierte Harvey lachend aus dem Hintergrund.

„Und was ist mit deinem Mr. Perfect?", erkundigte Tori sich gedehnt.

„Wir werden uns natürlich wiedersehen. Zumindest heute Abend auf Jonahs Geburtstagsparty." Ich bürstete meine Haare und nahm sie zu einem hohen Zopf zusammen.

Tatsächlich hatten wir uns bisher noch für kein drittes Date verabredet, doch wenn mich nicht alles täuschte, stand für beide fest, dass es eins geben würde.

„Wir haben ja jetzt ein bisschen mehr Zeit als eigentlich gedacht."

„Wie hat der alte Grimm eigentlich darauf reagiert, dass du deinen Urlaub verlängern möchtest?", fragte Harvey.

„Wie erwartet ziemlich entspannt." Ich tuschte meine Wimpern ein wenig, um meinen großen braunen Augen mehr Ausdruck zu verleihen. „Er meinte, dass ich seinetwegen auch zwei Monate bleiben dürfe, Hauptsache, ich komme gesund und munter zurück."

„Und Cara? Was sagt sie dazu?"

Bei dem Namen meiner Mutter zog sich mein Magen sofort krampfhaft zusammen. Ich hatte ihr das mit den Briefen immer noch nicht verziehen und wusste auch nicht, ob ich das je tun würde. Ich hatte mehrere Anrufe ihrerseits ignoriert und die Nachrichten ungelesen weggedrückt. Der Schmerz saß zu tief. Mein Leben hätte ohne diesen fatalen Eingriff völlig anders verlaufen können. Ich hätte so manche Unsicherheiten und Ängste womöglich gar nicht erst entwickelt, hätte ich zwei liebende, wenn auch voneinander getrennte Elternteile gehabt.

„Ist ihr egal", erklärte ich kurz angebunden. „Ich muss jetzt auch Schluss machen, tut mir leid. Gleich fängt meine erste Schicht im *Goldies* an und danach geht's gleich mit Nora und Ilay zu Jonah und Romy. Und morgen früh treffe ich mich dann mit Dad."

Beim bloßen Gedanken daran war mir mulmig zumute. Unsicherheit, Wut, Vorfreude und Beklemmung hielten sich die Waage.

„Mach das. Viel Spaß", wünschte Tori mir.

„Viel Spaß, Jenna!", rief Harvey aus dem Hintergrund.

„Ich danke euch. Macht's gut!" Ich schickte unzählige Küsse durch das Smartphone.

„Ach … und Jenna?", hielt Tori mich auf. „Du machst das super. Little Goldcoast tut dir gut, das spürt man. Wir sind stolz auf dich."

„Superstolz! Und wir lieben dich“, ergänzte Harvey.

Vor Rührung lächelte ich breit, obwohl sie mich nicht sehen konnten. „Das ist lieb von euch. Ich liebe euch auch. Und vermisse euch unendlich.“

Nach dem Beenden des Telefonats blieb ich nachdenklich vor dem Spiegel stehen. Hatten die beiden recht und Little Goldcoast tat mir wirklich gut? Nicht nur das Kennenlernen von Max war mir hier mehr oder weniger in den Schoß gefallen. Ich hatte eine zweite Chance mit meinem großen Bruder und meinem Vater erhalten, konnte nun sagen, dass ich meine liebevolle Schwägerin in spe persönlich kannte und hatte durch die sympathische *Goldies*-Clique ein paar lockere Bekanntschaften gemacht. In die Vergangenheit zurückzukehren, war also in vielerlei Hinsicht eine gute Entscheidung gewesen. Madame Hekate hatte sich mit ihrer Prophezeiung nicht geirrt.

Grayson erwartete mich bereits. Ich war mir nicht sicher, ob er mich erst zum späten Nachmittag ins Diner bestellt hatte, weil er mir nicht direkt einen ganzen Tag zumuten wollte oder weil zum Ende des Tages immerhin ein bisschen Betrieb herrschte. Zwar würde die Clique heute nicht hier erscheinen, da alle auf Jonahs Geburtstagsparty erwartet wurden, doch ein hübsches männliches Paar und ein älterer Herr mit Hut fielen mir auf, als ich durch die Tür trat. Während das Pärchen sich rege unterhielt und dabei Kuchen aß, trank der Alte einen schwarzen Kaffee und sah sich das Spiel an, das in Zimmerlautstärke im Fernseher lief.

Etwas unsicher, wie ich Grayson begrüßen sollte, marschierte ich hinter die Theke, von wo aus er mich abwartend ansah, und hoffte, dass er als Erster etwas sagen würde.

„Du ziehst das also wirklich durch." Beeindruckt oder vielleicht auch ein wenig belustigt musterte er mich von Kopf bis Fuß und widmete sich dann zwei Gläsern, die im Spülbecken standen.

„Oh, lass mich das übernehmen!" Etwas zu übermotiviert drängte ich ihn beiseite und spülte die Gläser, bevor ich sie mit einem bereitliegenden Geschirrtuch auf Hochglanz polierte.

„Okay ..." Grayson stieß ein leises, schnaubendes Lachen aus, nahm die Gläser an sich, füllte sie mit Zitronenlimonade und streckte mir eines davon entgegen. „Auf ein wahrscheinlich ziemlich interessantes Praktikum."

Sachte stieß er dabei mit seinem Glas an meins und sah mir in die Augen. Wow. Dieser Anblick war immer wieder faszinierend. Seine Iris war fast genauso dunkel wie die Pupille, die sich nur ganz leicht absetzte. Ohne den Blick abzuwenden, spiegelte ich seine Bewegungen, führte das Glas an meine Lippen und trank einen Schluck.

Kaum hatten wir abgesetzt, erhob der alte Mann sich von seinem Stuhl, kam etwas wacklig zur Theke getrottet und stellte seine leere Kaffeetasse darauf ab.

„Willy", brummte Grayson mit einem Nicken.

„Grayson", brummte der alte Mann zurück. Er ließ seinen Blick kurz prüfend über mich schweifen, sagte aber nichts.

„Ich bin Jenna", beeilte ich mich, mich höflich vorzustellen. „Jenna Graham. Ich helfe ein paar Tage im *Goldies* aus. Ich ersetze quasi Ethan, den jungen Mann, der vorher hier gearbeitet hat. Er ist … ähm … verhindert und kann leider nicht mehr kommen. Ich … " Hilfesuchend blickte ich zu Grayson.

„Jenna – Willy. Willy – Jenna", löste er das Problem trocken, nahm die Tasse an sich und stellte sie ins Spülbecken.

„Jenna", brummte der alte Mann mit einem abschließenden Nicken und wandte sich zum Gehen.

„Tschüss, schönen Tag noch!", rief ich ihm nach.

Kurz darauf erhoben sich auch die beiden anderen Männer, brachten ihr Geschirr zur Theke und verabschiedeten sich. Nun war ich mit Grayson allein.

Nachdem ich abgespült hatte, gab er mir eine kleine Rundführung und zeigte mir, wo sich Gläser, Getränke und Lebensmittel befanden.

„Du wirst aber nie allein im *Goldies* sein, also frag mich, wenn du etwas wissen willst", bot er mit rauer Stimme an.

Ich nickte und hatte längst wieder vergessen, wo alles seinen Platz hatte.

„Ich zeige dir noch die Küche, wenn du möchtest", schlug er vor und deutete auf die kleine unauffällige Tür neben der Theke.

„Klar, gerne."

Ich folgte ihm und war angenehm überrascht. Die Küche war zwar ein wenig altmodisch eingerichtet und recht klein, aber außerordentlich hübsch, sauber und geordnet. Die Vorstellung, dass Grayson hier all sein leckeres Essen zubereitete, um es dann selbst zu servieren, schnürte mir auf eine unerwartete Art und Weise die Kehle zu. Ich sah ihn bildlich vor mir, wie er Gäste begrüßte, Bestellungen aufnahm, Lebensmittel verarbeitete, Geschirr spülte und dann noch allein die ganze Küche aufräumte. Das sollte eigentlich kein Ein-Mann-Job sein, auch dann nicht, wenn hier nicht oft Hochbetrieb herrschte. Kein Wunder, dass er einen abgekämpften Eindruck machte.

„Warum trinkst du keinen Alkohol, Jen?" Die Frage ließ mich überrascht herumwirbeln.

„Du musst das nicht beantworten, wenn es dir unangenehm ist. Es ist mir nur gerade in den Kopf gekommen."

Ich senkte den Blick, atmete tief ein und sah ihm dann direkt in die Augen. „Ist in Ordnung. Weißt du, ich habe mich einmal breitschlagen lassen, mit auf eine Party zu gehen, auf der eine Menge Alkohol ausgeschenkt wurde. Ein Kerl hatte mich vor der ganzen Gruppe als langweilig dargestellt, weil ich nichts trinken wollte, und schließlich habe ich mich überreden lassen. Ich wollte allen beweisen, dass er falsch lag. Das war dumm, ich weiß. Aber irgendwie dachte ich, ich muss unbedingt dazugehören." Ich lächelte verlegen. „Natürlich ist es nicht bei einem Glas Bowle geblieben und am Ende waren eben dieser Kerl und ich beide so betrunken, dass wir das nächstbeste Schlafzimmer aufgesucht haben." Ich schluckte. „An viel erinnere ich mich nicht, nur dass das Bett unbequem und die Sache an sich ziemlich schnell vorbei war. Am nächsten Morgen bin ich mit Kopfschmerzen aufgewacht, und er war weg. Seit diesem Tag habe ich nie wieder einen Tropfen Alkohol getrunken. Ich war erst neunzehn und hatte nicht vor ..."

Kurz zögerte ich, es auszusprechen, doch irgendetwas an Graysons ruhiger Art gab mir das Gefühl, vollkommen ehrlich sein zu können.

„Ich hatte nicht vor, so meine Jungfräulichkeit zu verlieren. Er wohl auch nicht, aber damit geprahlt hat er trotzdem über Wochen hinweg."

„Gott, Jen." Grayson fuhr sich mit der Hand über die Stirn, als hätte meine Erzählung ihm Kopfschmerzen bereitet. „Es tut mir leid, dass dir das passiert ist."

„Schon gut, es ist ein paar Jahre her." Ich wiegelte ab. „Das Schlimmste ist eigentlich diese Lücke in meinem Gedächtnis. Mir fehlen ganze Stunden vom Abend, der Nacht und des Morgens. Ich hatte einen echten Filmriss. Das ist …"

„Beängstigend", beendete Grayson meinen Satz rau.

Ich nickte, dann entfuhr mir ein unsicheres Lachen. „Und da wären wir beide wieder am selben unangenehmen Punkt."

„Was meinst du?", fragte er.

„Na ja, ich habe dir etwas Unschönes über mich erzählt, das so gut wie keiner weiß."

„Und jetzt bin ich wieder dran, damit du dich besser fühlst?"

„Ich fürchte, so läuft das Spiel."

Wir mussten beide ein wenig lachen, dann wurde Grayson binnen Sekundenbruchteilen ernst.

„Es gibt durchaus etwas, das wirklich niemand in ganz Little Goldcoast weiß", murmelte er dann. Er sprach so leise, dass ich unsicher war, ob er tatsächlich mit mir oder eher zu sich selbst sprach. Für eine Weile starrte er schier durch mich hindurch, als ringe er noch mit sich, ob er wirklich weiterreden sollte. Schließlich fuhr er sich mit der flachen Hand über das Gesicht, als wollte er Spinnweben von dort fortwischen. „Vergiss es, Jen." Plötzlich klang er wieder mürrisch und in sich gekehrt. „Das ist jedenfalls die Küche. Hier mache ich Sandwiches, Burger, Eier, manchmal Kuchen …"

„Grayson." Ohne darüber nachzudenken, griff ich nach seinem Arm.

Irritiert ließ er das Aufzählen bleiben und blickte auf meine Hand herunter, die auf seinem muskulösen Bizeps fast winzig aussah.

„Du kannst es mir sagen", versprach ich mit leiser, gesenkter Stimme, als wollte ich ihn nicht erschrecken. „Es ist in Ordnung. Wir sind Freunde."

Das war vielleicht etwas übertrieben, immerhin kannten wir einander erst seit einigen Tagen, doch offenbar erzielten meine Worte dennoch Wirkung. Graysons Miene entspannte sich etwas.

„Nun, davon habe ich nicht besonders viele."

„Das überrascht mich nicht."

Dieses Mal lachte er nicht. Er sah mich nur an, als würde er sich fragen, was sich das Schicksal dabei gedacht hatte, ihm ausgerechnet eine so aufmüpfige Person wie mich zu schicken, die ihr Herz auf der Zunge trug. Dann fuhr er sich erneut mit der Hand über das Gesicht. Auf einmal sah er müde aus, resigniert.

„Komm mit", brummte er.

Ich folgte ihm, ohne auch nur einmal in Erwägung zu ziehen, es nicht zu tun. Vielleicht war es naiv, vielleicht spürte ich auch einfach ganz deutlich, dass ich Grayson vertrauen konnte.

Er führte mich zur anderen Seite hin aus der Küche heraus, wo wir in einen kleinen Flur gelangten, der zugleich als Vorratsraum diente. Dort befanden sich Konservendosen, Hamburgerbrötchen, Sprühsahne und XXL-Beutel mit Kaffeebohnen neben Milchtüten, Mehl und einem großen summenden Kühlschrank. Als Grayson die Tür am Ende des Flurs öffnete, runzelte ich die Stirn. Eine schmale hölzerne Treppe führte in die nächste Etage. Ob er dort wohnte? Weitere Vorräte aufbewahrte?

Schweigend liefen wir die Treppe hinauf, die in einer weiteren Tür endete, für die er nun einen Schlüssel aus der Tasche seiner dunklen Jeans zog.

„Das bleibt unter uns", verlangte er, ohne mich anzusehen und schloss die Tür auf.

Mit angehaltenem Atem folgte ich ihm in einen braun gefliesten Flur, in dem es nach Suppe und Desinfektionsmittel roch. Eine merkwürdige Mischung. Ich rümpfte unbemerkt die Nase. Tatsächlich befand sich direkt über dem *Goldies* eine kleine Wohnung. Gedämpfte Fernsehgeräusche drangen an mein Ohr. Nachdenklich blickte ich mich um, während Grayson die Tür hinter uns zuzog. Nach links und rechts führten angelehnte Türen in weitere Räume, in die ich noch keine Einsicht hatte. Jäh öffnete sich eine davon, und eine Frau mit kurzen blonden Haaren, die etwa in Graysons Alter zu sein schien, kam in den Flur. Ebenso überrascht wie ich sah sie erst mir, dann Grayson ins Gesicht, ehe sie an uns vorbeitrat und eine dünne Strickjacke von der Garderobe nahm.

„Xenia", brummte Grayson.

„Grayson." Sie nickte ihm knapp zu. „Ich brauche Geld. Das Essen für die Kinder bezahlt sich nicht von selbst."

Kinder? Grayson versteckte hier oben also eine ganze Familie? Ich schluckte.

„Hier." Mit einer schnellen Bewegung griff er in seine hintere Hosentasche, zog ein paar zerknitterte Scheine hervor und reichte sie Xenia, die sie sogleich ohne Dank an sich nahm und abzählte.

„Das reicht nicht."

„Weiß ich doch … ich gebe dir nächste Woche mehr. Versprochen", setzte Grayson hinzu.

Ohne ein weiteres Wort zog Xenia ihre Schuhe, schwarze Stiefeletten, die nicht sehr frühlingshaft aussahen, an und wandte sich zum Gehen. „Er ist nicht gut drauf heute", erklärte sie noch zum Abschied.

„Danke, Xenia. Bis morgen." Mit einem tiefen Ausatmen schloss Grayson die Tür hinter ihr.

Ich hatte so viele Fragen, dass ich sie erst in meinem Kopf nach Wichtigkeit sortieren musste.

„Hat … deine Frau nichts dagegen, dass du einfach so eine andere Frau mit nach Hause bringst?" Völlig überfordert schlug ich die Hände über dem Kopf zusammen. „Also nicht, dass du und ich … aber sie muss doch denken, dass wir … Ich an ihrer Stelle würde …"

Grayson bedachte mich mit einem kurzen Blick, dann antwortete er ruhig: „Xenia ist nicht meine Frau." Damit trat er an mir vorbei in den Raum, aus dem sie vorhin gekommen war. Immer noch unsicher folgte ich ihm, blieb jedoch vorerst im Türrahmen stehen.

Vor mir erstreckte sich ein kleines, minimalistisch eingerichtetes Wohnzimmer mit einem Esstisch, einer mehrteiligen Couchgarnitur, einem Fernseher und einem Bücherregal. Der gesamte Boden war mit Teppich ausgelegt, die Vorhänge zugezogen. Im Sessel saß ein weißhaariger blasser Mann mit leerem Blick. Im ersten Moment hielt ich ihn paradoxerweise für eine dieser gruseligen, lebensechten Puppen, bis mir klar wurde, dass er, auch wenn er sich ansonsten nicht bewegte, atmete. Mit jäh rasendem Herzen trat ich näher.

Nun sah ich auch den kleinen Couchtisch neben der Garnitur, auf der eine Schnabeltasse neben einer Autozeitschrift und der Fernbedienung für den Fernseher stand. Eine Kinderserie, in der ein Mädchen einen kleinen weißen Hund auf einer Schaukel anschubste, flimmerte über den Bildschirm.

Grayson ging vor dem Sessel in die Hocke, betrachtete den alten Mann und wartete offensichtlich auf irgendeine Art von Reaktion oder Regung.

Ich musterte den Alten genauer. Er kam mir bekannt vor. Er sah aus wie jemand, der mal sehr untersetzt gewesen war, dann jedoch in viel zu kurzer Zeit rapide an Gewicht verloren hatte. Überall hing ihm die Haut von den Knochen, selbst im Gesicht, als hätte sie sämtliche Elastizität verloren.

Als ich einen weiteren Schritt tat, ging plötzlich ein Ruck durch den gebrandmarkt aussehenden Körper, und sein Blick aus dunklen, rot unterlaufenen Augen huschte unruhig durch den Raum, über mich und schließlich hin zu Grayson.

„Peter?" Seine Stimme hörte sich an wie eine alte Tür, die mal wieder geölt werden musste.

„Nein. Peter ist nicht da. Schon lange nicht mehr." Grayson klang resigniert, als wäre er bereits sehr oft

mit dem falschen Namen angesprochen worden. „Ich
bin es: Grayson. Hallo, Dad.“

Kapitel 15

Der alte Kane

Als kleines Mädchen hatte ich mich vor dem alten Kane, wie ihn damals alle nur genannt hatten, gefürchtet. Es hatte nie jemand nachvollziehen können, immerhin war er ein in Little Goldcoast sehr angesehener und engagierter Mann gewesen, der das kleine, gut besuchte Diner mit viel Talent und Gastfreundlichkeit geleitet hatte. Doch mir war jedes Mal eine Gänsehaut über den gesamten Körper gekrochen, wenn er auch nur in meine Richtung gelächelt hatte. Als würde hinter diesen dunklen, wissenden Augen etwas sitzen, das nur ich sehen konnte.

Dass es sich tatsächlich um ein und denselben Mann handelte wie den, der nun vor mir im Sessel saß und mehr schlecht als recht zum Takt eines Kinderliedes klatschte, das im Fernseher lief, wollte mir auch eine Viertelstunde später nicht in den Kopf. Er sah nicht aus, als wäre er bloß vierzehn, sondern eher ganze vierzig Jahre gealtert. Seine einst pechschwarzen Haare, die er im Gegensatz zu Grayson immer kurz rasiert getragen hatte, waren weiß geworden, sein kräftiger Körper schier ausgezehrt und aus seinen dunklen Augen war jegliche Klarheit und Schärfe gewichen. Wenn man in sie hineinsah, war es, als würde man einen Blick in absolute Leere werfen, in ein schwarzes, bodenloses Nichts. Abwesend sabberte er auf das Lätzchen, das man ihm um den Hals gebunden hatte, und summte in sich hinein.

„Dein Tee wird kalt, Jen." Grayson, der sich mit etwas Abstand zu mir auf das Sofa gesetzt hatte, deutete auf die Tasse, die ich seit einer gefühlten Ewigkeit in den Händen hielt.

„Ich ... ja. Tut mir leid." Verstohlen strich ich mir eine Träne aus dem Augenwinkel. Die ganze Situation fühlte sich so surreal und beklemmend an, dass ich nicht wusste, was ich sagen sollte. Und das kam nun wirklich nicht alle Tage vor.

„Er ist nicht immer so." Grayson nickte in Richtung seines Vaters. Er schien erleichtert, dieses Geheimnis, das einer Bürde gleichkam, endlich mit jemandem teilen zu können. „Manchmal hat er sogar sehr wache Momente, dann ist er fast der Alte. Letzte Woche erst ist er urplötzlich aufgestanden und hat eine feurige Rede über das korrekte Zusammenmischen von Cocktails gehalten."

Betroffen blickte ich auf meine Hände herab.

„Er ist schwer dement", fuhr Grayson fort und sprach damit das aus, was ich bereits selbst erkannt hatte. „Xenia ist seine Pflegerin. Nicht offiziell, aber ... sie schaut mehrfach am Tag bei ihm vorbei und kümmert sich um ihn, und ich gebe ihr unter der Hand etwas Geld dafür. So oft wie möglich laufe ich schnell hoch und sehe nach ihm, aber immer ist das nicht mit der Arbeit im *Goldies* vereinbar. Er muss gewaschen, gefüttert und regelmäßig in andere Positionen gelagert werden, damit er sich nicht wund sitzt oder liegt, denn stehen und laufen tut er nur an den wenigsten Tagen noch. Das alles wäre ohne Xenia kaum machbar." Kurz schien es, als wollte er noch etwas sagen, doch dann verstummte er und sah mich bloß abwartend an.

„Ich ... weiß nicht, was ich sagen soll", gab ich ehrlich zu und nippte an meinem Tee. Dann räusperte ich mich. „Was ist eigentlich, wenn jemand ins *Goldies* kommt, während wir hier oben sind? Oder generell, während du hier oben bei ihm bist?", versuchte ich kurz erfolgslos, von der schweren, drückenden Stimmung abzulenken.

„Das höre ich. Ich habe gute Ohren", antwortete Grayson ruhig. Er sah seinen Vater mit einem Blick an, den ich irgendwo zwischen Schmerz und Verzweiflung, aber auch als einen Anflug von Resignation einordnete. „Eigentlich müsste er in ein Pflegeheim und das wirklich dringend. Er ist eine Gefahr für sich selbst. Vor ein paar Wochen hat er versucht, sich ein Spiegelei anzubraten, als Xenia gerade gegangen und ich noch unten im *Goldies* zugange war. Er hat dazu aber keine Pfanne genommen, sondern eine Plastikbox. Hier war alles voller Rauch, und er hat sich die Haut verbrannt." Vielsagend deutete er auf eine großflächige rötliche Stelle auf dem Handrücken des alten Mannes, die allmählich anfing zu vernarben. „Du kannst dir nicht vorstellen, wie lange der Gestank des geschmolzenen Plastiks hier noch in der Luft hing."

„Aber du ... bringst es nicht übers Herz, ihn in ein Heim zu bringen", riet ich leise.

Ich konnte es nachvollziehen. Auch wenn Cara und ich unsere Differenzen hatten und ich in der aktuellen

Situation gerade wirklich wütend auf sie war, konnte ich mir nur zu gut vorstellen, wie schwer ihm diese Entscheidung fallen musste.

Grayson gab ein freudloses Lachen von sich. „Jen, wenn ich ehrlich bin, würde ich ihn lieber heute als morgen dorthin bringen", erklärte er zu meinem Erstaunen trocken. „Aber ich habe nicht ansatzweise genug Geld, um diesen Luxus zahlen zu können."

Schließlich richtete er sich auf, schüttelte den Kopf und fuhr sich mit der Hand durch die dunklen Haare. „Lass uns wieder nach unten gehen. Er macht gerade nicht den Eindruck, eine Gefahr für sich selbst zu sein. Ich lasse ihn noch ein wenig fernsehen, und später bekommt er etwas zu essen und geht schlafen."

„Okay", stimmte ich ihm wenig überzeugt zu und reichte ihm die Tasse, die ich kaum zur Hälfte geleert hatte. Nachdem er sie in die Küche gebracht hatte, ging er erneut vor dem Sessel in die Hocke und legte seinem Vater behutsam eine Hand auf den Oberschenkel.

„Ich bin gleich wieder da", sagte er betont laut und deutlich.

Die dunklen Augen des Alten irrten suchend umher, schienen den Besitzer dieser Stimme ausfindig machen zu wollen und fixierten dann mit abrupter Klarheit das Gesicht des Sohnes. Angestrengt zitterten seine ausgetrocknet wirkenden Lippen.

„Peter?", pfiff er durch den halb geöffneten Mund.

„Peter war sein Bruder. Er ist seit über zwanzig Jahren tot", wandte Grayson sich an mich. „Nein, Dad. Ich bin es: Grayson. Dein Sohn."

„Grayson." Der alte Kane ließ sich den Namen auf der Zunge zergehen, als müsste er schwer darüber nachdenken, woher er ihn kannte. Plötzlich wirkte er unruhig. „Hast du wieder Fußball im Haus gespielt? Hast eine meiner Fensterscheiben zerschossen, du dummer Junge?"

„Nein, Dad, ich ..."

Grayson konnte den Satz nicht beenden. Mit einer Schnelligkeit und Präzision, die man dem Alten noch vor Sekunden nicht im Ansatz zugetraut hätte, holte er plötzlich aus und versetzte seinem vor ihm kauernden Sohn eine Ohrfeige. Das Geräusch seiner flachen, dürren Hand auf Graysons bärtiger Wange erschütterte den gesamten Raum – und mich bis ins tiefste Innere. Erschrocken sprang ich auf und schlug die Hand vor den Mund. Mein Herz schlug so schnell in meiner Brust, dass es beinahe schmerzhaft war.

Während die plötzliche Wut und mit ihr das Leben wieder aus den Augen des Alten wich und ihn abwesend sabbernd zurückließ, erhob Grayson sich mit einer einzigen abrupten Bewegung und fuhr sich kurz mit der Hand über die Wange. Es war schwer zu sagen, ob die Ohrfeige ihn traurig oder wütend gemacht hatte, oder vielleicht – und das wäre das Schlimmstmögliche, was ich mir vorstellen konnte - war er sogar daran gewöhnt.

„Ich sagte es ja: ganz der Alte", murmelte er dann rau vor sich hin.

„Brauchst du ... etwas zum Kühlen?", brachte ich zögerlich hervor. Mein Herz raste immer noch. Meine Stimme war kaum mehr als ein Flüstern.

Grayson schüttelte den Kopf, ohne mir in die Augen zu sehen. Ohne sich seinem Vater noch einmal zuzuwenden, griff er nach meinem Handgelenk und zog mich aus der Wohnung, die er von außen doppelt verschloss. Der Anblick der leeren Augen des Alten verfolgte mich immer noch.

Ich wagte kein einziges Wort zu sagen, während wir die Treppe wieder herabstiegen, durch den schmalen Flur voller Vorräte, und schließlich durch die kleine Küche liefen.

Zurück im *Goldies* sah Grayson sich kurz um, als wollte er sichergehen, dass auch wirklich niemand da war, dann nahm er, mit dem Rücken zur Eingangstür, auf einem der Stühle Platz und sackte ein wenig in sich zusammen.

„Es tut mir leid, Jen. Ich weiß nicht, was ich mir dabei gedacht habe." Mit schuldbewusstem Blick sah er mir in die Augen, ehe er auf den Boden starrte.

Einen Moment lang war ich wie gelähmt, doch dann kam endlich wieder Leben in mich.

„Hey … hey, Grayson …" Ich schüttelte den Kopf und trat behutsam zu ihm herüber. „Dir muss gar nichts leidtun, gar nichts! Du trägst ein großes Päckchen mit dir herum und hast jemanden gebraucht, dem du das anvertrauen kannst. Das ist vollkommen in Ordnung. Ich bin froh, dass du es mir gesagt hast. Oder eher gesagt gezeigt."

„Wirklich?" Überrascht blickte er auf. In seinen dunklen Augen lag so viel Last, dass ich ihm am liebsten etwas davon abgenommen hätte. Zumindest einen ganz kleinen Teil davon.

„Wirklich." Ich nickte bestimmt.

Grayson seufzte. „Du musst die wenigen Tage, die du in Little Goldcoast verbringst, nicht im *Goldies* absitzen, Jen. Wirklich nicht.“

„Ich weiß, aber ich möchte es gern. Die paar Stunden am Tag.“ Ich machte eine wegwerfende Handbewegung. „Ich bin doch hier, um Erfahrungen zu sammeln, neue Menschen kennenzulernen und mal herauszukommen.“

Grayson sah mich an, als würde er mir kein Wort von dem glauben, was ich sagte. Dann verbarg er das Gesicht in den Händen. „Ich habe keine Ahnung, wie es weitergehen soll, Jen“, murmelte er in sich hinein.

Hilflos starrte ich ihn an. Was konnte ich bloß tun, um ihn aufzumuntern? Die Situation vorhin im Obergeschoss hatte selbst mich völlig aufgewühlt, und das, obwohl ich nicht einmal ansatzweise persönlich involviert war. Allein das Bild des bleichen, summenden alten Kane vor Augen ließ einen eiskalten Schauder über meinen gesamten Körper huschen.

„Er wird schon wieder“, hörte ich mich selbst in einem floskelhaften Besänftigungsversuch sagen. Gleich darauf biss ich mir auf die Zunge. *Er wird schon wieder?* Ernsthaft? Großer Gott, nein, Jenna, er war dement. Er würde nicht wieder werden. Er würde immer unselbstständiger werden, immer mehr auf Hilfe angewiesen sein, und dann würde er eines gar nicht mehr so weit entfernten Tages einfach sterben.

Ich versuchte zu schlucken, aber ein riesiger Kloß hatte sich in meinem Hals gebildet, der partout nicht verschwinden wollte. Max, Jonahs kurz bevorstehende Geburtstagsparty am Abend und all meine eigenen Probleme rückten so weit in die Ferne, dass sie surreal wirkten. Es kam mir beinahe lächerlich vor, dass ich Grayson zuvor meine Sorgen anvertraut hatte: ein paar verheimlichte Briefe, eine wenig kooperative Mutter und das erste Mal Sex unter anderen Umständen als gewünscht – das schien alles nichts gegen die Situation, in der er sich befand. Ich wollte ihm so gerne helfen. Krampfhaft versuchte ich, eine Lösung zu finden oder zumindest eine Erleichterung, einen provisorischen Weg für den Übergang.

„Vielleicht gibt es eine Möglichkeit, Geld zu sammeln, um den Heimplatz zu finanzieren?", schlug ich nach einer Weile vor. „Wir könnten so eine Art Wohltätigkeitsabend veranstalten, mit jeder Menge leckerem Essen und Getränken, und überall hängen wir Fotos von deinem Dad und dem *Goldies* auf, wie es früher aussah. Du weißt schon: das Little Goldcoast-Diner im Wandel der Zeit. Vielleicht finden sich sogar ein paar alte Aufnahmen in Schwarzweiß. Weißt du, wem es vor deinem Vater gehört hat? Es gibt doch sicher alte Zeitungsartikel darüber, die ..."

„Jen ...", brummte Grayson. Es klang gequält.

Doch ich ließ mich nicht unterbrechen. Ich sah alles förmlich schon vor mir: die Dekoration, die Einladungskarten, die wie wild klingelnde Kasse und den Stein, der Grayson vom Herzen fiel.

„Ich nähe eine Wimpelkette in den Farben der Einrichtung, die hängen wir ... " Ich drehte mich mit zu schmalen Schlitzen verengten Augen auf der Stelle und wies schließlich über die Jukebox. „... dort auf! Oder dort, mal sehen, wo sie besser aussieht. Wir machen Häppchen. Und Flyer. Und spielen Musik aus der Jugend deines Vaters. Ich kann Nora um Hilfe bitten, sie ist doch Eventmanagerin und ein absoluter Profi, wenn es darum geht, Feiern zu organisieren. Wir könnten deinen Dad in einem Rollstuhl mit nach unten holen und Xenia fragen, ob sie ..."

„Nein." Grayson klang bestimmt. In seiner Stimme lag ein Unterton, der all meine Euphorie in der Luft zerriss. „Ich will keine Almosen. Und mein Vater hätte nicht gewollt, dass jemand ihn in diesem Zustand sieht ... oder weiß, dass er sein ganzes Vermögen für Frauen und Spielotheken verpulvert hat, sodass er nichts als Schulden hinterlassen hat und kein einziger müder Cent mehr übrig ist, um ihm die Pflege zu ermöglichen, die er benötigt. Das ist der Grund, weshalb ich ihn so abgeschottet von allem anderen pflege. Er war ein stolzer Mann. Das wäre gegen seinen Willen. Und auch wenn er es nicht verdient hat, werde ich diesen nicht brechen."

Ich nickte, obwohl er mich nach wie vor nicht ansah. Die Wohltätigkeitsfeier löste sich in meinem Kopf in winzige kleine Fetzen auf, die im Niemandsland verschwanden.

„Ich könnte ab und zu nach ihm sehen. Zumindest solange ich hier bin", sprach ich nachdenklich das aus, was mir als Nächstes in den Sinn kam.

„Vergiss es." Grayson hob den Blick, sah mir ernst in die Augen und schüttelte den Kopf. „Auf keinen Fall lasse ich dich mit diesem Mann allein." Seine Augen verfinsterten sich, wurden noch dunkler, als sie ohnehin schon waren. „Das ist nicht alles, Jen." Unwillkürlich strich er sich mit der Hand über seine Wange, die vorhin die Ohrfeige abbekommen hatte. „Ich kann Xenia kaum noch bezahlen, das heißt, sie wird sicher bald nicht mehr kommen. Und das *Goldies* ... ich habe mehr laufende Kosten als Einnahmen. Mein Vater hat sich hoch verschuldet. Mir war klar, dass ich das würde ausbaden müssen, als ich den Laden übernahm, aber dass ich darin ertrinken würde ..." Er holte schwer Luft, bevor er mit belegter Stimme fortfuhr. „Die paar Leute, die hier wohnen, kommen fast alle regelmäßig vorbei und trinken einen Kaffee oder ein Bier. Aber das reicht nicht. Zumindest nicht für beides. Ich kann nicht beides stemmen. Nicht Dad *und* das *Goldies.*"

Ich konnte mich nicht erinnern, Grayson je zuvor so viel an einem Stück sagen gehört zu haben. Ich erinnerte mich an eine Menge *Jeps* und *Nopes* und undefinierbares Brummen. Es musste ihn sehr angestrengt haben, sich all das endlich mal von der Seele zu reden.

„Und ich habe keine Ahnung, was mich dazu bringt, dir das zu erzählen." Mit müdem Gesichtsausdruck schüttelte er den Kopf. Ein mildes Lächeln huschte über sein Gesicht. „Vielleicht färbt deine Gesprächigkeit ab."

„Vielleicht." Endlich schaffte ich es, den Kloß in meinem Hals herunterzuschlucken. Vorsichtig machte ich noch einen weiteren Schritt auf den Stuhl zu, auf dem er saß.

„Ich kann nicht beides stemmen", wiederholte er mit einem Kopfschütteln. Nie zuvor hatte ich so viel Schmerz in der Stimme eines Menschen gehört.

Ohne darüber nachzudenken legte ich die Arme um seinen Hals, verschränkte sie in seinem Nacken und umarmte ihn. Es war das Einzige, was ich tun konnte. Das Einzige, was mir einfiel.

Graysons Arme umschlangen mich, als hätte er auf eben diese Umarmung schon viel zu lange gewartet.

Fast zu fest drückte er mich an sich, den Kopf an meine Brust gelehnt. Und während ich so dastand und ihn hielt, schossen mir dutzende Gedanken durch den Kopf. Es musste doch eine Möglichkeit geben, ihm zu helfen. Er würde zerbrechen, wenn er diese Last weiter tragen musste. Was, wenn jemand jetzt am *Goldies* vorbeispazierte und ihn so sah? So ungewohnt verletzlich? Und außerdem ... eigentlich hatte ich fest damit gerechnet, dass Max der Erste sein würde, der mir in Little Goldcoast so derart nahe kommen würde.

War meine Vorfreude auf die Party auch beim Telefonat mit Tori und Harvey dafür, dass ich absolut kein Partymensch war, auch noch erstaunlich groß gewesen, so schien sie nun völlig verschwunden. Die Lust, mit der *Goldies*-Clique, Jonahs Geschwistern und weiteren Menschen im Ferienhaus des Städtchens bei Musik und Snacks belanglosen Smalltalk zu führen, war mir gänzlich vergangen.

Dennoch rang ich mir ein Lächeln ab, als Nora und Ilay wie vereinbart um 20 Uhr im *Goldies* erschienen, um mich abzuholen. Immerhin wussten sie nichts von dem, was ich heute erfahren und gesehen hatte, und ich würde den Teufel tun, ihnen den Abend zu verderben. Sie sahen zusammen absolut hinreißend aus. Mein Bruder trug eine schlichte dunkle Jeans zu einem altrosafarbenen Hemd, das seinem sonnengebräunten Teint schmeichelte, während Nora einen schicken schwarzen Jumpsuit mit kanariengelbem Schmuck kombiniert hatte. Sie war dezent geschminkt und hatte ihre roten glatten Haare zu leichten Wellen geformt.

„Und? Hat meine kleine Schwester sich an ihrem ersten Tag gut geschlagen?", erkundigte Ilay sich bei

Grayson, nachdem er ihn per Handschlag begrüßt hatte.

„Jep", nickte der.

„War er die ganze Zeit so *gesprächig?*", wandte Ilay sich amüsiert an mich und setzte das Wort *gesprächig* mit Zeige- und Mittelfingern beider Hände in Anführungszeichen.

„Jap", scherzte ich, obwohl mir nicht danach zumute war.

Zum Glück waren die beiden so gut gelaunt, dass sie nicht bemerkten, wie gedrückt unsere Stimmung war. Nachdem wir oben beim alten Kane gewesen waren, hatte es fast eine Stunde gedauert, bis eine kleine Gruppe Herren mittleren Alters im Diner erschienen war und mit ein paar Flaschen Bier irgendetwas gefeiert hatte. Grayson war sofort wie ausgewechselt und, bis ich abgeholt wurde, wieder der wortkarge, sich stillschweigend um alles kümmernde Kerl gewesen, den alle in Little Goldcoast kannten.

„Wollen wir los?" Nora warf einen knappen Blick auf ihre Smartwatch.

„Klar." Ich rückte unnötigerweise noch ein kariertes Geschirrtuch zurecht, mit dem ich vorhin die Biergläser abgetrocknet hatte, strich mir die Haare glatt und wandte mich an Grayson. So intim die Situation zwischen uns vorhin auch gewesen war, so distanziert schien sie auf einmal wieder. „Also dann ... bis morgen, Grayson."

„Jen", brummte er mit einem knappen Nicken, ohne mir richtig ins Gesicht zu sehen. War es ihm nun unangenehm, dass er sich so verletzlich gezeigt hatte? Bereute er womöglich sogar, sich mir anvertraut zu haben? Oder lag es bloß daran, dass er vor den anderen sein Gesicht wahren wollte?

Mit einem unterdrückten Seufzen wandte ich mich mit Nora und Ilay zum Gehen, als sie begann, an meiner schulterfreien Bluse herumzuziehen. Ohne dass ich es bemerkt hatte, war sie während der letzten Stunden an den Oberarmen wohl ein wenig nach oben gerutscht.

„Das wird Max gefallen", raunte sie mir zu, gerade noch laut genug, dass sowohl Ilay als auch Grayson es hören konnten.

Max. Ich versuchte mir nicht anmerken zu lassen, wie sehr mich Noras Worte aus der Fassung brachten. Wie hatte ich Max vergessen können?

Kapitel 16

Geburtstagsparty

Wenn es etwas gab, das mich auf andere Gedanken bringen konnte, dann waren das schon immer Bücher gewesen. Ganz gleich ob Liebeskummer, Streit mit Cara oder Bauchschmerzen – die unzähligen Geschichten, die sich in all meinen Lebensjahren angehäuft hatten, boten mir jederzeit einen tröstlichen warmen Schoß, in den ich mich nur allzu gerne verkroch. Buch auf, Realität aus. Dass Jonahs im Abercrombie Verlag tätigen älteren Geschwister Edith und George zur Feier des Tages nach Little Goldcoast gekommen waren, kam meiner gedrückten Stimmung also sehr entgegen. Immerhin kannten sie meine absolute Lieblingsautorin persönlich.

„Happy Birthday, Jason Momoa." Nora umarmte Jonah freundschaftlich und überreichte ihm ein liebevoll in Seidenpapier eingewickeltes Päckchen, um das eine dicke Schleife gebunden war. „Das ist von Ilay, Jenna und mir."

„Als ob irgendjemand außer ihr eine Ahnung hätte, was darin ist", raunte Ilay hinter vorgehaltener Hand in meine Richtung.

Ich kicherte. Tatsächlich hatte ich bis zu diesem Moment nicht einmal daran gedacht, eine Kleinigkeit oder zumindest eine Karte zu besorgen. Ein Glück, dass meine Schwägerin in spe ein absolutes Organisations- und Kontrolltalent war.

„Alles Gute, Alter, langsam rückt die Dreißig näher!“ Ilay begrüßte seinen Freund per Handschlag und mit einer typisch männlichen, sowohl grober als auch kurzer Umarmung.

„Herzlichen Glückwunsch!“ Ich schüttelte Jonah die Hand und lächelte zu ihm hinauf. Die langen dunklen Haare zu einem perfekt unperfekten Dutt hochgebunden, blickte er mit seinen strahlend grünen Augen auf mich herab. Das Geburtstagskind trug ein weißes modisches Knitterhemd zu einer lockeren, zerschlissenen kurzen Jeans, die seine muskulösen Beine freigab. Muskulös, aber nicht so muskulös wie Grayson, schoss es mir plötzlich in den Kopf. Wie kam ich denn jetzt darauf? Ich schob es auf die Tatsache, dass mir sein Schicksal einfach sehr nahe ging und versuchte den Gedanken daran zu verdrängen, dass er nun wahrscheinlich allein mit seinen Grübeleien und seinem Ohrfeigen verteilenden kranken Vater daheim saß.

„Danke, Leute. Kommt doch rein.“ Mit einer einladenden Handbewegung bedeutete Jonah uns, aus dem Eingangsbereich in das Wohnzimmer zu treten, aus dem bereits lässige Musik drang.

Mit einem leichten Kopfschütteln löste ich mich aus meiner Nachdenklichkeit und folgte Nora und Ilay ins Innere des Ferienhauses, das ich aus meiner Kindheit nur von außen kannte. Damals hatte es noch nicht den

Abercrombies gehört, sondern einem älteren, zurückgezogen lebenden Pärchen, dem mein Bruder und seine Freunde gerne Klingelstreiche gespielt hatten. Dafür hatten sie auch den steilen Anstieg in Kauf genommen, der zu dem abgelegenen Häuschen führte.

Im Wohnzimmer erwartete uns neben ein paar vereinzelt miteinander sprechenden Freunden von Jonah auch seine Freundin Romy. Gerade noch in ein Gespräch mit einer kraushaarigen drahtigen Frau verwickelt, in der ich Edith wiedererkannte, winkte sie uns fröhlich zu sich.

„Hey, ihr Lieben, wie geht es euch?" Mit rosig glühenden Wangen begrüßte sie zuerst Nora, dann mich und schließlich Ilay. „Wie schön, dass ihr da seid. Ihr kennt doch alle Jonahs Schwester und meine Freundin Edith?"

Ich brannte darauf, sie mit all den Fragen zu löchern, die mir bezüglich Suri Lilianna auf der Seele brannten, doch ich wollte nicht direkt zu forsch an die Sache herangehen. Stattdessen begnügte ich mich vorerst damit, den anderen beim entspannten Smalltalk zuzuhören und nickte, lächelte oder lachte an den richtigen Stellen.

Ich witterte meine Chance, als Edith sich schließlich in der Küche etwas zu trinken holte und folgte ihr unauffällig.

Mit prüfender Miene öffnete sie den Kühlschrank, ließ ihren Blick über all die unterschiedlichen Getränke darin schweifen und bemerkte mich, nachdem sie sich eine Flasche roten Alkopop herausgeholt hatte. „Möchtest du auch etwas?"

„Ich ... wollte nachsehen, ob es Wasser gibt“, antwortete ich schnell.

„Wasser ... wollen wir doch mal sehen.“ Mit gerunzelter Stirn prüfte Edith den Inhalt des Kühlschranks und zog schließlich tatsächlich eine kleine Flasche Mineralwasser hervor.

„Und, wie läuft es im Verlag?“, erkundigte ich mich unschuldig.

Wow, Jenna. Plumper ging es nicht.

„Ziemlich gut“, antwortete Edith gradlinig, reichte mir die kleine Flasche und nickte. „Wir haben gerade ein paar neue Veröffentlichungen festgelegt und einige vielversprechende Exposés von Nachwuchsautoren vorliegen.“

„Das klingt spannend.“ Ich öffnete meine Flasche, trank einen Schluck und fügte dann gedehnt hinzu: „Es muss eine Ehre sein, mit Suri Lilianna zusammenzuarbeiten.“

„Suri Lilianna?“ Edith hob eine Augenbraue. „Wie kommst du jetzt ausgerechnet auf Suri Lilianna?“

Mist. Jetzt hielt sie mich wahrscheinlich für eines dieser verrückten Groupie Girls, die im Internet Fan-Fiction zur *Royal Lovers*-Reihe verfassten. Oder hatte sie den Brief, den ich dem Verlag geschickt hatte, vielleicht sogar gelesen?

„Oh, keine Ahnung ... sie ist einfach eine gute Autorin“, log ich wenig überzeugend. Mit der Wasserflasche in der Hand lief ich ein paar Schritte auf und ab. „Sie ist die mit Abstand erfolgreichste eures Verlags. Und das Geheimnis um ihre Identität ist eine Riesensache. Eine Frau hat mal auf sämtlichen Social Media-Kanälen das

Gerücht verbreitet, *sie* wäre sie. Das gab eine Riesenwelle. Aber irgendwann hat sie wohl das Interesse daran verloren und zugegeben, dass sie es nicht ist." Völlig unkontrolliert purzelten die Worte aus meinem Mund, während Edith mich nach wie vor mit einer eigenartigen Skepsis musterte.

„Ich meine ja nur ... ihr Abercrombies seid wahrscheinlich die Einzigen, die wissen, wer sie wirklich ist. Die ein Gesicht zu den Büchern haben. Die ihren echten, richtigen Namen kennen. Das ist ..." Ich suchte nach den richtigen Worten, fand keine und deutete stattdessen mit einem explosionsähnlichen Geräusch und einer Handbewegung an, dass mein Kopf platzte.

Im Zeitlupentempo führte Edith ihre Alcopop-Flasche an die Lippen, trank zwei Schlucke und murmelte dann: „Ich habe keine Ahnung, was du glaubst zu wissen. Aber du irrst dich. Niemand weiß, wer sie ist. Und das soll auch so bleiben. Ihre Privatsphäre ist das Wertvollste, was sie hat. Verstehst du das?" Wie eine besonders strenge Mathelehrerin, die auf eine Antwort wartete, sah sie mir in die Augen.

„Natürlich" hörte ich mich selbst sagen.

„Gut." Edith nickte. „Wir sollten jetzt wieder zu den anderen gehen."

Völlig verunsichert folgte ich ihr. Was meinte sie mit *Ich habe keine Ahnung, was du glaubst zu wissen*? Und wieso war sie so streng, was das Thema betraf? Ich unterdrückte ein Aufseufzen. Damit war mein Traum, der talentiertesten Schriftstellerin der Welt jemals persönlich zu begegnen, wohl noch ein Stück weiter in die Ferne gerückt.

Als wir mit etwas Abstand zueinander – Edith ging entschlossenen Schrittes vor –ins Wohnzimmer zurückkehrten, kam gerade Max herein. Obwohl er jeden anlächelte und begrüßte, bemerkte ich, dass etwas Suchendes in seinem Blick lag, den er nun durch den gesamten Raum schweifen ließ. Als er mich schließlich entdeckte, zwinkerte er mir grinsend zu. Ich freute mich, ihn zu sehen, auch wenn die Schmetterlinge im Bauch immer noch ausblieben. Aber das lag vielleicht einfach daran, dass Ediths Reaktion mich sehr aufgewühlt hatte.

„Hi, hübsch siehst du aus." Max drückte mir, nachdem er den Raum durchquert hatte, einen Kuss auf die Wange, und mir fiel auf, wie gut er roch. Wirklich gut. Wie ein riesengroßes Stück Seife.

„Hm", machte ich statt einem *Danke* und zuckte mit den Schultern.

„Alles in Ordnung?" Max musterte mich freundlich.

„Jonahs Schwester ist komisch", flüsterte ich ihm zu.

„Inwiefern?"

„Na ja …" Ich vergewisserte mich, dass niemand außer ihm zuhörte, dann senkte ich die Stimme und raunte ihm ins Ohr, was gerade passiert war.

„Okay, wow", machte er, als ich mit meiner Erzählung geendet hatte. „Also du bist ihr heimlich gefolgt …"

„Psst!", zischte ich.

Max lachte. „Also du bist ihr heimlich gefolgt …", wisperte er mir ins Ohr, „… und hast sehr auffällig ein Thema angeschnitten, von dem du weißt, dass sie nicht darüber sprechen darf – und sie hat abweisend reagiert? Unverschämt. Unfassbar. Barbarisch." Ich hörte, dass er versuchte, sein Lachen zu unterdrücken.

„So, wie du es sagst, klingt es falsch", flüsterte ich zurück, musste aber schmunzeln.

„Vielleicht hat einer dieser Alien-Piraten ihr einen Chip eingesetzt", raunte er mir ins Ohr.

„Das klingt doch schon mal viel besser" raunte ich zurück.

Am anderen Ende des Raums stand Nora und grinste wissend. Mir fiel auf, wie nahe Max und ich beieinanderstanden. Außerdem hatten wir uns die letzten Minuten über ständig etwas ins Ohr geflüstert. Wir mussten ziemlich vertraut miteinander aussehen.

„Beobachten sie uns wieder?", flüsterte Max.

„Natürlich."

„Hast du Kondome und Pfefferspray dabei?" Er zwinkerte mir zu.

„Sogar einen Schlagstock und frische Unterwäsche", setzte ich noch obendrauf.

„Gefährliche Kombi!" Max lachte, dann spürte ich plötzlich seine Hand auf der Taille. „Vielleicht sollten wir die beiden endlich erlösen und uns küssen", schlug er vor.

Instinktiv hielt ich den Atem an. Meinte er das ernst? Seine Stimme hatte immer noch humorvoll geklungen, aber nicht mehr ganz so wie bei der Alien-Geschichte. Was, wenn er jetzt tatsächlich versuchen würde, mich zu küssen? Vor all den Leuten?

Eine heiße Röte schoss mir ins Gesicht. Sollte ich es einfach zulassen? Vielleicht gefiel es mir ja. Küssen konnte er bestimmt gut. Oder sollte ich das abwehren? Aber wie, ohne ihn vor den Kopf zu stoßen? Mit einer eleganten Drehung, als würde ich ihn zum Tanz auffordern wollen? Großer Gott, auf keinen Fall! Niemand hier tanzte – und ich konnte es nicht einmal. Vielleicht könnte ich einen Hustenanfall vortäuschen. Oder den Kopf leicht zur Seite drehen, den Kuss mit der Wange abfangen und so tun, als hätte er von Anfang an eben diese Stelle angepeilt? Mir wurde schwindlig.

„Erde an Jenna, Erde an Jenna." Max nahm seine Hand von meiner Taille und verlagerte sie auf meine Schulter. „Das war ein Scherz", erklärte er, als ich ihn überrascht ansah. „Als ob ich dich küssen würde, während überall Menschen um uns herum sind. Vor allem nicht vor deinem Bruder. Hast du dir schon Szenarien überlegt, mit denen du mich abwehren könntest?"

„Quatsch", log ich, nippte an meinem Wasser und ließ meinen Blick durch den Raum schweifen, um die unangenehme Situation zu überspielen.

Im selben Moment sah ich aus dem Augenwinkel Romy um die Ecke kommen, die zwei recht volle Gläser Sekt in den Händen balancierte und immer noch rosig glühende Wangen hatte. Ihre langen, blond gesträhnten Haare trug sie heute offen und sehr glatt, dazu ein niedliches Frühlingskleid in Mintgrün. Sie lächelte mir zu, und ich lächelte zurück, ehe meine Augen sich auf das fixierten, was sich hinter ihr befand: ein Bücherregal. Obwohl sich eine ganze Menge Romane darin befanden, fiel mir sofort auf, dass meine Lieblingstrilogie darunter war. Das außergewöhnlich intensive Lila, das sich auf den Einbänden mehrfach wiederfand, sowohl in der verschnörkelten Schrift als auch in der Grafik, kam nicht gerade auf vielen Buchcovern vor und zog mich geradezu magisch an.

„Entschuldige mich", raunte ich Max zu und schwebte geradezu auf das fast deckenhohe Regal zu.

Genau auf meiner Augenhöhe standen sie dort: alle drei Romane der *Royal Lovers*-Reihe in chronologischer Reihenfolge mit leicht lädiert aussehendem Einband. Diese Schmuckstücke waren wohl schon sehr oft in die Hand genommen worden. Verständlich, schließlich hatte ich meine auch bereits mehrere Male gelesen und war immer wieder tieftraurig, wenn die Geschichten endeten.

Ich streckte die Hand aus und zog *Hot Love*, den ersten Band der Reihe hervor, schlug ihn auf und ließ meinen Blick über die erste Seite gleiten. Mir klappte der Unterkiefer herunter. Ich konnte kaum glauben, was ich da sah. Ungläubig schob ich das Buch zurück zu den anderen und zog zuerst *Dark Day*, den zweiten, und schließlich *Summerkiss Nightmares*, den dritten Band hervor. In alle warf ich einen prüfenden Blick.

„Gefallen dir die Bücher?" Romy hatte sich unbemerkt zu mir gesellt. Die Gläser mit Sekt war sie offenbar inzwischen losgeworden.

„Gefallen? Gefallen ist gar kein Ausdruck!" Immer noch fassungslos blätterte ich durch *Summerkiss Nightmares* und schüttelte den Kopf. „Das sind alle drei Bände in Erstausgabe. Als Hardcover. Hast du eine Ahnung, wie wertvoll die sind?"

Romy zuckte unbedarft mit den Schultern. „Nicht wirklich. Du hast sie gelesen?"

„Ich habe sie verschlungen!" Euphorisch stellte ich Band drei zurück zu seinen Geschwistern und strich noch einmal liebevoll über den Buchrücken. „Ich wollte immer das, was Jace und Catherine hatten."

Romy errötete. „Ja, ich auch", gab sie zu.

„Hast du ihre neueren Bücher gelesen?" Ich schüttelte missmutig den Kopf. „Die dienen höchstens als Brennmaterial für den Kamin." Das war etwas härter ausgedrückt als gewollt.

„Oh ..." Romy wirkte aufrichtig betroffen. „Sie gefallen dir nicht?"

„Nein." Ich deutete auf die *Royal Lovers*-Reihe. „*Die* gefallen mir. Irgendwas ist mit Suri Lilianna passiert, nachdem sie den letzten Band geschrieben hat, da bin ich mir sicher." Kurz zog ich in Erwägung, einige meiner schönsten Verschwörungstheorien mit ihr zu teilen, entschloss mich dann aber dagegen.

„Hm, das kann sein." Romy blickte kurz zu Boden, ehe sie sich ein Lächeln abrang. Offenbar schätzte sie diese Autorin wirklich sehr. Schon das zweite Mal, dass ich wegen Suri Lilianna heute ins Fettnäpfchen getreten war.

„Kann ich dir noch etwas zu trinken anbieten?", lenkte sie höflich vom Thema ab.

„Danke, ich ... habe noch mein Wasser." Unnötigerweise wedelte ich ein wenig mit der Flasche hin und her.

Kurz darauf verabschiedete Romy sich freundlich, um neue Gäste zu begrüßen. An meinem Wasser nippend sah ich mich im Wohnzimmer um. Es war ein hübscher Raum, einladend, hell und warm gestaltet, mit einem riesigen Fenster und ausreichend Platz für eine Menge Leute. Ich verstand, weshalb Romy und Jonah sich hier so wohl fühlten und auch, was die vermögenden Abercrombies damals dazu bewogen hatte, das Gebäude zu kaufen. Vor dem großen Fenster stand ein beigefarbenes Sofa im XXL-Format voller bunter Kissen, vor dem sich ein Flokati und ein runder Couchtisch befanden. Darauf hatten die Gastgeber allerlei kleine Snacks angerichtet, die in weiße eckige Schälchen gefüllt worden waren.

Ich setzte mich auf das Sofa, das auffallend bequem war, nahm mir eine Handvoll Erdnüsse im Teigmantel und aß sie, während ich die anderen Leute beobachtete.

Nora unterhielt sich wild gestikulierend mit der quirligen Luna, die so heftig nickte, dass ihre Haare wild auf und ab hüpften. Max hatte sich zu Ilay, Drake und Jonah gesellt, nachdem ich ihn wegen der *Royal Lovers*-Reihe hatte stehen lassen. Ein paar mir unbekannte, ebenfalls junge Leute in unserem Alter unterhielten sich neben dem Gabentisch, auf dem sich schon das eine oder andere Geschenk türmte, während ich Edith und George nirgendwo entdeckte.

„Ein Sofa *und* Snacks in Reichweite. Ein richtiger Erste Klasse-Platz, ich bin aufrichtig beeindruckt.“ Ein hellblonder Mann mit strahlend blauen Augen bedachte mich mit einem freundlichen Blick, während er auf den Platz neben mir wies. „Ist da noch frei, oder musste man vorher reservieren?“

„Ich habe den Gastgebern einen Zwanziger zugesteckt“, erwiderte ich mit einem Grinsen.

Er lachte. „Respekt. Sofas sind immer das Beste auf Hauspartys. Es sei denn, es gibt einen Hund. Dann ist der Hund das Beste.“ Mit etwas Abstand nahm er neben mir Platz und genehmigte sich ein paar kleine Salzbrezeln.

„Da habe ich nichts entgegenzusetzen.“ Ich musterte ihn grinsend. „Aber gut zu wissen, dass ich nicht der einzige Mensch bin, der auf Partys Ausschau nach einer Sitzgelegenheit und Haustieren hält."

„Das ist das Erste, was ich tue, sobald ich ein Haus betrete. Seit ich Vater bin, ist es noch schlimmer. Man sehnt sich danach, mal unter Leute zu gehen, aber kaum ergibt sich die Möglichkeit, kommt man sich wie ein Alien vor." Er rieb die rechte Hand, mit der er gerade noch ein paar Snacks aus einer der Schüsseln geangelt hatte, an seiner locker sitzenden dunklen Hose ab und reichte sie mir. „Ich bin Mika."

„Mika. Natürlich!" Ich schlug mir mit der flachen Hand vor die Stirn. „Du kamst mir direkt bekannt vor! Und Nora hat erzählt, dass du inzwischen ein Kind hast. Wahnsinn. Ich bin's, Jenna."

„Ilays kleine Schwester!" Mika lehnte sich ein wenig zurück, um mich anzusehen, dann schüttelte er lächelnd den Kopf. „Du bist ja erwachsen geworden."

„Und du erst. Immerhin hast du ein Kind. Das ist Erwachsenenlevel eintausend oder so."

Mika lachte. „Oh, glaub mir, ein Kind zu haben, hat nicht wirklich viel mit Erwachsenwerden zu tun. Klar, man hat mehr Verantwortung und so weiter, aber die Welt durch Charlies Augen zu sehen, macht mich tatsächlich immer wieder selbst zum Kind."

„Das klingt schön. Wie alt ist dein Sohn?", erkundigte ich mich.

„Tochter. Eigentlich heißt sie Charlotte, aber ich kann mich kaum erinnern, sie je so genannt zu haben." Mika klaubte ein paar Schokolinsen aus einer der Schüsseln und aß sie genüsslich. „Ist ungewohnt, die Süßigkeiten, die ich in der Hand habe, nicht teilen zu müssen." Kurz schien er nachdenken zu müssen, wovon wir eigentlich gerade sprachen, dann nickte er bedächtig. „Charlie wird bald sechs."

„Sechs! Wow. Dann bist du echt jung Vater geworden."

Mika zuckte unbedarft mit den Schultern.

„Ist ihre Mutter auch hier? Oder muss sie babysitten?", erkundigte ich mich grinsend.

„Oh ... nein." Er stockte. „Ich bin alleinerziehend."

Sofort drängten sich unzählige Fragen in meinen Kopf, die ich nur mit äußerster Mühe zurückhalten konnte. Mikas knappe Antwort hatte ziemlich deutlich gemacht, dass er kein Interesse daran hatte, über Charlies Mutter zu sprechen. Wahrscheinlich war sie tot. Oder mit einem anderen Mann über alle Berge. Oder die beiden hatten eine üble Scheidung inklusive Schlammschlacht, Anwälten und Gericht hinter sich, und Mika hatte das Sorgerecht für das Mädchen bekommen, weil er ihr ein besseres Leben bieten konnte. Oder die beiden hatten ...

„Na, was macht ihr beiden hier?" Nora, die sich neben mir auf der Couch niedergelassen hatte, unterbrach mein ausartendes Gedankenkarussell. Ilay setzte sich neben Mika und nahm ihm ein paar Schokolinsen aus der Hand.

„Jetzt muss ich wohl doch teilen", brummte er.

„Mika hat mir gerade von Charlie erzählt", erklärte ich den beiden.

„Das süßeste Kind in ganz Little Goldcoast", schwärmte mein Bruder.

„Und das frechste", ergänzte Nora. „Sie hat mir mal ein selbstgemachtes Tannenzapfenmännchen für zwanzig Dollar verkauft."

Ilay und Mika lachten bei der Erinnerung daran.

„Klingt ganz schön clever", kicherte ich.

„Das ist sie." Mika nickte, dann seufzte er. „Allmählich muss ich mich wirklich für eine Nanny entscheiden."

„Das hast du immer noch nicht?", fragte Ilay ungläubig.

„Das ist nicht so leicht, wie du denkst", erklärte er mit ernsterem Unterton. „Es haben sich einige Bewerberinnen gemeldet. Vielversprechende, wirklich. Aber die eine machte einen zu autoritären Eindruck, die nächste wirkte zu jung und unerfahren und die dritte hatte so viele Schreibfehler gemacht, dass ich bezweifelte, dass sie Charlie etwas beibringen kann. Wahrscheinlich wäre es eher andersherum. Dann war da noch die eine, die zu forsch wirkte, das fand ich sehr unsympathisch. Eine andere arbeitete in einem religiösen Kindergarten, und ich war mir nicht sicher, ob sie nicht nachher versuchen würde, meine Tochter zu bekehren. Charlie soll selbst entscheiden, woran sie glauben will und woran nicht. Ach, und dann gab es noch die mit dem extremen Silberblick. Im Grunde nichts Schlimmes, aber woher soll Charlie wissen, in welches Auge sie gucken soll, wenn sie mit ihr spricht?"

„Vielleicht bist du ein bisschen zu anspruchsvoll", gab Nora zu bedenken, die zur Veranschaulichung die Kuppe ihres Daumens und die des Zeigefingers so nahe aneinanderhielt, dass gerade noch ein Blatt dazwischen gepasst hätte. „So ein bisschen nur."

„Ich weiß, ich weiß." Mika seufzte erneut, nahm sich ein paar Chips und steckte sie sich in den Mund, ehe Ilay ihm etwas davon abnehmen konnte. „Aber so ist das eben, wenn man ein Kind hat. Man macht sich ständig Sorgen und stellt sämtliche Entscheidungen infrage, die man je getroffen hat. Aber das werdet ihr bald selbst wissen, wenn ihr Eltern werdet."

„Oh, wir wollen keine Kinder", winkte Nora vorschnell ab und machte eine wegwerfende Handbewegung, als hätte man sie gerade gefragt, ob sie nicht aus purer Herzensgüte ein paar zahmen Kakerlaken Obhut gewähren würde.

Ilay widersprach nicht, stimmte ihr aber auch nicht zu. Merkwürdig. Soweit ich mich erinnern konnte, hatten beide sich früher – unabhängig voneinander – immer Kinder gewünscht, und ich konnte sie mir zusammen gut als Eltern vorstellen. Die Vorstellung, dass ich demnach wahrscheinlich nie Tante werden würde, überraschte mich und stimmte mich ein wenig traurig, allerdings war es natürlich allein ihre Entscheidung.

Während Mika weiterhin die Makel aller Bewerberinnen aufzählte, die sich auf seine Annonce gemeldet hatten, glitt mein Blick erneut über die Partygäste. Überall herrschte eine lockere Atmosphäre. Hier und da standen kleine Grüppchen, unterhielten sich, aßen und tranken und beglückwünschten Jonah, der gerade innig seine Freundin Romy umarmte und ihr einen Kuss auf die Stirn drückte. Auf paradoxe Weise versetzte diese Geste mir einen Stich ins Herz. Ich schluckte, und Madame Hekates Worte hallten in meinem Kopf wider. *Da, wo du hergekommen bist, wartet dein Glück.*

Ich blickte weiter durch den Raum und hörte nur beiläufig, wie Ilay Mika lachend dafür verurteilte, dass er eine Nanny abgelehnt hatte, weil sie in der Bewerbung angegeben hatte, an die heilende Kraft der Gedanken zu glauben.

Plötzlich trafen sich Max' und mein Blick. Es war klar zu erkennen, dass er bemerkt hatte, wie ich Romy und Jonah angesehen hatte. Er lächelte, als würde er genau verstehen, was ich dachte.

Da, wo du hergekommen bist, wartet dein Glück.

Kapitel 17

Jennas Delight

Unser erstes Weihnachtsfest nach dem Auszug war das reinste Horrorszenario gewesen. Ich war elf Jahre alt gewesen, hatte Dad und Ilay seit Monaten nicht gesehen und bis auf einige vereinzelte Anrufe nicht einmal mit ihnen gesprochen. Ich vermisste meinen Vater, meinen Bruder, unsere ganze Familie, die gewaltvoll auseinandergebrochen und zu zwei kaputten Einzelteilen geworden war. Ich vermisste den einzigen Ort, an dem ich je zuhause gewesen war und das warme Haus mit den hohen Decken, den knarrenden Treppenstufen und dem alten dunklen Holzboden.

Schon auf der Hinfahrt hatte Cara angespannt gewirkt. Sie hatte sich nicht im Ton vergriffen, wie es sonst so oft der Fall gewesen war, wenn sie mit sich selbst und der Gesamtsituation unzufrieden war, aber ich hatte deutlich gesehen, wie sie die Kiefer aufeinandergepresst und viel öfter geschluckt hatte als sonst. Sie hatte sich mit ihrem Make-up Mühe gegeben und mir die Haare mit dem Lockenstab aufgedreht, als wollte sie ihre innere Unruhe mit äußerer Perfektion ausgleichen.

Ob sie sich ihrer Schuld bewusst gewesen war? Wäre sie in jener Nacht diesen so endgültigen Schritt nicht gegangen, wäre es ein Weihnachtsfest wie jedes andere geworden, mit Cookies, einem viel zu großen Christbaum, Fernsehabenden und Schnee auf dem zugefrorenen *Golden Lake.* Ich hatte ihr Gesicht im Rückspiegel betrachtet, anstatt in das Buch zu blicken, das auf meinem Schoß lag, und mich gefragt, ob sie anders entscheiden würde, wenn sie die Wahl ein zweites Mal treffen könnte. Wenn man ihr eine zweite Chance gab. Aber meine Mutter war eine stolze Frau, stur und kompromisslos, und ich konnte mich nicht erinnern, dass sie einen Irrtum oder einen Fehler schon jemals zugegeben hätte.

Ich hatte Cara nie gefragt, weshalb sie mich ausgewählt hatte und nicht Ilay. Und obwohl ich mir wieder und wieder aus tiefstem Herzen gewünscht hatte, sie hätte uns beide mitgenommen oder aber beide dort gelassen, hatte es mir auf eine sehr paradoxe Art und Weise geschmeichelt, dass ich offenbar ihr Liebling war, ohne den sie nicht leben konnte oder wollte. Und auch wenn sie es so nie von mir verlangt hatte, vermittelte mir diese Entscheidung nur allzu oft das Gefühl, Dankbarkeit zeigen zu müssen ... Nachsicht, Toleranz dafür, dass ihre Wahl auf mich gefallen war.

Schweigend waren wir an weihnachtlichen Lichtern, Autos mit glücklich wirkenden Familien und einer erstaunlichen Menge Santa Claus-Imitatoren vorbeigefahren, während *Last Christmas* von *Wham* aus dem Radio drang und Caras Miene mit jeder Meile, die wir zurücklegten, härter geworden war.

Die Begrüßung war zurückhaltend ausgefallen, fast schon kühl. Offenbar hatte Dad nicht gewusst, wie er mit mir umgehen sollte und hatte gleich mehrere Male hintereinander gesagt, wie groß ich geworden war, während Ilay sich im Hintergrund gehalten und Cara betont ignoriert hatte. Es waren keine zwanzig Minuten vergangen, bis unsere Eltern sich das erste Mal in die Haare bekamen. Es war das bisher traurigste Weihnachtsfest, das ich je erlebt hatte. Ohne ein Zuhause, ohne selbst zubereitetes Essen, ohne Liebe. Ein Weihnachtsfest, das nach Tränen und Wut geschmeckt hatte.

All das kam mir in den Sinn, während ich meinem Vater, dem ich nach der Sache mit den Briefen widerwillig doch für ein Treffen zugesagt hatte, in die Augen sah und nur die Hälfte von dem mitbekam, was er mir erzählte: dass er Caras Entscheidung damals drastisch, aber nachvollziehbar gefunden hatte und ihr nie hatte wehtun wollen. Dass er froh gewesen war, dass sie und ich zusammen waren und sie nicht alleine in dieser großen Welt klarkommen musste, obwohl er mich unglaublich vermisst hatte. Er sprach darüber, dass er weniger gearbeitet hatte, weil er Ilay nicht ständig alleine lassen wollte und wie aus diesem Problem schließlich die Lösung wurde, das Erdgeschoss des Hauses zur Werkstatt umzubauen und eine Selbstständigkeit zu wagen.

„... schon mit fünfzehn Jahren die kompliziertesten Motoren auseinandergebaut ...", drang seine Stimme wie durch eine dicke Schicht Watte an mein Ohr, während ich Caras verbittertes Gesicht auf der Rückfahrt bildhaft vor meinem inneren Auge aufblitzen sah. „Der

Fahrlehrer war wirklich beeindruckt ... Klassenbester in der Berufsschule ... als Nora zurückkam ... die Werkstatt übernehmen ...“

„Ich muss jetzt los“, hörte ich mich auf einmal sagen. Ich hatte ihn gar nicht unterbrechen wollen, aber so lange mit jemandem an einem Tisch zu sitzen, den ich jahrelang verachtet hatte (auch wenn mir inzwischen natürlich bewusst war, dass es aus den falschen Gründen gewesen war), ließ den inneren Drang, wegzulaufen, in mir schier minütlich wachsen.

Er versuchte seine Enttäuschung zu verbergen, aber es gelang ihm nicht. „Du hast mir noch gar nichts über dich erzählt.“

„Da gibt's auch nicht viel zu erzählen.“ Unwohl schlang ich die Arme um meinen Körper. „Wie du von Ilay weißt, habe ich Literatur studiert. Ich arbeite in einem kleinen Buchladen am Stadtrand und wohne zurzeit wieder bei Cara.“

„Jenna, das klingt wie ein Bewerbungsgespräch.“ Dad lachte unfroh. „Ich bin dein Vater. Ich will keine Eckdaten, ich will wissen, zu was für einem Menschen meine Tochter geworden ist.“

„Deine Tochter, die du seit gut zehn Jahren nicht gesehen hast“, konnte ich mir nicht verkneifen zu sagen.

„Was nicht meine Entscheidung war.“ Er schürzte die Lippen. „Ich bin davon ausgegangen, dass du dich abkapseln und Little Goldcoast und deine Vergangenheit hinter dir lassen wolltest, weil auf keinen meiner Briefe je eine Reaktion kam. Dass du sie nie erhalten hast, wusste ich nicht.“

Ich biss mir auf die Unterlippe. Am liebsten hätte ich ihm gesagt, dass ich mehr von ihm verlangte. Dass er das Telefon hätte heißklingeln lassen, einen Flug buchen und unangemeldet hätte vor der Tür stehen können, um das Sorgerecht kämpfen oder alles hätte geben können, um diese Ehe und diese Familie im Nachhinein irgendwie noch zu retten. Aber ich sprach es nicht aus. Ich wusste, dass es nicht fair gewesen wäre, ihm die alleinige Schuld in die Schuhe zu schieben.

„Ich war kein fehlerfreier Ehemann, Jenna, und sicher auch nicht der perfekte Vater. Ich habe eure Mutter oft mit der Verantwortung und euch beiden Wildfängen allein gelassen. Wir waren so jung. Viel zu jung, um wirklich zu wissen, was wir wollten und wer wir waren."

Ich nickte schweigend.

„Lass uns ein anderes Mal weitersprechen." Er erhob sich, stellte seine leere Tasse in die Spüle und bedachte mich mit einem traurigen Lächeln. „Danke, dass du mir ein paar Minuten deiner Zeit geschenkt hast. Wie lange wirst du noch hierbleiben?"

Er sah genau aus wie Ilay. Wie ein zwanzig Jahre älterer Ilay.

„Das weiß ich noch nicht. Zwei, vielleicht drei Wochen."

„In Ordnung." Dad kratzte sich am Kopf. „Dann werde ich mal wieder zurück in die Werkstatt gehen. Ich würde mich freuen, wenn wir uns nochmal treffen könnten."

„Ja. Mal sehen ..." Das war alles, was ich herausbrachte.

Der *Golden Lake* war an diesem Tag völlig ruhig. Es ging nicht einmal der leiseste Windhauch, und auf der Wasseroberfläche glitzerte das Sonnenlicht, als wären tausende winziger Diamanten darin versunken. Ich hatte mich mit einem Buch hierher zurückgezogen, in das ich noch nicht einmal einen Blick geworfen hatte. Das war alles andere als typisch für mich. Doch an diesem Tag waren meine Gedanken lauter als die Zeilen der Geschichten, die mich normalerweise flüsternd zu sich riefen.

„Little Goldcoast macht etwas mit den Menschen, die hierherkommen", hatte Nora am Morgen zu mir gesagt, bevor sie zur Arbeit gefahren war, und seitdem konnte ich nicht mehr aufhören, darüber nachzudenken. „Frag Romy. Sie hatte keine Freunde und hat nur für ihre Arbeit gelebt. Oder sieh mich an – zwischen der Nora, die damals in New York ein oberflächliches Luxusleben geführt hat und der, die dir gerade deinen Tee kocht, liegen Welten. Es ist normal, dass dich dieser Ort zum Grübeln bringt. Ist man einmal hier, stellt man alles infrage. Auch oder vor allem das eigene Dasein. Ich weiß nicht, wie Little Goldcoast es macht, aber früher oder später kehrt jeder hierhin zurück."

Ich rutschte ein wenig auf dem Po hin und her. Der unebene, steinige Boden an der Küste war alles andere als bequem und störte mein nostalgisches Dahinvegetieren. Wie hatte ich als Kind bloß stundenlang hier sitzen und lesen können? Beim Versuch, mich mit diesem Ort zu verbinden, ließ ich meine Finger durch die raue Masse aus warmen Steinen und Sand gleiten, als mir plötzlich etwas Spitzes in die Handinnenfläche stach. Reflexartig zuckte ich zurück. Aus einem kleinen, doch offenbar tiefen Schnitt im rechten Handballen sickerte Blut. Es tat kaum weh, aber ich hatte weder Taschentücher noch Pflaster dabei. Mist.

„Was tust du hier?" Eine Stimme, von der ich nicht erwartet hatte, sie hier zu hören, ließ mich überrascht innehalten. Ich warf einen Blick über meine Schulter und erblickte Grayson, der, die Hände tief in den Taschen seiner Jeans vergraben, unmittelbar hinter mir stand.

„Ich denke über das Leben nach", antwortete ich ehrlich. Ich hatte nicht einmal besonders tiefgründig klingen wollen, es war einfach die Wahrheit.

„Über deins oder eher generell?" Er nahm neben mir Platz, so dicht, dass wir einander fast berührten.

„Über meins." Ich versuchte meine Verletzung zu verstecken. *Nicht mal am See sitzen und ein Buch lesen kann sie, ohne sich wehzutun, der kleine Tollpatsch,* erklang Caras Stimme in meinem Kopf. Doch es war schon zu spät.

„Was ist passiert?" Behutsam griff Grayson nach meiner Hand.

„Kleine Auseinandersetzung mit einem dieser Steine", entgegnete ich flapsig.

Wortlos zog er zwei Tücher aus der Tasche, tupfte mit dem ersten betont vorsichtig das Blut ab und wickelte anschließend das zweite mit einer gekonnten Bewegung um meine Hand.

„Es ist nicht sehr schlimm. Mach es nachher am besten mit Wasser sauber", schlug er ruhig vor, als er fertig war und meine Hand wieder losließ.

Beeindruckt beobachtete ich die bandagierte Hand. Das Tuch lag fest, glatt und völlig faltenfrei darum herum. „Hast du mal Medizin studiert, und ich weiß nichts davon?"

„Nein. Nur Erfahrungen damit, Verletzungen zu behandeln", antwortete er leise.

Plötzlich hatte ich wieder den altbekannten dicken Kloß im Hals. Wie war das möglich, dass man sich in der Nähe eines Menschen so zufrieden und betrübt zugleich fühlte? Graysons Geschichte war tragisch, und obwohl er nicht damit hausierte, war es schwer, den Druck nicht mitzufühlen. Mit Max war es anders. In seiner Nähe fühlte ich mich entspannt, normal und locker – es war fast wie bei Tori und Harvey oder Nora und Ilay.

„Woher wusstest du, dass ich hier bin?", fragte ich und biss mir gleich darauf auf die Zunge. Wie kam ich denn darauf, dass er meinetwegen hier sein könnte? Vielleicht ging er einfach nur gerne am *Golden Lake* spazieren.

Doch Grayson antwortete ruhig: „Von Nora. Ich habe sie angerufen, um zu fragen, ob du Zeit hast, heute früher ins *Goldies* zu kommen. Deine Nummer habe ich nicht. Ich möchte dir etwas zeigen."

„Oh, und jetzt ist niemand dort? Was, wenn Gäste kommen?" Ich setzte an, aufzuspringen, doch Grayson hielt mich zurück.

„Entspann dich, Jen. Es ist Little Goldcoast. Ich habe einen Zettel in die Tür gehängt."

„Oh. Okay." Nachdenklich zog ich die Beine an.

Eine Weile lang schwiegen wir beide.

„Im Frühling ist der *Golden Lake* am schönsten", sagte Grayson schließlich. „Er ist nicht so unruhig wie im Herbst. Nicht so heiß wie im Sommer. Und nicht so kalt wie im Winter. Die Sonne glitzert auf der Wasseroberfläche und steht so, dass man die Wahl zwischen Licht und Schatten hat."

„Und wofür entscheidest du dich?", fragte ich leise.

Grayson lachte. „Ich bin eher so der Schattentyp."

„Woher wusste ich nur, dass du das sagen würdest …", schmunzelte ich.

Im *Goldies* angekommen machte Grayson ein geheimnisvolles Gesicht, während er mich, nachdem ich die inzwischen nicht mehr blutende Verletzung abgespült hatte, auf einem der Barhocker zurückließ, um hinter der Theke zu verschwinden. Kurz darauf tauchte er mit einem Cocktailglas auf, das mit einer Flüssigkeit gefüllt war, die in zwei Ebenen aufgeteilt war; die untere war ein trübes Dunkelrot, die obere ein sattes Gelb. Darin steckte ein Strohhalm, während am Rand des Glases eine geviertelte Ananasscheibe befestigt war.

„Was ist das?", erkundigte ich mich.

„Koste es." Mit einem ermunternden Lächeln reichte er mir das Getränk.

„Du weißt doch, dass ich keinen Alkohol trinke", protestierte ich.

„Koste es", wiederholte Grayson ruhig. „Vertrau mir."
Zaghaft nahm ich den Strohhalm in den Mund und trank einen winzigen Schluck. Es schmeckte süß und fruchtig und kein bisschen nach Alkohol. Es war köstlich. Bei einem zweiten Schluck mischte sich ein zartes Zitronenaroma darunter. Eine wahre Geschmacksexplosion breitete sich allmählich auf meiner Zunge aus, als ich einen dritten Schluck nahm. Ich schmeckte Kirsche, Minze, Kokosmilch, Limette und noch vieles mehr, wovon ich gar nicht alles richtig zuordnen konnte. So viele unterschiedliche Geschmäcker, und doch harmonierten sie miteinander, als würden sie eigens für diesen Moment existieren.

Beeindruckt nickte ich. „Das ist gut. Richtig gut! Was ist das?“

„Ein neuer Cocktail.“ Ein mildes Lächeln umspielte Graysons Lippen. Offenbar freute er sich darüber, dass ich so verzückt war. „Der erste alkoholfreie auf der Speisekarte.“ Er machte eine kurze Pause, ehe er mit leiserer Stimme hinzufügte: „Er heißt *Jennas Delight.*“

Fast verschluckte ich mich am vierten Schluck. „Er heißt … wie?“

„*Jennas Delight.*“ Grayson musterte mich unbedarft. „Er ist süß, aber nicht *zu* süß. Lebendig. Erfrischend. Zuerst glaubt man vielleicht, dass es ein bisschen zu viel ist, zu viel von allem, aber dann wird einem schnell klar, dass es so genau richtig ist.“

Mir fehlten immer noch die Worte. „Ich … ich glaube, das ist das schönste Kompliment, das mir je jemand gemacht hat“, brachte ich endlich hervor.

Ungläubig starrte ich auf das Glas in meiner Hand, in dem sich die rote und die gelbe Flüssigkeit nur minimal miteinander vermischten. Ich war mir ziemlich sicher, dass es im *Goldies* kein Getränk gab, dass *Lunas Surprise, Drakes Joy* oder *Mayas Happiness* hieß.

Einen Moment lang sahen wir einander schweigend an. Ich konnte mir nicht vorstellen, was Grayson dazu bewogen hatte, einen Cocktail – und noch dazu einen alkoholfreien – nach mir zu benennen. Und das mit einer solch wunderschönen Erklärung dazu. Andererseits hatten wir einander instinktiv Dinge anvertraut, die wir mit niemand anderem geteilt hatten. Vielleicht hatten wir an diesem Ort einfach beide unbedingt einen Freund gebraucht. Einen, der wirklich zuhörte. Der wirklich verstand.

Kapitel 18

Enttarnung

Der Entschluss, mich über Graysons Willen, keine Almosen anzunehmen, hinwegzusetzen und ihm zu helfen, entstand so spontan beim Abendessen mit Max, dass ich haltlos damit herausplatzte.

„Und wenn er zuerst wütend auf mich ist, ist es mir auch egal", dachte ich laut, spießte ein paar Blätter Salat auf meine Gabel und steckte sie mir entschlossen in den Mund. Ich kaute, schluckte und fügte hinzu: „Im Endeffekt wird er mir noch dankbar sein. Sowas tun Freunde eben."

Max musterte mich einen Moment lang irritiert, das Glas Wasser vor dem Mund, aus dem er gerade hatte trinken wollen.

„Grayson Kane aus dem *Goldies*", erklärte ich, denn er hatte schließlich all die Gedanken, die ich mir innerhalb der letzten halben Stunde gemacht hatte, nicht mitgehört.

„Grayson Kane ist ... wütend auf dich?" Ernsthaft darum bemüht, mir zu folgen, ließ er das Glas sinken und runzelte die Stirn.

„Nein, noch nicht. Aber er wird es sein. Vielleicht. Vielleicht auch nicht", antwortete ich vage.

Ich wollte Max nicht weiter im Dunkeln tappen lassen, andererseits hatte Grayson mir in absolutem Vertrauen von seinen Problemen berichtet. Ich beschloss schließlich, dass eine Light-Version der ganzen Geschichte zu verkraften war – für Max wie für Grayson.

„Er hat Geldprobleme", erklärte ich und senkte den Blick auf meine Portion Spaghetti Carbonara. „Und ein paar andere private Schwierigkeiten, die ihn sehr belasten, die aber durch das fehlende Geld verstärkt werden."

„Und woher weißt du das?" Max schien mir immer noch nicht ganz folgen zu können. Gekonnt drehte er eine Portion Spaghetti auf seine Gabel und steckte sie sich in den Mund.

„Er hat es mir anvertraut."

„Er hat es dir ... wow! Ich kenne diesen Kerl seit Jahren, und ich weiß nicht mal, wann er Geburtstag hat oder wo er wohnt." Max schüttelte den Kopf. „Luna hatte wohl recht: Er hat wirklich einen Narren an dir gefressen."

„Jedenfalls möchte ich ihm unbedingt helfen", lenkte ich ab und schloss somit meine knappe Ansprache. „Aber dazu brauche ich die Hilfe der *Goldies*-Clique."

Nun war es ausgesprochen. Ein wenig erschöpft trank ich einen Schluck Wasser. Max hatte mich zum ersten Mal in seine Wohnung eingeladen, die so nah an der Grundschule lag, dass ich fast neidisch auf seinen kurzen Arbeitsweg wurde. Er hatte im Restaurant zu Recht behauptet, großartige Spaghetti Carbonara zubereiten zu können, denn das, was er uns gezaubert hatte, konnte locker mit dem mithalten, was wir dort verzehrt hatten.

Max lehnte sich in seinem Stuhl zurück und beobachtete mich. Wie immer sah er großartig aus. Er trug ein schwarzes Shirt mit V-Ausschnitt sowie eine cremefarbene Hose und hatte sich die dichten Haare mit Gel nach hinten gekämmt. Ich hatte mich für einen pfirsichfarbenen Jumpsuit mit langem Bein und kurzem Arm entschieden, zu dem ich eine schlichte Kette und die dazu passenden Ohrstecker trug. Meine Haare hatte Nora mir zu einer lockeren Flechtfrisur zurückgebunden, die mich entfernt an eine Brautfrisur erinnerte.

Irgendetwas hatte mir schon vor diesem recht spontanen Treffen gesagt, dass diese nächste Verabredung von zukunftsträchtiger Bedeutung sein würde. Wir hatten einander ausreichend beschnuppert, harmonierten und waren offensichtlich bereit für den nächsten Schritt. Auch wenn die Schmetterlinge nach wie vor ausblieben – mein Bauchgefühl glaubte fest daran, dass dieser Abend mit einem Kuss enden würde.

Leider hatte mein Grübeln über Graysons Situation bisher jedoch verhindert, dass ich Max meine gesamte Aufmerksamkeit schenken konnte. Dass ich es nun endlich ausgesprochen hatte, fühlte sich gut an. Erleichtert wandte ich mich wieder meiner Pasta zu.

„Ich mag Grayson." Max nickte nachdenklich, griff ebenfalls wieder zur Gabel und zwinkerte mir über den kleinen Tisch hinweg zu. „Auch wenn er ein schweigsamer, verschrobener Kerl ist. Ich bin dabei. Wenn er Hilfe braucht, soll er sie bekommen. Ich bin mir sicher, dass die anderen das genauso sehen wie wir."

Mir fiel ein Stein vom Herzen.

„Ich werde in den nächsten Tagen alle einweihen“, schlug ich euphorisch vor.

Und plötzlich schien der Gedanke an die Wohltätigkeitsparty doch nicht mehr so weit entfernt – mit der kleinen, aber feinen Änderung, dass nicht der alte, sondern der junge Kane überrascht werden würde. Die Freude darüber war so groß, dass jegliche Gedanken über einen möglichen Kuss in weite Ferne rückten und ich Max, nachdem er mich nach Hause gefahren hatte, eher aufgekratzt als zärtlich verabschiedete.

Noch am selben Abend weihte ich Nora und Ilay in meinen Entschluss ein. Ich hatte so sehr gehofft, dass sie noch wach sein würden, wenn ich nach Hause kommen würde, dass mein Herz einen Satz machte, als ich sie tatsächlich aneinander gekuschelt auf dem Sofa vorfand.

„Habt ihr euch geküsst?“, erkundigte Nora, die mein Lächeln ganz eindeutig falsch auffasste, sich mit glänzenden Augen.

Ilay brummte etwas Unverständliches.

„Nein, haben wir nicht“, winkte ich eilig ab. „Es geht um etwas anderes.“

So schnell, dass meine Stimme sich fast überschlug, purzelten die Worte aus meinem Mund. Ich berichtete den beiden von Graysons finanziellem Engpass und meinem Plan, ihm mithilfe der *Goldies*-Clique unter die Arme zu greifen. Zumindest so weit, dass er wieder auf die Beine kam und vorerst etwas entlastet wurde. Mein Bruder und seine Freundin tauschten einen Blick.

„Und das hat er dir so anvertraut?“ Ilay klang fast ein wenig skeptisch.

„Glaubst du etwa, ich denke mir das aus?“

„Nein, natürlich nicht." Er hob abwehrend die Hände. „Es ist nur so, dass Grayson in Little Goldcoast nicht gerade für seine Mitteilsamkeit bekannt ist."

„Ich wusste davon." Nora biss sich auf die Unterlippe und warf erst Ilay, dann mir einen unglücklichen Blick zu. „Damals, als ich zurückgekommen war, noch bevor das mit uns beiden überhaupt angefangen hatte, habe ich ein Telefongespräch belauscht, das er vor dem *Goldies* geführt hat. Versehentlich natürlich", fügte sie hinzu. „Er klang ziemlich fertig. Wenn ich ihn richtig verstanden habe, dann hat er jemandem Geld geschuldet, und es kam wohl zur Sprache, dass er das *Goldies* verkaufen sollte, was er aber vehement abgelehnt hat."

Ilay blieb für einige Sekunden der Mund offen stehen. „Und das hast du mir nie erzählt?"

„Ich habe nicht mehr dran gedacht. Zuerst habe ich ihm immer ein hohes Trinkgeld gegeben – schon klar, dass das seine Probleme nicht gelöst hat – aber dann wirkte er ganz normal, und ich hatte es dann völlig vergessen. Bis du es gerade angesprochen hast." Sie schluckte und sah mir nachdenklich in die Augen. „Der arme Kerl. Da gehen wir mindestens ein-, zweimal die Woche bei ihm ein und aus und haben keine Ahnung davon, in welchen Schwierigkeiten er steckt."

„Er hätte ja auch mal was sagen können", merkte Ilay an.

Doch Nora schüttelte entschieden den Kopf. „Das ist nicht so leicht. Ich bin mir sicher, dass er lange davon überzeugt war, es selbst hinzubekommen. Und wenn ich ihn richtig einschätze, dann will er bestimmt keine Hilfe annehmen."

„Das stimmt leider." Ich seufzte. „Ich habe ihm ein paar Vorschläge gemacht, wie man … nun … die Situation für ihn etwas erleichtern könnte." Fast hätte ich verraten, dass er seinen Vater pflegte. „Aber er hat alles abgelehnt."

„Es wird schwer, etwas auf die Beine zu stellen, das er gewillt ist anzunehmen", gab Nora zu bedenken. „Aber wir helfen selbstverständlich." Sie nahm Ilays Hand und tauschte einen langen Blick mit ihm, als würden die beiden kurz per Gedankenübertragung miteinander kommunizieren.

Schließlich nickte er. „Natürlich helfen wir. Wir legen eine Summe fest, die wir entbehren können, und werfen sie mit in den Topf. Und wenn du noch anderweitig Hilfe brauchst, gib uns einfach Bescheid."

„Super", brachte ich erleichtert hervor. „Max will sich auch beteiligen."

„Das dachte ich mir." Nora schmunzelte. „Als ob er dir auch nur einen Wunsch abschlagen könnte." Lässig schlug sie die schlanken Beine übereinander. „Und jetzt nochmal zurück zu eurem Date, ignoriere deinen Bruder, wann gibt es denn endlich den ersten Kuss?"

Dass Romy und Jonah die nächsten auf meiner Liste sein würden, ergab sich eher zufällig, als Nora einfiel, dass sie ihr noch ein Buch zurückgeben musste, welches sie ausgeliehen und gelesen hatte. Da ich die beiden bezüglich des Plans sowieso sprechen wollte, schlug ich vor, das zu übernehmen und machte mich gleich am nächsten Morgen auf den Weg zum Ferienhaus. Während ich den steilen Weg dorthin emporstieg, dachte ich darüber nach, wie es nun weitergehen würde. Ich hatte den Stein ins Rollen gebracht, und er würde sich nicht mehr aufhalten lassen. Nun waren bereits drei Personen in meinen Entschluss involviert, drei mehr als es Grayson lieb gewesen wäre und zugleich dennoch weitaus weniger, als wir tatsächlich brauchten. Selbst wenn jeder eine bestenfalls vierstellige Summe hinzusteuern könnte und Grayson sie tatsächlich annehmen würde, würde ihm dies nur akut, aber nicht langfristig helfen.

Das *Goldies* musste mehr Gewinn machen, und der alte Kane musste dringend in ein Pflegeheim, damit er bestmöglich versorgt würde und Grayson der unmenschlichen Doppelbelastung nicht länger ausgesetzt wäre. Doch wie schaffte man es, ein altmodisches Diner zu einem gut besuchten, sich rentierenden Anlaufpunkt zu machen, ohne es allzu drastisch zu verändern? Die Vorstellung, das gemütlichen *Gilmore Girls*-Flair, das die Einrichtung verbreitete, durch neumodischere Möbel zu ersetzen, um mehr Publikum anzulocken, tat mir im Herzen weh. Ich dachte an die abgegriffenen Speisekarten, die köstliche, aber begrenzte Auswahl an Getränken und Lebensmitteln und nicht zuletzt an die fehlende Werbung, die Grayson als Besitzer des Ganzen betrieb. Mit Sicherheit wusste nicht ein Bewohner Belbridges, dass das *Goldies* überhaupt existierte – von den weiter entfernten Städten ganz zu schweigen.

Den Kopf voller Fragen und ein wenig außer Atem kam ich am Ferienhaus an und stieß fast mit Jonah zusammen, der im selben Moment die Haustür aufriss, als ich die Hand hob, um anzuklopfen. Erschrocken fuhren wir beide zusammen.

„Jenna!“ Er hatte sich als Erster wieder gefangen. In der einen Hand ein kleines Bund Möhren, in der anderen eine Kanne mit Wasser nickte er einladend in Richtung Hausinneres. „Du wolltest zu Romy?“ Dabei deutete er auf das Buch in meiner Hand.

„Zu euch beiden, ehrlich gesagt“, brachte ich hervor, als ich mich von dem kurzen Schrecken erholt hatte. Mein Blick blieb an den Möhren hängen. Was hatte er damit vor?

„Oh, verstehe.“ Jonah runzelte die Stirn. „Ist alles in Ordnung?“

„Alles bestens“, winkte ich zu seiner Beruhigung ab. „Ich will euch nur in einen Plan einweihen.“

Das stimmte nur zur Hälfte. Einen konkreten Plan gab es schließlich noch nicht einmal, sondern bisher bloß einen Entschluss und jede Menge Hoffnung.

„Gut, dann geh gerne schon mal rein. Romy duscht, und ich wollte gerade die Kaninchen versorgen.“ Er deutete auf einen kleinen hölzernen Stall im Vorgarten, der von einem großen, gänzlich mit Draht bedeckten Auslauf umzäunt war, wahrscheinlich um Greifvögel und andere Wildtiere fernzuhalten. Ich war so in Gedanken gewesen, dass mir das auf dem Hinweg gar nicht aufgefallen war.

„Oh, ihr habt Kaninchen? Wie süß“, tat ich meine Begeisterung kund.

Ich erinnerte mich daran, Cara jahrelang angefleht zu haben, mir zwei winzige Zwergkaninchen zu erlauben, nachdem sie sich komplett gegen Hunde und Katzen ausgesprochen hatte. Doch selbst das Versprechen, sie für die Ewigkeit allein zu versorgen und nie wieder Taschengeld oder irgendetwas anderes zu verlangen, hatte meine Mutter nicht von der Überzeugung abbringen können, dass Haustiere bloß eine Verschwendung von Zeit und Geld waren.

„Wir haben zwei. Seit ein paar Wochen. Jace und Catherine“, brummte Jonah und verdrehte grinsend die Augen, bevor er vielsagend mit dem Möhrenbund wedelte. „Wie du siehst, werde ich schon erwartet.“

Und tatsächlich, als er näherkam, hoppelten ein braun-schwarzes Kaninchen mit langen Schlappohren sowie ein komplett weißes mit roten Augen, offensichtlich ein Albino, an den Zaun.

„Geh schon mal rein, nimm Platz und hol dir gerne schon etwas zu trinken aus der Küche“, bot Jonah an.

Zögerlich folgte ich seiner Aufforderung und betrat das schicke Ferienhaus. Im Gegensatz zu Nora schien Romy keinen extremen Ordnungsfimmel zu haben. Hier lag ein Shirt, dort ein einzelner Strumpf, da ein Klamotten-Katalog. Auf dem Couchtisch vor dem bequemen beigefarbenen Sofa, auf dem ich mich mit Mika unterhalten hatte, standen eine kleine halbvolle Flasche Cola und zwei leere Tassen.

„Hallo!“, rief ich unnötigerweise, denn man hörte das Wasser von oben deutlich rauschen.

Also schlich ich in die Küche und holte mir eine kleine Flasche Wasser. Ich warf einen Blick aus dem Fenster und sah, wie Jonah ausgiebig die Kaninchen streichelte, während sie die Möhren, die er ihnen gebracht hatte, in erstaunlichem Tempo knabberten. Unwillkürlich musste ich grinsen. Da mochte jemand die kleinen Fellbabys wohl mehr, als er zugeben wollte.

Mit dem Wasser und dem Buch in der Hand spazierte ich zurück ins Wohnzimmer und beschloss, das Buch dort schon mal zurück ins Regal zu den anderen zu stellen. Bei der Gelegenheit konnte ich auch mal nachsehen, welche Romane Romy noch hatte. Neugierig ließ ich meinen Blick über die vielen unterschiedlichen Buchrücken gleiten, einige breit, andere schmal, die meisten eher in dezenten Farben, ein paar wenige herausstechend bunt. Zwar befanden sich auch Lexika, Reiseführer, Memoiren und Klassiker darunter, aber ein Großteil der Bücher war eindeutig dem Fantasy- und Romance-Genre zuzuordnen. Eine ganze Menge davon hatte ich sogar selbst zu Hause. Neben der *Royal Lovers*-Trilogie, die sich mit ihrem Lilaton farblich vom Rest absetzte, verschaffte ich mir ein wenig Platz und schob das Buch, das Nora sich von Romy ausgeliehen hatte, zwischen die anderen.

Im Augenwinkel entdeckte ich plötzlich etwas, das meine Aufmerksamkeit auf sich zog. Eine nur leicht angelehnte Tür erlaubte mir einen Blick in einen Nebenraum, der wie ein Büro aussah. Auf dem edel anmutenden Schreibtisch befanden sich zwei Stapel einer horrenden Menge Bücher, so viele, dass beide fast mannshoch schienen. Überrascht und gespannt zugleich machte ich ein paar Schritte auf den Raum zu. Ich rang kurz mit mir. Doch schließlich erlangte die Neugierde die Oberhand, und ich stieß die Tür ein Stück weiter auf. Was ich sah, verwirrte mich: Bücher über Bücher. Nicht nur zwei, nicht drei und auch nicht vier Stapel, sondern schätzungsweise fünfzehn bis zwanzig, die sich überall im Raum befanden. Und das Merkwürdigste daran war die Tatsache, dass es sich um ein und dasselbe Buch handelte. Der Buchrücken kam mir auffallend bekannt vor, als hätte ich ihn bereits einige

Male gesehen, doch mir war sofort klar, dass ich den Roman nicht selbst zu Hause hatte.

Mit gerunzelter Stirn trat ich um den Schreibtisch herum, auf dem hinter den beiden hohen Stapeln noch zwei kleinere lagen. Ich nahm das oberste Buch von einem herunter und betrachtete es genauer. Auf dem himmelblauen Cover befanden sich neben einem Sonnenuntergang, einem altmodischen Gebäude im Hintergrund und der Silhouette einer Frau, die auf das Gebäude zulief, ein fein geschwungener Schriftzug, der den Titel, den Autor und den Verlag verriet.

„Die Sonne bei Nacht", las ich flüsternd. „Suri Lilianna, Abercrombie Verlag."

Wieso zum Teufel besaßen Romy und Jonah unzählige Ausgaben dieses Buches? Ich schlug die erste Seite auf und entdeckte eine handgeschriebene Widmung meiner Lieblingsautorin.

Für Leann – L(i)ebe dein Schicksal! Suri Lilianna

Ohne zu atmen, nahm ich weitere Bücher vom Stapel und schlug sie auf.

Für Sophie – Lebe, liebe & lies! Suri Lilianna

Für Mary – Du bist so einzigartig wie dein Fingerabdruck! Suri Lilianna

Für Rahima – Sei dein eigener Stern in der Nacht! Suri Lilianna

Die Bücher waren signiert! Allesamt! Nach dem vierten begann die Widmung sich zu wiederholen, auch wenn die Namen andere waren.

Unsicher legte ich sie zurück. In meinem Kopf ratterte es. Zaghaft ergriff ich das oberste Buch des anderen Stapels, schlug es auf und hielt den Atem an. Ein Blick ins zweite, dritte und vierte Buch zeigte mir, dass diese allesamt noch unsigniert waren. Mein Blick fiel auf den hübschen Füllfederhalter auf der Mitte des Schreibtischs, neben dem eine kleine Flasche Wasser stand und ein paar Kakis lagen. Das Blut rauschte so laut in meinen Ohren, dass ich meine eigenen Gedanken kaum noch hören konnte. Was ging hier vor?

Eine Bewegung im Flur ließ mich erschrocken zusammenfahren. Mindestens ebenso fassungslos wie ich stand Romy im Türrahmen, ein Handtuch um den Kopf, ungeschminkt und im schneeweißen Bademantel.

„Ich ... ich ...", begann sie zu stammeln.

„Was ... ich wollte nicht ... aber was ...", stotterte ich ebenso verunsichert zurück.

„Es ist ... das sollte nicht ..." Romys Gesicht nahm eine merkwürdig ungesunde Gesichtsfarbe irgendwo zwischen kalkweiß und fleckigem Knallrot an. „Jenna, das ... das darf niemand erfahren! Niemals! Ich wusste nicht, dass ..."

„Jonah hat mich reingelassen", stieß ich hervor, als wäre das die einzig logische Erklärung und absolut beste Ausrede dafür, dass ich einfach ungefragt ein fremdes Zimmer in einem fremden Haus betrat.

„Und er hat dir gesagt, lauf ruhig durch alle Räume und sieh dir alles an?!" Romy schlug die Hände über dem Handtuch auf ihrem Kopf zusammen. „Gott, Gott, Gott!", begann sie vor sich hinzumurmeln und sah mich mit verzweifeltem Blick an.

„Ist es … das, was ich glaube, was es ist?", brachte ich leise hervor und machte eine allumfassende Handbewegung.

Romys Blick folgte mir, und sie besah sich all die Bücher, als würde sie sie selbst zum ersten Mal sehen.

„Was glaubst du denn, was es ist?", fragte sie mit resigniertem Unterton in der Stimme.

Ich nahm all meinen Mut zusammen. „Ich glaube, dass ihr Betrüger seid und Geld damit verdient, Suri Liliannas Unterschrift zu fälschen und ihre Werke teuer zu verkaufen", brach es mit zitternder Stimme aus mir heraus.

Romy klappte der Unterkiefer herunter. Ein erstauntes Lachen brach aus ihr heraus, dann fuhr sie sich mit der flachen Hand über das Gesicht. „Das ist deine logische Schlussfolgerung, Jenna? Wirklich?"

Ich nickte wie betäubt.

„Puh", machte Romy. „Ich muss dich leider enttäuschen. Jonah und ich sind kein bisschen kriminell. Ich unterschreibe diesen Roman, der bald erscheint, weil ihn sehr viele Leser und Leserinnen mit Widmung vorbestellt haben. Und ich tue das, weil – und das sollte eigentlich geheim bleiben – weil ich …" Sie holte tief Luft. „Weil ich Suri Lilianna bin."

Weil ich Suri Lilianna bin.

Die Worte wiederholten sich unzählige Male in meinem Kopf, während die Bedeutung dahinter nur quälend langsam zu mir durchsickerte. Mit einem pfeifenden Atemzug rang ich nach Luft, als mir endlich bewusst wurde, was das zu bedeuten hatte. Die Luft blieb mir weg. Ich keuchte kurz, ehe meine Hände zu kribbeln begannen und sich urplötzlich alles um mich herum drehte. Im nächsten Moment wurde mir schwarz vor Augen.

Das Erste, was ich hörte, war Romys Stimme, die ein wenig verwaschen an mein Ohr drang.

„Habe ich sie umgebracht?" Sie klang, als wäre sie den Tränen nahe. „Verdammte Scheiße, Jonah, habe ich Ilays kleine Schwester umgebracht?"

„Beruhige dich, Prinzessin, ihr geht's gut." Er klang, als wäre er näher als Romy. Es hörte sich ziemlich entspannt an. „Ihr Kreislauf ist nur kurz abgesackt."

Ich spürte eine große warme Hand auf meiner Wange, die diese erst vorsichtig, dann etwas unsanfter tätschelte.

„Hey, Jenna, aufwachen!", verlangte er.

Verwirrt schlug ich die Augen auf. Die typischen Fragen schossen mir in den Kopf: Wo bin ich? Was ist passiert? Wieso liege ich auf dem Fußboden? Doch ehe ich sie aussprechen konnte, hatte ich sie mir bereits selbst beantwortet.

„Ich …", setzte ich mit zitternder Stimme an und rappelte mich unbeholfen in eine sitzende Position auf.

Jonah half mir sofort bereitwillig.

„Ich … bin umgekippt."

„Das bist du", stimmte er mir zu und reichte mir ein Glas Wasser, das Romy ihm gebracht hatte. „Du hast uns einen ganz schönen Schrecken eingejagt."

„Tut mir leid", murmelte ich und rieb mir den schmerzenden Hinterkopf.

Wenig später saß ich mit angezogenen Beinen auf Jonahs und Romys bequemem Sofa und kühlte meine Beule mit einer Packung tiefgekühlter Erbsen. Nach ihrer anfänglichen Panik schien Romy es allmählich gar nicht mehr so schlimm zu finden, dass ich ihr Geheimnis kannte, und es sprudelte nur so aus ihr heraus, während sie mit rosig glühenden Wangen neben mir saß und sich hin und wieder eine feuchte Haarsträhne aus dem Gesicht strich. Inzwischen hatte sie sich etwas angezogen und ihre noch nassen Haare zu einem unordentlichen Dutt zusammengebunden.

„Jedenfalls stand für mich von Anfang an fest, dass ich unter einem Autorenpseudonym veröffentlichen werde", erklärte sie gerade und lächelte. „Ich bin einfach nicht der Typ für Ruhm und Aufmerksamkeit. Suri Lilianna ist mein Schutzschild. Ich kann mich dank dieses Namens geschmeichelt fühlen und sehr gut von meiner Kunst leben, ohne verrückte Fans vor meinem Haus oder die direkte Konfrontation mit meinen Lesern zu fürchten."

Ich nickte langsam.

„Das kann ich gut verstehen", murmelte ich. „Nicht weil ich es je schaffen würde, ein ganzes Buch zu schreiben, geschweige denn mehrere ... aber, weil ich auch keine Aufmerksamkeit oder große Menschenmassen mag."

Jonah schmunzelte. „Hast du ihr erzählt, dass wir wegen deines Pseudonyms damals fast gar nicht zusammengekommen wären?"

„Oh Gott, daran darf ich gar nicht denken." Romy verdrehte die Augen. „Jonahs Exfreundin hatte mit ihm

Schluss gemacht, weil sie ihn zu sehr mit Jace verglichen hat“, fügte sie kurz und schmerzlos hinzu.

„Oh nein! Aber ich kann sie verstehen. Jace ist perfekt, er ist heiß, intelligent, charmant und …“ Ich ließ den Satz unvollendet und seufzte in Gedanken versunken. „Sorry. Nichts gegen dich, Jonah. Gegen Jace O'Kelly sehen alle Männer blass aus.“

„Schon gut“, brummte er.

„Und wie der Zufall es wollte, kam Jonah nach der Trennung genau in dieses Ferienhaus, in das Edith mich zeitgleich geschickt hatte, um meine Schreibblockade vor dem Ende von Band drei der *Royal Lovers*-Reihe zu überwinden“, fuhr Romy fort. „Natürlich wusste er nicht, wer ich war, und je mehr ich von seinen Zorn gegenüber Suri Lilianna erfuhr, desto mehr fürchtete ich mich davor, ihm die Wahrheit zu sagen. Zum Glück ist am Ende doch noch alles gut ausgegangen.“ Sie warf Jonah einen zärtlichen Blick zu, und er grinste zurück.

„Aber nun mal ganz von Anfang an …“ Romy legte die Hände in den Schoß und musterte mich durchdringend. „Wieso bist du eigentlich heute hergekommen?“

Kapitel 19

Wahrheit oder Pflicht

„Ich kann mich nicht erinnern, dass du je zuvor so für eine Sache gebrannt hast." Tori klang aufrichtig beeindruckt, als ich sie auf dem Weg zum *Goldies* kurz anrief, um mit ihr über meine Planung zu sprechen, die wir bisher nur per WhatsApp miteinander geteilt hatten.

Drei Tage waren vergangen, seit ich die gesamte *Goldies*-Clique und sogar Mika, Tori und Harvey in Graysons Geheimnis eingeweiht hatte, und die Tatsache, dass alle ohne zu zögern eingewilligt hatten, ihm zu helfen, stimmte mich so fröhlich, dass ich an mich halten musste, nicht vor Freude auf und ab zu springen. In meinem blau-weißen Kleid fühlte ich mich fast ein wenig wie Belle, die singend durch die Stadt tanzte, um sich ein neues Buch zu besorgen.

„Ich weiß!", gab ich Tori recht und schüttelte gedankenverloren den Kopf. „Ich kann es gar nicht abwarten, seine Reaktion darauf zu sehen. Wir haben ein paar Ideen zusammengetragen. Grayson wird nicht nur einen wirklich hilfreichen Batzen Geld bekommen; Nora wird sich zusätzlich um gezielte Werbung, Flyer und eine neu überarbeitete Speisekarte kümmern. Max hat eine Menge sozialer Kontakte und will das *Goldies* an viele hochrangige Personen weiterempfehlen, Drake ist ziemlich gut ins Thema Social Media involviert und wird tatsächlich einen eigenen Kanal für das *Goldies* ins Leben rufen, Luna hatte die Idee …“, zählte ich an meinen Fingern ab und hielt inne, als ich Harvey lachen hörte.

„So geschäftig kennt man dich eigentlich nur, wenn du über deine Bücher philosophierst“, warf er ein.

„Oder leidenschaftliche Fan-Briefe verfasst“, ergänzte Tori liebevoll stichelnd.

„Oder …“

„Ja, schon gut, ich habe es verstanden“, tat ich beleidigt, musste aber ebenfalls lachen. „Es ist bloß so, dass es sich so … so richtig anfühlt! So belebend! Mit jedem Mitglied der Clique, mit dem ich gesprochen habe, ist dieser unbändige Optimismus größer geworden. Ich verspüre so ein intensives Gemeinschaftsgefühl, weil ich einfach zum ersten Mal so richtig zu einem großen Ganzen gehöre. Ich habe sogar die Armbänder gemacht!“

„Deine Armbänder sind die besten“, erklärte Tori. Sie und Harvey waren bisher die Einzigen, die mein gelegentliches Hobby, Perlenarmbänder zu basteln, toll fanden. Cara hatte mir, als ich vierzehn war, erklärt, dass es allmählich Zeit wäre, nach einer weniger kindischen Freizeitaktivität Ausschau zu halten. Seitdem war ich dem nur noch heimlich nachgegangen. Mein Glück, dass ich mir die Perlen- und Bändersammlung in weiser Voraussicht ins Gepäck gelegt hatte.

„Ich will sie ihnen heute Abend geben, wenn sie ins *Goldies* kommen und ich ihnen ihre Getränke bringe.

Jedes Armband ist einzigartig. Ich habe sogar eins für Grayson gemacht, auch wenn er natürlich noch nicht wissen wird, dass es eine tiefere Bedeutung hat", plapperte ich fröhlich vor mich hin.

„Und wann genau wollt ihr ihn mit der ganzen Sache überraschen?", erkundigte Harvey sich.

„Wir peilen das nächste Wochenende an. Dann soll er schon mal das Geld bekommen, und wir legen ihm die ersten Flyer, Speisekarten und Pläne vor", antwortete ich freudig. „Ich muss nur gewaltig aufpassen, mich nicht zu verplappern. Die letzten Tage habe ich ständig lächeln müssen, wenn ich daran gedacht habe, und Grayson hat mich ein paarmal komisch angeguckt. Aber ich glaube, er geht einfach davon aus, dass ich schwer verliebt bin und deswegen so dreinschaue."

„In ... Max", schloss Tori.

„Logisch. In wen sonst?"

„Ach ... nur so." Komischerweise lachten beide. Verrückte Hühner.

„Jedenfalls freuen wir uns wirklich sehr für dich." Tori wurde wieder ernst. „Was auch immer da mit dir passiert ... es tut dir unheimlich gut."

Ich nickte zustimmend, das *Goldies* nun in Sichtweite.

„Es ist als ... als wüsste ich erst jetzt, wieso ich überhaupt hergekommen bin. Die Worte der Wahrsagerin haben mir die Idee erst in den Kopf gepflanzt, aber der eigentliche Grund war, dass mir etwas im Leben gefehlt hat. Und dieses Etwas war Little Goldcoast."

Eine Weile lang blieb es still am anderen Ende der Leitung.

„Heißt das, du denkst darüber nach, dort zu bleiben?" Tori klang betroffen.

Erstaunt über ihre Worte und auch ein bisschen erstaunt über meine eigenen blieb ich stehen. „Ich ... ich weiß nicht. Keine Ahnung. Über diese Option habe ich mir bisher eigentlich gar keine Gedanken gemacht." Ich räusperte mich und straffte mich. „Wie auch immer, ich bin jetzt am *Goldies*. Wir hören uns."

„Wir hören uns", riefen beide im Chor, und kurz bevor Tori auflegte, hörte ich das altbekannte Rascheln der Chipstüte im Hintergrund.

„Grayson." Ich nickte ihm knapp zu.

„Jen", brummte er zurück, ein kaum sichtbares Lächeln auf den Lippen.

Es hatte sich allmählich so eingebürgert, dass ich ihn ebenso knapp begrüßte wie er es mit anderen tat, und irgendwie schienen wir es beide recht amüsant zu finden.

Der Tag zog sich unheimlich in die Länge. Obwohl es mir bisher immer gefallen hatte, dass im *Goldies* (und in Little Goldcoast generell) die Zeit langsamer, gemächlicher und ruhiger zu vergehen schien als an jedem anderen Ort der Welt, störte es mich heute. Ich konnte es kaum erwarten, dass die Clique endlich erschien und wir einander geheimnisvolle Blicke zuwerfen konnten, während Grayson keine Ahnung davon hatte, was ihm blühte.

Mehrere Male versuchte ich herauszufinden, wie es ihm ging, doch er blockte jedes Mal ab, indem er ein anderes Thema ansprach oder mir irgendetwas im Diner zeigte, das er für wichtig hielt.

„Mach dir keinen Kopf, Jen", sagte er, als ich nicht nachgab, und bedachte mich mit einem durchdringenden Blick. „Ich bekomme das schon alles hin. Bekomme ich immer. Es war einfach ein schlechter Tag, das ist alles." Und damit war das Thema für ihn gegessen.

Kurz bevor die anderen endlich eintrafen, Nora hatte mich per Nachricht auf dem Laufenden gehalten und ich hatte immer wieder heimlich auf mein Handy gesehen, zog ich das Armband aus der Tasche, das ich für Grayson gemacht hatte.

„Ich wollte mich noch für das schöne Geschenk revanchieren", erklärte ich und hielt es geheimnisvoll hinter meinem Rücken verborgen.

Grayson runzelte die Stirn. „Welches Geschenk?"

„Du ... hast einen Cocktail nach mir benannt", erinnerte ich ihn trocken.

„Oh. Richtig." Er nickte, als wäre das alles nicht der Rede wert.

Ohne ein weiteres Wort legte ich ihm das Armband in die Hände. Er betrachtete es eingehend von allen Seiten, dann sah er mich unsicher an.

„Ein Armband?"

„Ein besonderes Armband."

„Aber das wäre doch nicht nötig gewesen."

„Ich weiß. Aber ich wollte es. Ich habe es selbst gemacht", schob ich erklärend hinterher und deutete auf mein eigenes an meinem linken Handgelenk, das aus kleinen Holzperlen in den unterschiedlichsten Farben bestand.

Bedächtig zog er es an und betrachtete erst meins, dann seins und schließlich wieder meins.

„Meine Perlen sind alle schwarz", merkte er an. Es klang nicht vorwurfsvoll, sondern einfach wie eine Feststellung. Dennoch lag etwas Fragendes in seinem Blick.

„Ich hatte gehofft, dass du das sagst!" Eifrig griff ich nach seinem Handgelenk und bewegte es leicht hin und her, sodass das Sonnenlicht, das durch das Fenster fiel, sich darin brach. „Auf den ersten Blick sind sie alle nur dunkel. Aber wenn du genau hinsiehst, dann schimmern sie im Licht. In allen Farbfacetten, die du dir nur vorstellen kannst. Und noch etwas: Sie leuchten im Dunkeln. Wer kann das schon von sich sagen?"

In Graysons Gesicht trat ein Ausdruck, den ich nicht zu deuten vermochte. War er gerührt, belustigt oder verwirrt? Vielleicht von allem ein bisschen. Nur ganz nebenbei nahm ich wahr, dass ich sein Handgelenk immer noch festhielt, während ich weiter in seine dunklen Augen sah und versuchte, den Ausdruck darin zu deuten. Dieser Mann war mir wirklich ein Rätsel. Ich hätte kaum sagen können, ob er im nächsten Moment laut loslachen, *danke* sagen, den Kopf schütteln oder wieder zurück zum Spülbecken gehen würde, um ein paar Gläser abzuwaschen. Nichts von alledem geschah.

„Bist du verliebt in Max?", fragte er stattdessen nach einer gefühlten Ewigkeit.

„Wie bitte?" Irritiert blinzend erwiderte ich seinen Blick. Wie kam er denn jetzt darauf?

„Nun ... das ewige Lächeln, die heimlichen Blicke auf dein Handy ... und immer wieder siehst du auf die Uhr. Ich ... betreibe einfach nur Smalltalk", verteidigte er sich mit einem unschuldigen Blick.

„Du betreibst nicht gerade oft Smalltalk, kann das sein?", erkundigte ich mich.

Grayson brummte etwas Unverständliches.

„Bist du verliebt in ihn, Jen?", wiederholte er dann ebenso leise wie forsch.

Ich öffnete den Mund zum Antworten, ohne zu wissen, was ich überhaupt sagen würde, als das Öffnen der Eingangstür mich zusammenfahren ließ. Als hätte man mich bei etwas Verbotenem ertappt, ließ ich Graysons Handgelenk los, wich einen Schritt zurück und verbarg die Hände in den Hosentaschen. Zum Glück war die Clique so sehr in eine hitzige Diskussion vertieft, dass sie gar nichts um sich herum bemerkte.

„... und deswegen ist es eine Straftat. Auch wenn es rein rechtlich keine ist!" Lunas Stimme überschlug sich fast, während sie kopfschüttelnd die Arme vor dem Körper verschränkte.

„Wie kann etwas eine Straftat, aber dann doch wieder keine Straftat sein?", fragte Drake mit gerunzelter Stirn. „Du widersprichst dir komplett selbst!"

„Hat irgendjemand mit dir geredet?" Luna betrachtete ihn, als wäre er ein Stück Hundekot, das unter ihrem Schuh klebte, ehe sie die anderen, deren Antworten in ihren Augen mehr Gewicht zu haben schienen, der Reihe nach abwartend musterte.

„Ich meine ... ich esse gerne Fleisch, und Dinge, die mit Käse überbacken sind, sind einfach geil", argumentierte Jonah, warf die Hände in die Luft und bekam zustimmende Worte von Maya und Max.

„Dieser vegane Käse schmeckt wie Plastik", gab Maya zu bedenken, während sowohl Romy als auch Nora sich im Hintergrund hielten.

„Du frisst unserem Essen das Essen weg", scherzte Drake, was ihm sowohl ein mehrstimmiges Lachen als auch einen zutiefst boshaften Blick von Luna einbrachte. Wenn Blicke töten könnten, hätte Grayson nun eine Leiche im *Goldies* liegen, schoss es mir in den Kopf. Apropos Grayson – wo war er eigentlich?

Ohne mit der Diskussion aufzuhören, grüßten sie mich im Vorbeilaufen und nahmen an ihrem Stammplatz Platz. Ilay zwinkerte mir zu und tippte sich mit dem Zeigefinger an die Stirn. Schmunzelnd folgte ich ihnen, um ihre Bestellungen aufzunehmen.

„Was macht die Beule?" Jonah griff sich an den eigenen Hinterkopf und grinste.

„Wächst und gedeiht", gab ich zurück.

Er lachte.

„Welche Beule?", erkundigte Ilay sich verwirrt.

„Ich bin gegen einen Türrahmen gelaufen", erklärte ich schnell, und Romy nickte mir mit einem dankbaren Lächeln im Gesicht zu. Ich konnte immer noch nicht fassen, wer sich wirklich hinter dieser hübschen, aber zurückhaltenden und unauffälligen Frau versteckte. Suri Lilianna. *Die* Suri Lilianna. Und *ich* kannte sie. Und sie *mochte* mich. Der einzige Wermutstropfen war, dass ich diese unglaubliche Erkenntnis mit niemandem teilen durfte.

Mit einem kurzen prüfenden Blick zu Grayson, der jedoch in sein Smartphone vertieft war, griff ich in die Tasche meines Kleides und zog die Armbänder heraus, die ich angefertigt hatte. Für jeden hatte ich ein anderes gemacht, eins, das meiner Meinung nach perfekt zu der jeweiligen Person passte: unterschiedliche erdfarbene Rottöne für Maya, kunterbunter Hippie-Style für Luna, diskret und stilvoll für Max. Nach und nach reichte ich jedem sein Armband und erklärte flüsternd: „Das ist sozusagen unser *dunkles Mal.*"

„Unser was?" Die Frage kam aus mehreren Mündern gleichzeitig.

„Ist das nicht dieses Todesser-Tattoo aus Harry Potter?"

„Zehn Gummipunkte für Drake." Ich nickte. „Das ist sozusagen unser … Gruppenarmband." Ein wenig überwältigt von meiner eigenen Courage spürte ich, wie meine Wangen zu glühen begannen.

„Ich bin froh, dass du dich nicht für Tattoos entschieden hast", grinste Jonah und streifte sich seins – eine Mischung aus Braun und intensivem Grün – über das Handgelenk.

„Bist auf jeden Fall ʼne nette Abwechslung zu diesem kleinen Mistkerl Ethan", merkte Drake an, als er seines – schwarz, gelb und orange – ebenfalls anzog, was ihm ausnahmsweise mal keinen von Augenrollen begleiteten Todesblick von Luna einhandelte, sondern sogar ein Nicken.

„Der hat mir ständig in den Ausschnitt gestarrt", stöhnte sie angewidert und schüttelte sich. „Selbst wenn Poppy nur ein paar Meter entfernt war. Keinen Plan, was die Kleine von diesem Typen will."

„Jonah hat ihm damals die Nase gebrochen, weil er mich in der Gasse neben den Müllcontainern blöd angemacht hat", platzte Romy heraus und griff instinktiv nach seiner Hand.

„Sogar Ilay hasst den Kerl!", warf Nora ein.

„Heftig. Ilay hasst doch niemanden", kommentierte Maya aufrichtig erschüttert.

„Ilay ist wie die Mutter von Justin Bieber." Max nickte bedächtig, um anschließend hinzuzufügen: „Na, die mag doch auch jeden."

Jonah runzelte kurz die Stirn, dann brach er in schallendes Gelächter aus.

„*My mama don't like you and she likes everyone*",

stimmte er zur Erklärung kurz an.

Als der Groschen fiel, beginnen alle zu lachen, und ich machte mich kopfschüttelnd auf, die Getränke zu holen. Während Grayson mit ein paar gekonnten, fast schon gelangweilten Griffen und Bewegungen die Cocktails zusammenmischte, schnappte ich mir ein Tablett und positionierte die Bierflaschen darauf. Fast zeitgleich waren wir fertig.

„Einen *Goldies Soul* für Nora, einen *Golden Blood* für Romy, einen *Golden Coco* für Maya und Bier für Luna, Max, Jonah und Drake." Zufrieden, dass ich nichts durcheinandergeworfen und alle Getränke ohne Unfall bis zum Tisch transportiert hatte, wünschte ich guten Durst und marschierte zurück hinter die Theke.

Grayson, der mich bereits beobachtete, schüttelte den Kopf, als ich alles wegräumte, was er für die Cocktails gebraucht hatte.

„Komm schon, geh zu deinen Freunden, Jen", verlangte er ruhig.

„Aber ... ich arbeite doch noch", entgegnete ich.

„Das schaffe ich schon."

Ich brummte unzufrieden und ließ meinen Blick zwischen ihm und der lachenden Clique hin und her schweifen. „Wir machen einen Deal", schlug ich dann vor und bohrte die Spitze meines Zeigefingers in seine Brust. „Wenn du mitkommst, gehe ich zu ihnen.“

„Ich lasse mich nicht auf Deals ein“, brummte er, aber ein unübersehbares mildes Lächeln huschte über sein Gesicht.

„Solltest du aber.“ Ich senkte meine Stimme, damit meine Worte nicht versehentlich in die falschen Ohren drangen. „Komm schon mit. Du hast dir eine kleine Pause verdient.“

Einen Moment lang sah er mich noch nachdenklich an, fast als versuchte er einzuschätzen, wie ernst es mir mit dem Vorschlag war, dann schluckte er deutlich sichtbar.

„Ist gut, ich … sehe nur nochmal kurz nach ihm“, murmelte er und nickte für einen kurzen Moment vielsagend in Richtung Decke. „Und hole die Gitarren.“

Es vergingen nur wenige Minuten, bis er mir an den Tisch folgte und Jonah, der bei diesem Anblick begeistert in die Hände klatschte, eine der Gitarren aushändigte.

„Er schläft“, raunte er mir ins Ohr, und seine warme Stimme kitzelte an meinem Hals.

„Perfekt“, flüsterte ich zurück und deutete auf das Bier, das ich ihm mitgebracht hatte.

„Danke, Jen.“ Er klang erstaunt. Als wäre es bisher viel zu selten in seinem Leben vorgekommen, dass ihm jemand etwas Gutes tat, seine Gesellschaft genoss oder einfach nur an ihn dachte. Im nächsten Moment schlug er einen Ton auf der Gitarre an, so plötzlich, stark und laut, dass ich zusammenzuckte.

„Loving can hurt, Loving can hurt sometimes“

drang seine Stimme durch das gesamte *Goldies*.

„

But it's the only thing that I know"

fiel Jonah sofort mit ein.

*„And when it gets hard, you know it can get hard
sometimes, it is the only thing that makes us feel
alive."*

Nun sangen auch die meisten anderen mit, und Romy
und ich gaben uns zeitgleich einen Ruck, um ebenfalls
mit einzufallen.

*„We keep this love in a photograph, we make these
memories for ourselves. Where our eyes are never
closing, hearts are never broken and time's forever
frozen still."*

Unmittelbar vor dem Refrain machte mein Herz einen Satz, so erfüllt war es auf einmal. Ich fühlte mich
sentimental, glücklich, verbunden, bedrückt und ein-
sam zugleich und konnte mich nicht erinnern, je zuvor
so viel und so intensiv gefühlt zu haben.

*„So you can keep me inside the pocket of your ripped
jeans,
Holdin' me closer' til our eyes meet,
You won't ever be alone,
Wait for me to come home."*

Eine Gänsehaut, wie ich sie noch nicht gekannt hatte, kroch über meinen gesamten Körper und ließ mich wohlig erschaudern.

Kaum war das Lied verklungen, schien Drake sich zu langweilen und drehte seine inzwischen leere Bierflasche spielerisch auf dem Tisch hin- und her. „Wie wäre es mit einer Partie Flaschendrehen?" Sein Gesicht hellte sich auf, als wäre er von seinem Einfall selbst überrascht.

„Sind wir vierzehn Jahre alt?", kritisierte Luna.

„Wir sind sogar fast doppelt vierzehn", gab Drake zurück und reckte provokant das Kinn.

Luna schien sich ein Lachen verkneifen zu müssen.

Maya reckte ihre Hand nach oben. „Ich bin dabei", verkündete sie.

„Ja, lasst uns abstimmen." Drake streckte seine Hand ebenfalls in die Höhe. „Wer dafür ist, zeigt auf."

„Macht er mir gerade meine Position als Lehrer streitig?", erkundigte Max sich und zwinkerte mir zu, ehe er ebenfalls den Arm emporstreckte.

Romy und Jonah tauschten einen Blick, zuckten synchron mit den Achseln und zeigten dann ebenfalls auf, woraufhin sich Nora und Ilay anschlossen. Schlussendlich waren es bloß Luna, Grayson und ich, die nicht aufgezeigt hatten – wir waren überstimmt.

„Dann lass mich vorher nochmal für Nachschub sorgen", seufzte Grayson und legte mir, ehe ich reagieren konnte, die Hand auf die Schulter. „Bleib bloß sitzen", verlangte er mit einem strengen Unterton in der Stimme.

Als er wieder am Tisch erschien, brachte er nicht nur neue Getränke für die anderen, sondern einen *Jennas*

Delight für mich mit. Beim Anblick des hübschen Cocktails begannen meine Ohren zu glühen.

„Oh, was ist das denn?", erkundigte Maya sich interessiert.

„Ich dachte, du trinkst nicht", hakte Ilay nach.

„Das ist …" Ich tauschte einen Blick mit Grayson. „Ein neuer alkoholfreier Cocktail." Dabei beließ ich es. Auf eine sehr wohlige Art und Weise gefiel es mir, dass der Name dieses Getränks ein Geheimnis zwischen uns beiden war.

„Und los geht's." Ohne weitere Worte gab Drake der leeren Bierflasche Schwung, die sich mehrere Male schnell um sich selbst drehte, ehe sie langsamer wurde und mit der Öffnung auf Maya zeigte. „Wahrheit oder Pflicht?"

„Wahrheit", antwortete Maya wie aus der Pistole geschossen.

„Sind sie … echt?" Drake musste nicht näher erklären, wovon er sprach. Sein Blick in Mayas üppiges Dekolleté genügte.

„Natürlich sind sie echt, Mann." Sie lachte ungläubig und ließ ihre Hand mit Schwung über ihre Taille und die Hüften gleiten. „Genau wie alles andere hier."

Drake pfiff begeistert zwischen den Zähnen hindurch und klatschte in die Hände, woraufhin Luna genervt den Blick von ihm abwandte.

„Jetzt ich", unterbrach sie die beiden, griff nach der Flasche und drehte sie mit einer raschen Handbewegung. Es war offensichtlich, dass sie gehofft hatte, die Spitze würde auf Drake zeigen, damit sie ihn ein wenig bloßstellen konnte, doch stattdessen hielt sie vor Nora.

„Eigentlich ist immer derjenige mit Andrehen dran, der …“, setzte Drake an, doch Luna unterbrach ihn.

„Wahrheit oder Pflicht?“, fragte sie, als hätte sie ihn gar nicht gehört.

„Wahrheit“, kam es überraschend schnell zurück.

„Buh. Wahrheit ist was für Anfänger“, beschwerte Drake sich.

Luna dachte einen Augenblick lang nach. „Welche Person in der Runde würdest du am ehesten heiraten?“, fragte sie dann und ergänzte, als Nora bereits den Mund öffnete: „Außer Ilay.“

„Das ist … ziemlich fies.“ Nora musste lachen.

Ilay betrachtete sie gespannt von der Seite.

„Ich heirate Jenna.“ Nora zuckte lässig mit den Achseln. „Dann bleibt es zumindest in der Familie.“

„Die einzige Antwort, die ich durchgehen lasse“, freute Ilay sich und küsste sie sanft.

Als Nächstes – und irgendwie hatte ich das schon geahnt – zeigte der Flaschenkopf auf mich. Ich war nur erleichtert, dass es Nora war, die mir die Frage stellen würde.

„Wahrheit“, sagte ich sofort und ignorierte Drakes Buh-Rufe.

Nora dachte einen Augenblick lang nach, dann lächelte sie und flüsterte Romy etwas ins Ohr.

„Das ist eine tolle Frage!“, freute die sich wiederum und rieb sich eifrig die Hände.

„Okay, meine liebe Jenna.“ Um es spannender zu gestalten, drehte Nora den Strohhalm ihres Cocktails zwischen den Fingern hin und her und musterte mich dabei. „Wie sieht dein Traum-Heiratsantrag aus?“

Drake stöhnte enttäuscht auf, während Romy sich sichtlich auf meine Antwort freue.

Das war leicht! Immerhin stellte ich mir seit mindestens zehn Jahren dieselbe Frage und hatte die Antwort darauf bis ins Detail in meinem Kopf ausgearbeitet, wozu mich sowohl diverse Filme und Bücher als auch meine eigene überromantische Vorstellungskraft inspiriert hatten.

„Ich wünsche mir einen Antrag an einem besonderen Ort", begann ich und spürte, wie mein Blick durch Nora und Romy hindurchglitt. „Wenn die Sonne scheint und die Blumen überall zu blühen beginnen. Er soll keine Angst davor haben, dass ich *Nein* sage, denn wenn er derjenige ist, der zu mir gehört, wird er wissen, dass die Antwort nicht *Nein* sein kann." Ich nickte bedächtig. „Wenn er auf die Knie geht – und das muss er, da bin ich altmodisch – dann soll er mich mit meinem vollen Namen ansprechen. Jenna Hope Graham. Ich möchte nicht, dass er irgendwelche standardisierten Floskeln aus dem Internet auswendig lernt oder mir einfach bloß den Ring entgegenstreckt. Ich wünsche mir, dass er zumindest versucht, seine Liebe zu mir in Worte zu fassen. Ich meine, das ist ein Moment, der nie wiederkommt, so viel Mühe muss er einem wert sein, oder?" Fragend sah ich Romy und Nora an, die zeitgleich nickten. „Er kann von Verabredungen sprechen, die für unsere Beziehung bedeutend waren, oder von dem Moment, in dem er wusste, dass er den Rest seines Lebens mit mir verbringen will. Ich will, dass er sagt, ich hätte sein Herz berührt." Verlegen lächelte ich. „Das war eigentlich schon alles."

„Wenn's sonst nichts weiter ist …", lachte Drake.

„Wie lange hast du dich auf diese Frage vorbereitet?“, fragte Maya beeindruckt.

„Zu lange“, musste ich kichernd zugeben.

„Max, mach dir Notizen, Mann!“, scherzte Jonah unnötigerweise.

„Nicht nötig. Alles hier drin abgespeichert“, entschärfte dieser die Situation und tippte sich vielsagend an die Stirn.

Nur Grayson hob seine Bierflasche an und sagte laut: „*Cheers!*“ Daraufhin stießen alle mit ihm an.

„Nun bist du dran, Jenna!“ Nora deutete auf die leere Flasche.

Erleichtert darüber, dass ich das Zepter danach abgeben konnte und die Frage mich nicht allzu sehr in Verlegenheit gebracht hatte, schob ich sie mit einer knappen, schwungvollen Bewegung an. Sie drehte sich ein einziges Mal um sich selbst, nur um dann mit der Öffnung erneut direkt vor mir zum Halten zu kommen.

„Soll ich ... nochmal andrehen?“

„Nein, du bist nochmal dran. So sind die Regeln“, verkündete Drake. „Aber dieses Mal stelle ich die Fragen! Wahrheit oder Pflicht?“ Und bevor ich antworten konnte, schob er hinterher: „Sei kein Langweiler, Jenna.“

„Lass sie in Ruhe, Arschloch“, kommentierte Luna, doch alle waren ihre Sticheleien bereits so gewohnt, dass niemand darauf reagierte.

Ich nahm meinen ganzen Mut zusammen. „Okay. Pflicht“, hörte ich mich selbst sagen, während mein Herz zu rasen begann.

„Sehr schön.“ Drake lehnte sich genüsslich grinsend zurück und legte seine Fingerspitzen aufeinander, während er den Moment, mich zappeln zu lassen, sichtlich genoss.

Ich rechnete schon fest damit, gleich irgendetwas absolut Dummes oder Peinliches tun zu müssen. Strippend auf dem Tisch tanzen oder ein Gedicht vortragen zu müssen oder so.

„Nur für dich, Mann", sagte Drake dann zu Max. „Küss Max."

Küss Max?

„Drake!", protestierte Ilay sofort scharf.

„Ach, komm schon." Nora versetzte ihm einen sanften Stoß gegen die Schulter. „Manchmal muss man eben zu seinem Glück gezwungen werden. Oder hast du etwa unseren ersten Kuss vergessen?"

In Ilays Gesicht trat ein weicher Ausdruck. „Nein …", sagte er sanft.

„Ich bin ihm nämlich nachgelaufen und habe *Sei doch nicht immer so verdammt anständig, Ilay Baker* gebrüllt", erklärte Nora mit einem Grinsen im Gesicht.

„War tatsächlich so." Ilay drückte ihr einen Kuss auf die Wange.

Unerwartet sprang Max auf, lief unter den Jubelrufen der anderen um den Tisch herum, packte meinen Stuhl an der Lehne und drehte mich so um, dass ich ihn direkt ansah. Instinktiv hielt ich die Luft an.

„Nur wenn du es willst", flüsterte er mir zu, wohlerzogen wie er war.

Wie betäubt nickte ich. Nein, dies war nicht das Ambiente gewesen, das ich mir für meinen ersten Kuss mit ihm gewünscht hatte. Vor allem hätten nicht unbedingt mein Bruder und die gesamten Freunde der beiden dabei sein müssen. Aber ich nickte trotzdem. Ich gab ihm das Einverständnis, um das er gebeten hatte.

Max legte seine Hände auf meine Schultern, kam mir ganz nah und schloss die Augen, ehe er seinen Mund auf meinen presste. Er küsste gut. Nicht zu wild, nicht zu sanft, sondern ganz genau richtig. Er hatte weiche Lippen, schmeckte trotz vorherigem Biergenusses wirklich gut und wusste, was er mit seiner Zunge zu tun und zu lassen hatte. Mit geschlossenen Augen versuchte ich, mich darauf einzulassen. Den Kuss zu erwidern. Irgendetwas zu tun. Aber ich war wie gelähmt. Im Augenwinkel nahm ich noch wahr, wie Grayson sich erhob und lautlos wie ein Schatten hinter der Theke verschwand. In diesem Moment wurde mir in einer unerwarteten Heftigkeit bewusst, dass ich verliebt war. Ich war Hals über Kopf und, wie Bella Swan es so schön beschrieben hatte, bedingungslos und unwiderruflich verliebt. Aber nicht in Max.

Kapitel 20

Unerwarteter Geldsegen

Als die anderen sich nach und nach verabschiedet hatten, blieb ich allein im *Goldies* zurück. Nicht weil ich es musste. Weil ich es wollte. Ich verabschiedete die Clique, winkte jedem Einzelnen nach und schloss die Tür hinter ihnen ab. Heute würde sowieso niemand mehr kommen, davon war ich überzeugt.

Ganz selbstverständlich begann ich, die Gläser und Flaschen vom Tisch zu räumen, die Oberflächen mit einem feuchten Lappen abzuwischen und alles zu spülen. Als ich fertig war, löschte ich die hellsten Lichter und ließ nur eines der gedimmten noch brennen, um nicht ganz im Dunkeln zu stehen.

Ganz leise lief das Radio im Hintergrund, das ich erst jetzt, da es so still war, wirklich hörte. Genau in dem Moment, in dem es mir auffiel, endete der Song und ein neuer begann, bei dem mein Herz einen Schlag lang aussetzte.

Take the blame off your back,
It's a burden you don't own.
Lay your head in my arms,
And I will be your home.

Anfang 2010 hatte ich das Lied zufällig auf YouTube entdeckt, wo es ein Fan-Video einer Jugendbücherreihe untermalte, die ich damals, noch ganz jung, aber schon absolut bücherverrückt, verschlungen hatte. Von diesem Tag an war *I Just Want To Love You* von *The Strange Familiar* mein absoluter Lieblingssong. Die Worte, die Melodie und nicht zuletzt der Schmerz zwischen den Zeilen bewegten etwas in mir, das kein anderer Song je berührt hatte. Obwohl er meiner Meinung nach das Potenzial hatte, mindestens dreimal täglich im Radio zu laufen, hatte ich ihn dort bisher nie gehört. Bis auf den heutigen Tag.

And I just wanna love you.
I don't wanna change you or judge you.
I just wanna love you,
But darling, you have to learn to love you too.

Graysons Worte wiederholten sich in meinem Kopf, Worte, die ich längst vergessen hatte, doch an die ich mich plötzlich wieder erinnerte.

Es ist doch viel schöner, wenn das Lieblingslied plötzlich im Radio läuft, als wenn man es bewusst anmacht, findest du nicht?

Da sollte mir nochmal jemand sagen, dass es kein Schicksal gab! Wo es mir doch gerade in diesem Moment einen unübersehbaren Wink mit dem Zaunpfahl gab.

Ohne Notiz von mir zu nehmen, kam just in diesem Augenblick Grayson durch die Tür, der offensichtlich wieder kurz oben bei seinem Vater gewesen war und nach ihm gesehen hatte. In der Hand hielt er einen Brief, den er auf dem Rand der Theke ablegte. Mir wurde bewusst, dass er davon ausgehen musste, dass ich das Licht gelöscht und das *Goldies* mit den anderen gemeinsam verlassen hatte. Immerhin war er verschwunden, nachdem Maya und Luna und bevor Nora und Ilay gegangen waren. Es kam eigentlich nie vor, dass er nicht anwesend war, wenn jemand seiner Gäste ging, doch er würde seine Gründe gehabt haben. Zumindest glaubte ich das.

Schweigend beobachtete ich, wie er sich mit den Ellenbogen auf der Theke abstützte, um sich über den Brief zu beugen. Von dort, wo ich stand, konnte ich unmöglich erkennen, worum es darin ging, doch ich hätte meine *Royal Lovers*-Trilogie darauf verwettet, dass es irgendeine Zahlungsaufforderung oder Ähnliches war.

Grayson gab keinen Laut von sich, aber seine Körperhaltung sprach Bände. Das, was er da gerade las, brach ihn. Es brach ihn noch ein stückweit mehr, als es sowieso schon der Fall war.

Ein Ruck ging durch meinen Körper. Ohne weiter darüber nachzudenken oder mich vorher überhaupt bemerkbar zu machen, eilte ich mit großen Schritten zu ihm, schlang von hinten die Arme um seinen Körper und umarmte ihn so fest ich nur konnte. Er erschrak nicht einmal. Mein Gesicht an seinen Rücken gepresst, die Hände vor seinem breiten Brustkorb, hielt ich ihn und wartete, bis sein Atem ruhiger wurde und er sich durch meine Nähe spürbar entspannte.

„Jen", sagte er nach einer gefühlten Ewigkeit mit rauer Stimme in die Stille hinein, löste meine Hände und wandte sich mir zu. „Was machst du noch hier? Sie sind doch alle schon weg.“

„Du bist noch hier“, erklärte ich leise, doch er schien mich gar nicht zu hören.

„Nora und dein Bruder sind weg, Romy und Jonah sind weg, Maya ist weg, Max ist weg …“, zählte er auf, nicht ohne den letzten Namen auffallend anders zu betonen.

„Du bist noch hier“, wiederholte ich. „Max ist … da ist nichts.“

„Sah nicht so aus.“ Grayson ließ ein kurzes, freudloses Lachen hören.

„Fühlte sich aber so an“, stellte ich klar, schlang die Arme erneut um ihn und legte meinen Kopf unter seinen Hals. Dafür, dass wir beide so ruhig waren, schlug sein Herz erstaunlich schnell.

Er erwiderte die Umarmung nicht.

„Jen“, stieß er nur wieder aus, mit einem gequält klingenden Unterton in der Stimme.

„Ist okay“, murmelte ich und wusste selbst nicht so genau, wieso ich das sagte. Schließlich war er kein verängstigtes Schäfchen, das ich besänftigen musste. Er war ein Mann. Und was für einer. Eine merkwürdige Ruhe ergriff von mir Besitz, als ich den Kopf von seiner Brust nahm, mich auf die Zehenspitzen stellte und ihn küsste. Doch der Kuss dauerte kaum zwei Sekunden. Grayson schob mich sanft, aber bestimmt von sich, ohne ihn erwidert zu haben.

„Glaub mir … das willst du nicht“, murmelte er rau.

Mit einem einzigen Atemzug wich die Ruhe aus all meinen Gliedern und machte einer Gefühlsmischung aus Scham, Bestürzung und Entsetzen Platz.

Oh Gott, wie peinlich! Er wollte mich nicht. Er hatte mir einen Korb gegeben. Heiße Röte schoss mir in die Wangen. Als hätte ich mich verbrannt, sprang ich zurück und rannte Richtung Tür. Meine Beine zitterten, mein Herz raste, und mir war unheimlich heiß. Noch nie zuvor hatte ich mich so unglaublich geschämt. Mit zitternden Fingern nestelte ich an der Tür herum, die ich bereits abgeschlossen hatte.

„Jen, warte!", verlangte Grayson.

Ich hörte, dass er mir hinterhereilte, doch meinen Händen gelang es partout nicht, den Schlüssel in die richtige Richtung zu drehen. Dabei wollte ich doch nur eins: weg von hier.

„Ich sagte *warte!*" Nun war seine Stimme nah, so nah, dass ich seinen warmen Atem im Nacken spürte.

„Was hast du dir denn gedacht? Der Besitzer eines Diners, der hauptberuflich hochprozentige Getränke ausschenkt und ein Mädchen, das keinen Alkohol trinkt? Ich bitte dich, Jen." Graysons Stimme war leise, kaum hörbar, und obwohl er sich merklich bemühte, sanft zu mir zu sprechen, schmerzte jedes einzelne Wort.

„Du glaubst an Wahrsagerei, du bastelst Armbänder, du liest Bücher, du träumst von einem Märchenprinzen. Einem ... einem Mann wie Max, der dich hübsch ausführt, hübsch aussieht und dir hübsche Geschenke macht", zählte er stoisch auf, ohne mir von der Seite zu weichen.

Ich schaffte es nicht, ihn anzusehen. Aber ich hörte auf, am Schlüssel herumzunesteln.

„Ich bin kein solcher Märchenprinz, Jen. Ich bin nicht die glänzende, positive, männliche Hauptfigur einer Geschichte. Ich bin eher der ... der Antagonist. Oder eine unwichtige Nebenfigur, die irgendwann gegen Ende des Buchs den Heldentod stirbt und schnell vergessen wird."

Ich schluckte schwer.

„Jen …" Grayson atmete lautstark alle Luft aus, die sich in seinen Lungen befand. „Ich bin … nicht gut für dich. Versteh das bitte … Hey. Siehst du mich bitte wenigstens mal an, wenn ich mit dir rede?"

Ich schüttelte den Kopf. Tränen der Scham und der Schwermut traten mir in die Augen, und ich versuchte angestrengt, sie wegzublinzeln.

„Mir ist das alles egal", hörte ich mich selbst mit erstickter Stimme sagen. „Ich brauche keinen Prinzen. Prinzen sind langweilig. Verdammt nochmal, ich brauche *dich*, Grayson Kane."

Grayson lachte rau. Es war ein ungläubiges, amüsiertes und verzweifeltes Lachen.

„Wenn das so ist …", murmelte er dann. „Scheiß drauf."

Dieser *Ausspruch* war das Authentischste und Überzeugendste, das ich je gehört hatte. Ehe ich mich versah, griff er nach meinem Handgelenk, drehte mich zu sich um, zog mich an sich und küsste mich, wie ich noch nie geküsst worden war. Er küsste wie jemand, der kurz vor dem Ertrinken stand, kurz vor dem Tod, vor dem endgültigen Ende – und nur dieser Moment würde sein Leben retten können. Ungestüm teilte seine Zungenspitze meine Lippen, erforschte meinen Mund, raubte mir jegliches Atmen und Denken. Seine Hände umfassten meine Taille, sodass er mich enger an sich ziehen konnte. Ich schlang die Arme um seinen Hals und spürte all das, worauf ich die ganze Zeit über so ungeduldig gewartet hatte: Glück, Verbundenheit, Kribbeln, Schmetterlinge. Dieser Kuss hielt die Zeit an, und alles andere wurde nichtig.

Hier sind deine Briefe. Ich hoffe, sie sind es wert! Cara

Ich drehte und wendete die kleine Notiz zwischen meinen Fingern, als würde sich irgendwo noch eine weitere versteckte Botschaft befinden, doch da war nichts. Elf Worte. Elf Worte auf einem linierten Zettel, der aus einem Notizblock herausgerissen worden war. Mehr war ihr ihre Tochter also nicht wert?

Enttäuscht knüllte ich das Blatt Papier zusammen und schnipste die Kugel durch den Raum. Erst danach wandte ich mich dem Inhalt des Päckchens zu, das für mich gekommen war. Es war randvoll mit Briefumschlägen. Ich nahm ein paar davon heraus und entdeckte, dass sich auch mehrere Postkarten und dickere größere Umschläge darin befanden. Neben der fein säuberlich niedergeschriebenen Anschrift fielen mir kleine Zeichnungen und Sticker auf, die allen Briefen schon von außen eine persönliche Note gaben. Einige Umschläge waren weihnachtlich, auf einem besonders großen waren Luftballons, Kerzen und eine Geburtstagstorte abgebildet.

„Willst du allein sein?" Ilay, der mir gegenüber am Küchentisch saß und seine Mr. Right-Tasse mit dampfendem Kaffee in den Händen hielt, musterte mich fragend, ehe sein Blick wie automatisiert wieder auf die Briefe fiel.

„Nein, nicht nötig." Ich schüttelte den Kopf. „Du sollst sie auch sehen. Immerhin wusstest du genauso wenig wie ich, dass er sie geschrieben hat. Sie sind auch ein Teil deiner Vergangenheit."

Ilay sprang auf, sammelte die Papierkugel ein, die ich durch den Raum geworfen hatte, und versenkte sie mit einem gezielten Wurf im Mülleimer. „Nora gibt uns sonst Hausarrest", scherzte er, wurde aber sofort wieder ernst. „Weiß er, dass du sie bekommen hast?"

„Woher denn, ich wusste ja selbst nicht, dass sie sie mir schicken würde." Ich nahm das Päckchen hoch und wog es in den Händen. Es war so viel schwerer, als es aussah. So viele Briefe. So viele Worte. So viel verschwendete Zeit. Ohne weiter darüber nachzudenken, griff ich etwa in die Mitte all der Briefe und zog zwei kleine weiße unauffällige Umschläge hervor, wovon ich einen Ilay reichte und einen selbst öffnete.

„Lies ihn", forderte ich ihn auf. „Allein schaffe ich das sowieso nicht alles."

Während er seinen aufriss, begann ich bereits, meinen zu entfalten. Meine Augen huschten nur so über die wenigen Zeilen, die mein Vater an mich gerichtet hatte.

Meine kleine Jenna,

es sind elf Monate vergangen, seit ihr fortgegangen seid. Fast ein Jahr, seit die Familie nicht mehr ist.
Ich hoffe mehr als alles andere, dass ihr beide wohlauf seid. In Little Goldcoast gibt es nichts Neues, wie du dir wahrscheinlich denken kannst, denn Little Goldcoast

*wird immer Little Goldcoast sein, und wenn der Post-
bote am Vormittag eine Fahne hat oder Hornbrillen-
Hatties Huhn ein Ei mit zwei Dottern legt, dann ist das
schon die Schlagzeile des Jahres.
Die Zeit hier vergeht langsam. Sie kriecht fast. Wir versuchen, sie gut zu füllen, aber das beschleunigt sie
nicht. Ich hoffe, dass eure Zeit schneller vergeht. Dass
sie gefüllt ist mit guten Menschen, guten Gedanken
und guten Tagen.*

In der Hoffnung, dich bald wiederzusehen,

Dad

Mit Tränen in den Augen sah ich auf, fast gleichzeitig
mit Ilay, der seinen Brief zu mir umdrehte, auf dem nur
wenige Zeilen standen.

„Hier schreibt er nur, dass ich auf einer Klassenfahrt
war und er zum ersten Mal ganz allein war", berichtete
er etwas betreten. „Ich hatte Spaß, und er saß allein in
diesem stillen Haus ... allein mit seinen Gedanken und
seiner Traurigkeit."

„Das ist nicht deine Schuld."

„Aber ich hätte es bemerken müssen."

„Du warst ein Kind, Ilay."

Besorgt, dass er sich selbst die Schuld daran gab, betrachtete ich meinen großen Bruder. Es war verrückt,
dass er noch fast genauso aussah wie damals mit dreizehn und zugleich so verändert und erwachsen. Dass er
ein eigenes Leben hatte, einen Job, eine Freundin, ein
Haus. Jedes Mal, wenn ich ihn ansah, wurde mir all das
wieder bewusst.

Zeitgleich legten wir die gerade gelesenen Briefe beiseite und griffen nach neuen.

Meine kleine Jenna,

sicher verdrehst du gerade die Augen, denn du bist längst nicht mehr klein. Inzwischen bist du siebzehn Jahre alt und auf dem besten Weg, eine Frau zu werden. Erinnerst du dich an das verregnete Wochenende, bevor ihr fortgegangen seid? Ich habe dich und Ilay mit einem Zollstock gemessen und eure Größen am Türrahmen markiert. Ob du es glaubst oder nicht, die Stellen sind immer noch da. Die Farbe des Stifts ist mit der Zeit verblasst, wie Farben es eben so tun, also habe ich nachgeholfen und sie aufgefrischt, damit sie nicht ganz verschwinden.

In der Hoffnung, dich bald wiederzusehen,

Dad

Zwischen den Briefen musste ich kurze Pausen machen und in die Gegenwart zurückkehren, denn die Worte meines Vaters manövrierten mich intensiver in die Vergangenheit, als ich es je erwartet hatte.

Meine kleine Jenna,

als du gerade ein Jahr alt warst, habe ich eine andere Frau kennengelernt. Glaubst du mir, wenn ich dir heute sage, dass ich mich nicht einmal mehr an ihren Namen erinnere? Auch nicht an ihre Haarfarbe, obwohl ich mir bei längerem Nachdenken ziemlich sicher bin, dass sie blond war. Das, was ich nie vergessen habe, war der Grund, aus dem ich sie überhaupt erst ansprach.

Das Leben ist nicht leicht, wenn man in sehr jungen Jahren eine Familie gründet. Man hat finanzielle Sorgen, die Kinder sind ständig krank, sobald sie in den Kindergarten gehen, und der Mensch, der man einmal war, existiert nicht mehr. Dein Bruder war erkältet und in einer furchtbaren Trotzphase. Er aß schlecht, schlief schlecht und benahm sich schlecht. Du hingegen warst noch klein und warfst weder mit Tellern noch maltest du die Wände an. Aber du hast gezahnt und wolltest am liebsten ununterbrochen auf dem Arm herumgetragen werden. Ich will nicht lügen, meine kleine Jenna, es war der Horror. Und als ich diese Frau sah, da erinnerte ich mich für einen kurzen Moment an den Mann, der ich einmal gewesen war. Ein Mann, der ich unheimlich gern wieder gewesen wäre: jung, dynamisch und unterhaltsam.

Ich sprach sie an, lud sie auf einen Drink ein, und wir verabredeten uns gleich für den nächsten Tag nochmal. Ich fühlte mich, als wäre ich wieder ich selbst. Doch dann geschah, was geschehen musste – sie versuchte mich zu küssen. In dem Moment fühlte es sich so an, als hätte das Universum mir eine heftige Ohrfeige verpasst. Bilder von dir, deinem Bruder und eurer Mutter blitzten vor meinem inneren Auge auf, und ich *empfand mehr Scham und Reue als je zuvor in meinem Leben.*

Ich habe Cara nie davon erzählt. Nicht weil ich Angst vor ihrer Reaktion hatte, sondern weil ich sie nicht mit diesem Gedanken quälen wollte, nur um mein Gewissen zu erleichtern.

Du fragst dich sicher, wieso ich dir davon erzähle? Nun, Jenna, ich denke, ich erzähle es dir, damit du weißt, dass Menschen Fehler machen. Auch liebende Menschen. Vor allem die. Sie machen Fehler, bemerken es und sind hinterher klüger.

Der Mann, der ich vor Cara und vor eurer Geburt war, existiert nicht mehr. Aber es wurde ein neuer Mann geboren. Und der wird immer hier in Little Goldcoast sein und mit offenen Armen auf sein kleines Mädchen warten.

Im Wissen, dass du weise genug bist, jede Zeile dieses Briefes zu verstehen,

Dad

„Den hier musst du lesen." Tief einatmend reichte ich Ilay den Brief und griff nach einem etwas größeren, dickeren Umschlag, auf dem Luftballon-Sticker klebten.

„Wann siehst du ihn denn wieder?", erkundigte er sich, während er den Umschlag aufriss.

„Wen? Dad?"

„Nicht Dad, Jenna. Max."

„Oh. Ach so …"

Ohne ihn anzusehen, öffnete ich meinen Brief penibel sorgsam. Er musste nicht von Grayson erfahren.

Noch nicht. Wenn er schon um mich besorgt war, wenn ich mit Max unterwegs war, wie würde er darauf reagieren, von mir und Grayson zu erfahren? Außerdem wusste ich selbst noch nicht so ganz, was das zwischen uns eigentlich war. Klar, da war der gestrige Kuss gewesen. Hach, dieser Kuss! Sofort spürte ich seine Lippen wieder auf meinen, seine starken Hände an meiner Taille, das Kratzen seines Barts auf meiner Wange. Schließlich hatte er mich wie ein Gentleman nach Hause gebracht und mir mit etwas Abstand zum Haus mit einem Kuss auf die Schläfe eine gute Nacht gewünscht. Es hatte seither kein Gespräch, kein Treffen, kein Telefonat gegeben. Ich hatte nicht einmal seine Handynummer. Wir würden uns erst am späten Nachmittag wiedersehen, wenn ich zu meiner Schicht im *Goldies* erscheinen würde.

„Hallo!" Ilay wedelte mit der Hand vor meinem Gesicht herum. „Träumst du von Max?"

„Was?" Vor Schreck rutschte mir der gerade geöffnete Umschlag aus der Hand und fiel zu Boden. Hatte ich auch gerade noch mit offenen Augen geträumt, war ich im nächsten Moment hellwach – und Ilay ebenfalls. Wie betäubt starrten wir beide auf den Inhalt des Umschlags, der sich zu meinen Füßen auf dem glänzenden Küchenboden verteilt hatte.

„Geld", brachte ich verdattert hervor.

„Sogar eine ganze Menge davon." Ilay rutschte von seinem Stuhl und half mir, all die Dollarscheine von den Fliesen zu klauben. Mittendrin lag eine knallpinke Pappkarte. Ich nahm sie, schlug sie auf und fuhr zusammen, als sie lautstark *Happy Birthday* zu grölen begann. Ilay und ich tauschten einen Blick, dann fingen wir beide an zu lachen.

Im selben Moment ertönte das Geräusch des Schlüssels im Türschloss. Nora kam nach Hause. Die Absätze ihrer hohen Schuhe durchdrangen den Eingangsbereich.

„Hallo!", rief sie munter durch das Haus, erschien in der Küche, blieb im Türrahmen stehen und musterte uns irritiert, wie wir lachend unter dem Küchentisch in einer ganzen Menge Geldscheine saßen und *Happy Birthday* hörten.

„Na, die Geschichte dazu muss ich unbedingt hören", murmelte sie verwirrt, was Ilay und mich nur noch mehr lachen ließ.

Eine gute halbe Stunde später saßen wir zu dritt unter dem Küchentisch. Dad hatte mir Geld geschickt. Zu Geburtstagen, zu Weihnachten, vor den Sommerferien, manchmal auch einfach zwischendurch. Mal mehr, mal weniger. Zum achtzehnten Geburtstag kamen wir auf ganze fünfhundert Dollar.

„Ich kann immer noch nicht glauben, dass er einen halben Tausender per Post verschickt hat", stöhnte Ilay fassungslos und fuhr sich mit den Händen durch die Haare. „Es hätte einfach wegkommen oder vom Postboten geöffnet werden können."

„Er sieht eben immer das Gute in den Menschen", sagte Nora weich. „Genau wie sein Sohn."

Die beiden tauschten einen verliebten Blick, und ich wandte mich wieder den Umschlägen zu. Wir saßen inzwischen in unzähligen Briefen und Karten. In einigen berichtete er vom Leben, als würde er in ein Tagebuch schreiben. In anderen spürte man seine Trauer. Letztere waren deutlich kürzer. Doch zwei Dinge hatten sie alle gemein: Weder verlor er auch nur ein einziges schlechtes Wort über Cara noch beschwerte er sich jemals darüber, dass er nie Antworten erhielt. Beim Gedanken daran, dass er die ganzen Jahre über davon ausgegangen war, dass ich jeden Brief erhalten und gelesen hatte, ohne mich bei ihm zu melden, wurde mir übel.

„Was ist eigentlich mit Grayson?", erkundigte Nora sich, die mit spitzen Fingern jeden einzelnen Fetzen Papier auflas, der vom Umschlagaufreißen übriggeblieben war.

„Grayson? Was … ähm … wieso?" Ertappt blickte ich auf, die Wangen knallrot.

„Wegen … deines Plans?", half Nora mir auf die Sprünge, eine Augenbraue skeptisch in die Höhe gezogen. „Der Plan steht doch noch, richtig? Ich habe die Flyer entworfen. Wollt ihr sie sehen?"

„Ach so." Erleichtert atmete ich aus. „Klar steht der Plan noch." Mein Blick fiel auf das viele Geld, das wir aus den Karten genommen und aufeinandergestapelt hatten.

„Wisst ihr was? Es macht mich immer noch wütend, dass sie mir all das vorenthalten hat. Aber ich bin plötzlich auf eine schräge Art und Weise fast schon froh, dass ich diese Briefe erst jetzt bekommen habe", stellte ich zu meinem eigenen Erstaunen fest. „Hätte Cara mir jeden einzelnen davon gegeben, als er ankam, hätte ich all das Geld für Bücher ausgegeben. Kein Cent mehr wäre heute übrig. Und vielleicht hätte ich genauso reagiert, wie Dad immer gedacht hat … vielleicht hätte ich sie gelesen, aber ihm nicht geantwortet. Jetzt, wo ich älter bin, weiß ich jedes Wort darin zu schätzen."

„Und das Geld?" Ilay nickte in Richtung des Stapels. „Was hast du damit vor?"

Ich musste schmunzeln.

„Ist das nicht offensichtlich? Das kommt in den *Rettet Grayson Kane*-Topf."

Kapitel 21

Klarheit

Ich hatte einiges erwartet, wirklich einiges. Mein Kopfkino bot wie immer ein nahezu unerschöpfliches Repertoire an großartigen Szenen, die sich auf dem Weg zum *Goldies* vor meinem inneren Auge abspielten. Vom vielsagenden Schmunzeln, das über Graysons Lippen huschte, über hungrige dunkle Augen und einen so leidenschaftlichen Kuss, dass mir der Atem wegblieb, war alles dabei. Ich stellte mir vor, wie wir einfach taten, als wäre nichts passiert und in einer Art Rollenspiel unseren Aufgaben im *Goldies* nachgingen, während wir uns heimlich immer wieder lüsterne Blicke zuwarfen, um dann nach dem Abschließen der Tür übereinander herzufallen.

Um der ganzen Romantik und Lust ein wenig auf die Sprünge zu helfen, hatte ich mir etwas von Nora geliehen, das sie selbst nach eigenen Aussagen nie trug, das mir aber unheimlich gut gefiel. Es war ein niedliches schwarzes Rüschenkleid, das sowohl süß als auch verboten aussah, da der Rock für meinen Geschmack ein wenig zu kurz war und der Ausschnitt ein bisschen zu tief.

„Vielleicht ... mit einer Leggins und einem Cardigan", hatte Nora vorsichtig vorgeschlagen, als sie mich darin die Treppe hatte herunterkommen sehen.

„Ach was." Ich hatte das Ganze oben ein wenig höher und unten ein wenig tiefer gezogen und eine wegwerfende Handbewegung gemacht. „Sieht doch okay aus so."

Die Haare trug ich glatt und offen, dazu ein wenig Puder, Rouge, Wimperntusche und Lipgloss.

Ich hatte einiges erwartet, wirklich einiges. Aber nicht das. Als ich das *Goldies* betrat, war Grayson offensichtlich sehr fokussiert in ein Gespräch mit einer fremden Frau vertieft. Ich musste nicht erst ihre Stimme hören oder ihr Gesicht sehen, um zu wissen, dass diese Frau nicht aus Little Goldcoast kam. Sie war so elegant gekleidet, dass sie selbst Max und Nora noch eine Stilberatung hätte verpassen können. Ihre glatten hellblonden Haare hatte sie zu einer perfekten Hochsteckfrisur zusammengefasst, die schlanken Beine übereinandergeschlagen und eine eckige knallrote Ledertasche auf dem Schoß.

Kaum bemerkten die beiden mich, erstarb ihr Gespräch und sie bedachten mich mit einem Blick, der ziemlich deutlich machte, dass ich gerade störte. Ich hasste mich für dieses Gefühl, aber ich empfand plötzlich Eifersucht auf diese Frau. Wer war sie? Was wollte sie von Grayson? Warum lächelte er sie an? Und wieso sah sie so verboten attraktiv aus? Im nächsten Moment schämte ich mich. Seit wann war ich so besitzergreifend und argwöhnisch? Ich riss mich zusammen und positionierte mich bewusst bei Grayson hinter der

Theke, von wo aus ich der Fremden die Hand entgegenstreckte.

„Hallo, ich bin Jenna. Jenna Graham."

„Freut mich." Professionell lächelnd schüttelte sie mir die Hand. „Mein Name ist Cheeks. Sandy Cheeks."

„Wie das Eichhörnchen aus *SpongeBob Schwammkopf*?", entfuhr es mir unkontrolliert.

Grayson stöhnte unterdrückt auf.

„Entschuldigen Sie uns für eine Minute, Sandy", verlangte er ungewöhnlich höflich, legte mir eine Hand auf die Schulter und schob mich mit sanfter Gewalt vor sich her in die Küche.

„Wie alt bist du? Zwölf?", brummte er, als die Tür hinter uns ins Schloss fiel.

„Wie alt bist du? Neunzig?", giftete ich zurück.

„Sehr witzig." Er atmete tief ein und wieder aus. „Dieses Gespräch ist wichtig, Jen. Ich habe vergessen, dass du am Nachmittag kommst und …"

„Du hast vergessen, dass ich komme?" Verletzt sah ich zu ihm auf.

„Nein, natürlich nicht, nur …" Er schien um Worte zu ringen, blickte dabei aber unentwegt zur Tür. „Das ist gerade einfach ein furchtbares Timing. Zu einem passenderen Zeitpunkt werde ich es dir erklären. Versprochen. Aber bitte bleib jetzt hier."

„Du willst, dass ich euch alleine lasse?", wiederholte ich.

„Ich will, dass du die Küche aufräumst."

„Ich soll … hier aufräumen?"

„Na ja, immerhin arbeitest du für mich."

„Unentgeltlich" erinnerte ich ihn.

„Das war deine Idee.“ Er hob abwehrend die Hände. „Ich brauche nur ein paar Minuten. Und wehe, du belauschst uns!“

Das klang zwar nicht gerade Angst einflößend, aber immerhin so ernst, dass ich den verlockenden Gedanken direkt wieder verdrängte. Ich zwang mich, keine beleidigtes Gesicht zu machen, damit er sich nicht darin bestätigt sah, mich als Zwölfjährige zu betiteln, doch innerlich streckte ich ihm beleidigt die Zunge heraus.

Im nächsten Moment verschwand Grayson ohne ein weiteres Wort, nicht ohne noch im Vorbeigehen grimmig das Küchenradio anzustellen. *Gimme Love* von *Sia* zerriss die Stille. Ich schluckte. Er wollte eindeutig nicht, dass ich hörte, was die beiden besprachen. Halbherzig begann ich, ein paar Kleinigkeiten abzuwischen. Die Küche war nicht einmal schmutzig.

Schneller als erwartet erlöste Grayson mich schließlich, indem er die Tür aufstieß und sich mit einem Gesichtsausdruck, den ich nicht zu deuten wusste, in den Türrahmen lehnte. Er verschränkte die Arme, musterte mich von Kopf bis Fuß und hob eine Braue. Mir wurde ganz kribbelig zumute. Was für ein Blick!

„Bist du fertig?“, erkundigte er sich und deutete auf das Geschirrtuch, das ich zum wiederholten Male faltete.

„Ähm … jap. Alles sauber“, antwortete ich.

„Gut.“ Zufrieden nickend betrachtete er mich erneut und fügte dann etwas leiser hinzu: „Nettes Kleid.“

„Wer war diese Frau, Grayson?“

„Ich mache dir ein Kompliment und du reagierst mit einer Frage?“

„Sie sah wichtig aus. Sie kommt nicht aus Little Goldcoast.“

„Gut kombiniert, Sherlock.“

„Grayson!“

„Jen!“

Ich schürzte die Lippen und atmete schnaufend aus. „Du willst es mir also nicht sagen.“

„Ich will es dir *jetzt* nicht sagen“, korrigierte er, als wäre das besser. „Ich spreche mit dir darüber, versprochen. Aber jetzt gerade muss ich erstmal ein paar Dinge mit mir selbst ausmachen. Verstehst du das?“

Widerwillig nickte ich.

„Das Einzige, was ich dir sagen kann, ist, dass alles gut werden wird ... und dass es mir verdammt schwerfällt, mich zu konzentrieren, wenn du in diesem Kleid vor mir stehst, Jen. Damit wirst du dich vorerst zufriedengeben müssen.“ Mit diesen Worten drehte er sich um und verließ die Küche. Die Tür fiel wieder ins Schloss.

Es war nicht leicht, mit jemandem zusammenzuarbeiten, der einen weniger als vierundzwanzig Stunden zuvor so stürmisch geküsst hatte, dass die Zeit stehengeblieben war. Mit jemandem zu arbeiten, der ein Geheimnis hegte, das man nur allzu gerne gelüftet hätte, war nicht minder schwer. Ich hatte derweil insgeheim mehrere Theorien entwickelt.

Erstens: Die Frau war seine Ex. Sie war in der Stadt, um ihn zurückzuerobern, und als er sie aus ihrem knallroten Ferrari steigen sah (ich wusste nicht definitiv, dass sie einen fuhr, aber es passte in das Bild, das ich von ihr hatte), hatte er sich auf der Stelle wieder in sie verliebt.

Zweitens: Sie hatte überhaupt keine persönliche Bindung zu ihm, sondern war hier, um ihn von einem unerwarteten Erbe zu berichten, da sein Urgroßonkel väterlicherseits gestorben war. Mit dem kleinen Vermögen konnte er das *Goldies* retten, seinen Vater in ein luxuriöses Seniorenheim bringen und sich selbst ein paar großzügige Belohnungen für die vergangene harte Zeit kaufen. Eine Perlenkette für mich wäre auch noch drin.

Drittens: Sie war Auftragskillerin. Wer genau das Opfer war, und womit Grayson sie bezahlen wollte, hatte ich noch nicht ganz ausgetüftelt, deswegen war diese Theorie eher unwahrscheinlich.

Viertens: Sie hatte sich verfahren und hatte ihn schlichtweg nach dem Weg gefragt. Aber das erklärte nicht seine Geheimniskrämerei.

Bevor ich Theorie fünf durchdenken konnte, öffnete sich die Tür zum *Goldies* und Max, Maya, Drake und Luna traten ein. Obwohl ich mich vor Dienstbeginn darauf gefreut hatte, mit Grayson alleine zu sein, erleichterte es mich nun, es nicht sein zu müssen. Diese Sandy Cheeks hatte alles, was ich mir auf dem Weg hierher ausgemalt hatte, zunichte gemacht.

Etwas zu überschwänglich begrüßte ich den kleinen Teil der Clique. Nora und Ilay und Romy und Jonah veranstalteten, wie ich wusste, einen Pärchenabend und würden daher nicht kommen. Sie wollten in Belbridge etwas essen gehen und anschließend ins Kino. Als ich Max kurz umarmte, wurde mir klar, dass es das erste Mal war, dass ich ihn seit unserem Kuss sah. Dass ich ihn überhaupt geküsst hatte, schien Ewigkeiten her zu sein. Als wäre es eine andere Jenna gewesen, die der festen Überzeugung gewesen war, die Schmetterlinge im Bauch würden schon noch kommen.

Max begrüßte mich mit einem zarten Kuss auf die Wange. Heiße Röte schoss mir ins Gesicht.

„Entschuldige, ich wollte nicht …“, setzte er an, doch ich schüttelte den Kopf.

„Schon gut, ich dachte nur …“

Oh Gott, war das unangenehm. Und es würde noch unangenehmer werden. Immerhin musste ich ihm dringend so bald wie möglich beichten, dass aus uns nichts werden würde. Im Augenwinkel bemerkte ich Grayson, der lässig an der Theke lehnte und uns beobachtete.

„Können wir … reden?“, raunte ich Max so leise wie möglich zu.

„Ja, das sollten wir unbedingt.“ Er sah mir ernst in die Augen. „Komm mit.“

„Ach, reden nennt man das heutzutage …“, grinste Drake, wofür er sich einen bitterbösen Blick von Luna einfing.

„Kannst du überhaupt noch an irgendwas anderes denken als an Sex?“, fauchte sie ihn an.

Drake verdrehte die Augen. „Und kannst du mal aufhören, mich erziehen zu wollen?“

„Oh, das wäre eine absolute Verschwendung meiner Energie. Ich bin mir sicher, dass du komplett erziehungsresistent bist.“

„Das hat meine Mom auch immer gesagt.“

„Eine weise Frau“, schloss Luna mit einem überlegenen Grinsen. Es war verrückt, wie boshaft diese lebhafte, eigentlich liebevolle, quirlige Frau wurde, sobald sie Drake sah.

„Was auch immer *Reden* für euch beide bedeutet.“ Maya setzte das Wort *reden* mit ihren Zeige- und Mittelfingern in Anführungszeichen und bedachte uns mit einem dezent verzweifelten Blick. „Beeilt euch bitte und lasst mich nicht zu lange allein mit den beiden. Keine Ahnung, wie lange ich sie davon abhalten kann, sich gegenseitig zu zerfleischen.“

„Es dauert nicht lange. Versprochen“, nickte ich, griff nach Max’ Arm und zog ihn aus dem *Goldies.* Ich wollte nicht, dass er diese Hiobsbotschaft vor seinen Freunden oder vor Grayson bekommen musste. Dafür respektierte und mochte ich ihn zu sehr.

Vor dem Diner sah ich mich erstmal in alle Richtungen um, um sicherzugehen, dass wir wirklich allein waren.

„Ich zuerst“, bat ich. „Wenn … wenn das für dich in Ordnung ist.“

„Klar. Wie ernst ist es?“

„Wie bitte?“ Irritiert sah ich Max an.

„Haben die Aliens dich kontaktiert? Bist *du* ein Alien?“

Oh Mann! Er spielte wieder auf diesen schrecklichen Film an. Als er bemerkte, dass ich dieses Mal nicht auf sein Spiel einging, wurde seine Miene plötzlich ernst.

„Was ist los, Jenna?“

„Na ja, es ist so … dieser Kuss … der war echt gut.“

Okay. So wurde das nichts. Ich atmete lautstark aus und setzte erneut an.

„Der war toll. Und unsere Dates waren super. Du bist ein toller Mensch, ein toller Koch und deine Wohnung ist toll und …“

„Ganz schön viele *Tolls* in einer einzigen Aussage“, warf er mit einem unsicheren Lächeln ein.

„Du kannst sie auch durch beliebige andere Adjektive ersetzen“, schlug ich mit einem Achselzucken vor. „Schön, gut, hervorragend, brillant, fantastisch …“

„Brillant. Ich nehme brillant.“

„Okay, Max.“ Ich biss mir auf die Unterlippe. „Du bist ein brillanter Mensch, Koch und Komiker mit einem brillanten Kleidungsstil und einer miserablen Auffassungsgabe, was gute Filme angeht.“

„Aber?“

„Aber das mit uns wird nichts.“

Nun war es raus. Ich schluckte den Kloß im Hals herunter und versuchte, in seiner Mimik zu lesen, wie er das Ganze wegsteckte.

Max nickte langsam, die Hände tief in den Hosentaschen seiner schwarzen Chinohose vergraben. Wieso sagte er nichts? Hatte ich dem armen Kerl etwa das Herz gebrochen? Sofort begann mein Kopfkino auf Hochtouren zu laufen. Was, wenn er sich davon nicht wieder erholen würde? Wenn er sich bereits eine Zukunft mit mir ausgemalt und unsere Zukunftskinder benannt hatte? Wenn er von nun an jede Frau, die er kennenlernen würde, mit mir vergleichen würde – oder schlimmer noch … was, wenn er überhaupt keine Dates mehr haben würde? Er würde deprimiert und allein zu Hause sitzen, allein seine köstliche Carbonara essen und wehmütig an unsere kurze Zeit miteinander zurückdenken.

Bedrückt sah ich zu ihm auf. „Hey, Max. Es ... es tut mir so leid. Du bist toll.“

„Brillant“, korrigierte er.

„Brillant“, verbesserte ich. „Max ... kommst du klar?“

„Alles in Ordnung.“ Er lächelte mild. „Ich meine, ich habe dich kennengelernt und dachte ... *wow, die musst du daten. Das ist eine Frau, die du kennenlernen willst.* Und dann habe ich das tatsächlich getan, und du warst noch viel witziger, intelligenter, unterhaltsamer und tiefsinniger, als ich mir je zu erträumen gewagt hätte. Und ich mag dich unheimlich gern, Jenna, wirklich, aber eines ist mir beim Flaschendrehen klar geworden.“

„Was denn?

„Dass du nie zu mir gehören wirst“, antwortete er sanft. „Du gehörst du jemand anderem. Das wissen wir beide. Und deshalb, Jenna Graham, werde ich dich wie ein wahrer Gentleman freigeben.“ Er zwinkerte mir zu. „Weil du es mehr als die meisten anderen verdient hast, glücklich zu sein. Wirklich richtig glücklich.“

Max‘ Worte bewegten mich. „Dabei wären wir so ein gutes Paar“, merkte ich an.

„Das wären wir“, gab Max mir recht. „Und meine Mama hätte dich sofort ins Herz geschlossen.“

Gerührt blickte ich zu ihm auf. Er zog er mich mit einem Arm kurz an sich heran. Max Reed roch immer noch wie ein besonders teures und köstliches Stück Seife, hatte starke Arme und den besten Kleidungsstil, den ich an einem Mann je gesehen hatte ... aber ich war nicht verliebt in ihn. Mit ihm eine Beziehung einzugehen, wäre einer Beziehung mit Tori oder Harvey gleichzusetzen. Beim bloßen Gedanken daran musste ich lachen. Ich war unendlich dankbar, dass Max das Ganze ebenso sah wie ich.

Als wir wenig später heiter zurück ins *Goldies* gingen, ließ Grayson sich nichts anmerken, neigte seinen Kopf aber minimal zur Seite. Kurz war ich gewillt, die mysteriöse Masche genauso auszuspielen wie er am Nachmittag mit Sandy Cheeks. Dann besann ich mich aber eines Besseren. Immerhin war ich erwachsen. Ich zeigte ihm versteckt meinen hochgereckten Daumen, damit er wusste, was alles gut war. Ohne Reaktion brachte er daraufhin die üblichen Getränke an den Tisch, und während Maya vollkommen erleichtert über unsere Rückkehr schien, ließ Drake es sich nicht nehmen, ein paar saudumme Kommentare abzugeben. Aber das machte mir nichts aus.

Den Rest des Abends verbrachte ich mit einem Stück Frieden im Herzen, denn die Tatsache, Max nicht das Herz gebrochen zu haben, war bisher definitiv das Highlight meines Tages.

Es war längst dunkel, als unsere einzigen vier Besucher sich auf den Weg nach Hause machten, ich die Tür hinter ihnen abschloss und Grayson nach oben ging, um nach seinem Vater zu sehen. Ich kümmerte mich um den Abwasch, reinigte den Tisch und kehrte den Boden. Als ich fertig war, legte ich mein Handy auf den Tresen, stützte die Ellenbogen auf und lehnte mich leicht nach vorn, um die Nachrichten zu überfliegen, während ich auf Grayson wartete. Tori hatte mir geschrieben, außerdem Cara, die sich kurz angebunden erkundigte, ob das Paket angekommen war, und Nora, um mir mitzuteilen, dass sie inzwischen auf der Rückfahrt nach Hause waren. Ich wollte gerade damit anfangen, ihnen der Reihe nach zu antworten, als ich Schritte hinter mir vernahm.

„Ein schöner Anblick", erklang Graysons raue Stimme, ehe ein Klicken erklang und plötzlich alle Lichter gelöscht waren. Dann umarmte er mich unerwartet von hinten und bedeckte meinen Nacken mit Küssen. Das Kratzen seines Barts ließ einen wohligen Schauder über meinen ganzen Körper huschen. Ich versuchte mich umzudrehen, um die Küsse zu erwidern, doch er hielt mich fest und verlangte flüsternd: „Nein, bleib genau so."

Langsam, ganz langsam wanderten seine Küsse weiter meinen Körper herab, über meine Schultern, meinen Rücken, meine Taille, meine Hüften. Mit jeder einzelnen zarten Berührung wurde die Unruhe in meinem Inneren größer. Ich dachte nicht mehr an Max, nicht mehr an Cara und all die Briefe von Dad und auch nicht mehr daran, dass am Nachmittag eine wildfremde, wichtig aussehende Frau im *Goldies* gewesen war, deren Anwesenheit Grayson dazu gebracht hatte, mich in die Küche zu verbannen. Ich dachte überhaupt nicht mehr. Ein Schauder nach dem anderen jagte über meinen Körper, und als ich seine Erregung spürte, warf ich den Kopf in den Nacken und wandte ihm mein Gesicht zu, damit er mich endlich auf den Mund küssen konnte. Seine Lippen fanden meine, teilten sie und verbanden sich mit ihnen, als wären sie füreinander gemacht worden. Ohne von mir abzulassen, schob er mein Kleid hoch.

„Was, wenn jemand vorbeigeht?", wisperte ich in einem einzigen Atemzug.

„Es ist stockdunkel hier drin", flüsterte er zurück und ließ seine Hand an meinem Oberschenkel auf und ab gleiten, dass mir ganz schwindlig wurde. Wieder küsste er mich, dieses Mal stürmischer, länger, fordernder. Für einen kurzen Moment löste ich mich von ihm.

„Und wenn jemand mit einer Taschenlampe hereinleuchtet?", murmelte ich.

„Dann bekommt derjenige einen absolut einmaligen Anblick", antwortete Grayson ruhig, nahm aber seine Hand von meinem Oberschenkel und zog den Rock des Kleidchens wieder herab, was mich erstaunlicherweise nicht beruhigte, sondern enttäuschte.

„Nicht aufhören", hörte ich mich selbst atemlos flüstern.

„Aufhören, nicht aufhören, aufhören … " Sanft nahm er meine Haare in die Hände, legte sie mir über die eine Schulter und küsste die andere. „Sag mir, was du willst, Jenna Hope Graham."

„Dich." Ich hatte es ausgesprochen, ehe ich es überhaupt nur denken konnte. Es war, als hätte die Antwort auf diese Frage mir bereits seit Tagen auf der Zunge gelegen und nur darauf gewartet, heraus zu können. „Dich, Grayson. Ich will dich voll und ganz. Ich will dich spüren. Überall und jetzt sofort", setzte ich erklärend hinzu, nur für den unwahrscheinlichen Fall, dass er es nicht richtig verstand.

Einen viel zu langen Moment lang verharrte er hinter mir, die Lippen immer noch an meiner Schulter, während sein warmer Atem meinen Hals streifte. Als ich immer noch befürchtete, dass er aufhören könnte, schob er im selben Augenblick meinen Rock hoch und den Slip herunter. Im nächsten Moment war alles egal ... die Zeit, der Ort und ob gerade jemand am *Goldies* vorbeiging.

Kapitel 22

Unerwartete Wende

„Was ist mit diesem?" Ich lag in Graysons Armen und fuhr mit der Fingerspitze meines Daumens sanft die Konturen eines Tattoos auf seinem Brustkorb entlang. Es war kleiner als die meisten anderen und hatte die Form eines Sterns, der in eine schmale, längliche Schattierung überging.

„Eine Narbe von einer ausgedrückten Zigarette", antwortete Grayson nüchtern.

Ich schluckte. „Und das?" Behutsam strich ich über ein schwarzes Tribal kurz über dem V, das in seiner Boxershorts endete.

„Gürtel." Mit einem tiefen Atemzug nahm er meine Hand und deutete damit auf eine Tätowierung nach der anderen. „Schnittwunde. Stuhl. Irgendein morscher Stock aus dem Garten. Zigarette, Zigarette und nochmal Zigarette. Er hatte wohl ein Faible für Zigaretten."

Das milde Lächeln in seinem Gesicht schaffte ich nicht zu erwidern. Mir war speiübel.

„Hey, Jen." Grayson griff nach meinem Gesicht, nahm mein Kinn in die Hände und sah mich ernst an. „Das ist lange her, und ich bin darüber hinweg. Ich erwarte von dir, dass du dir das nicht allzu sehr zu Herzen nimmst. In Ordnung?"

„In Ordnung", brachte ich mit einem unterdrückten Seufzen hervor und kuschelte mich enger an ihn. „Was ist mit deiner Mutter? Wieso hat sie nicht … du weißt schon."

„Verhindert, dass er mich bei jeder Gelegenheit verprügelte?"

Ich nickte betroffen.

„Nun, ich vermute, sie war zu sehr mit sich selbst beschäftigt und hatte zu viel Angst vor ihm, um sich ihm in den Weg zu stellen. Wenn er hier im *Goldies* war – und das war er die meiste Zeit über – war sie eine ganz normale Mum. Wir hatten eine kleine Wohnung in Belbridge, ich habe das *Goldies* nie zu Gesicht bekommen. Wahrscheinlich wusste nicht mal jemand hier, dass er eine Familie hatte, zu der er hin und wieder zurückkehrte, um ihr das Leben zur Hölle zu machen. Mit sechzehn zog ich aus. Meine Mutter starb kurz darauf."

„Das tut mir leid."

„Schon gut." Sanft drückte er mir einen Kuss auf die Schläfe. Wieder legte sich sein Schicksal wie bleierne Schwere über mich. Verzweifelt durchsuchte ich mein Hirn nach etwas Positivem, das ich sagen konnte.

„Dein Bett ist echt bequem."

„Ich weiß." Er strich mir eine Haarsträhne aus dem Gesicht, legte seine Hand an meine Wange und fuhr mit dem Daumen sachte über meine Unterlippe. „Und genau aus dem Grund müssen wir jetzt aufstehen, sonst schlafen wir gleich beide ein."

Die Vorstellung, neben ihm einzuschlafen, war gar nicht mal so übel. Die, unter der warmen Decke hervorzuschlüpfen, mich anzuziehen und durch Little Goldcoast zu laufen jedoch schon.

„Nora und Ilay werden sich Sorgen machen", versuchte Grayson mich zu motivieren. „Außerdem möchte ich nicht, dass du mitbekommst, wie mein Vater splitterfasernackt mit einer Pfanne in der Hand nachts am Bett steht und fragt, wann die Weihnachtsparade endlich startet."

Ein ersticktes Lachen kam mir über die Lippen.

„Sorry, das ist absolut nicht lustig", entschuldigte ich mich sofort.

„Oh doch, das ist es. Man muss das mit Humor nehmen. Anders kann man es nicht ertragen."

„Wie schaffst du das nur?" Widerwillig richtete ich mich auf, klaubte die Kleidung vom Fußende, die wir vorhin eilig abgelegt hatten, und schlüpfte in Slip und BH. „Wie schaffst du es, ihn zu pflegen und sein Lebenswerk zu übernehmen, nachdem er dir all das angetan hat?" Mit einer weit ausholenden Handbewegung deutete ich auf die Tattoos, unter denen sich so viele Narben befanden. Grayson hatte so viel Schmerz erdulden müssen.

„Frag mich nicht, ich weiß es selbst nicht." Er schnappte sich seine Jeans und sein Shirt und zog sich ebenfalls an. Seine dunklen Haare waren völlig zerzaust. Von mir. Ich musste grinsen.

„Aber das *Goldies* ist das einzig Gute, das er mir je gegeben hat", fuhr er fort. „Als er mich damals angerufen hat, hatte ich Jahre nichts von ihm gehört. Ich habe um

Bedenkzeit gebeten, schließlich hatte ich ein Leben, das sich weit weg von Little Goldcoast abspielte."

„Wirklich?" Völlig erstaunt sah ich ihn an. So erstaunt, dass Grayson lachen musste.

„Ja, wirklich, Jen. Ich habe nicht ewig hier oben gesessen und darauf gewartet, dass mein saufender, rauchender und gewalttätiger Dad dement wird und meine Hilfe braucht."

Natürlich. Nun schämte ich mich fast, dass ich vorher nie darüber nachgedacht hatte. Grayson war jemand gewesen, bevor er der wortkarge Diner-Besitzer geworden war, den jeder mochte, aber niemand so recht kannte.

„Hattest du ... eine Freundin?", erkundigte ich mich so neutral wie möglich.

„Eine Verlobte." Er bedachte mich mit einem kurzen Blick. „Ich hatte ein Haus, einen Hund und eine Band. Ganz weit weg von hier."

„Eine Band?"

„Ja. Wir waren sogar ziemlich gut. Sie haben sich, nachdem ich weggegangen war, noch einige Male neu formiert und verbessert. Heute laufen ihre Songs im Radio."

Vor Staunen starrte ich ihn an.

„Deepbarrow"

„Deepbarrow? *Du* warst Mitglied von Deepbarrow?" Fassungslos starrte ich ihn an. Die langhaarigen Mittdreißiger waren bekannt für ihre Country Popsongs mit Ohrwurm-Garantie.

„Aber das ist lange her", winkte er ab. „Jedenfalls war mir sofort klar, dass ich beides tun werde: das Diner übernehmen und mich um ihn kümmern. Das konnten viele damals nicht nachvollziehen, und ich habe meine Verlobte, mein Haus, meinen Hund und meine Band verloren."

„Das tut mir leid", log ich, denn um ehrlich zu sein, war ich heilfroh, dass er jetzt hier bei mir war – und nicht mit seiner Verlobten und dem Hund in irgendeinem weit entfernten Haus.

„Das muss es nicht", sagte er mit fester Stimme.

„Grayson?" Ich zögerte. „Heißt deine Ex-Verlobte zufällig Sandy Cheeks?"

„Wie das Eichhörnchen aus *SpongeBob Schwammkopf*?" Grayson schnalzte mit der Zunge und schüttelte den Kopf.

Ich verdrehte die Augen. Er wollte mir also immer noch nicht die Wahrheit über diese Frau sagen.

„Ich bereue meine Entscheidung nicht", beharrte er. „Ich will einfach ein besserer Mann sein, als er es je war."

„Das bist du." Ich schlüpfte in mein Kleid, schüttelte meine Haare ein wenig aus und hoffte, dass man mir nicht auf zwei Kilometern Entfernung ansah, dass ich gerade Sex gehabt hatte.

„Komm, Jen." Grayson strich sein Shirt glatt, fuhr sich mit allen zehn Fingern durch seine Haare und nickte in Richtung Tür. „Ich bringe dich nach Hause."

Die folgenden Tage verliefen alle nach einem sehr ähnlichen Schema. Morgens tüftelte ich am *Rettet Grayson Kane*-Plan, mal allein, mal mit einem oder mehreren der anderen. Am späten Nachmittag ging ich zum *Goldies* und arbeitete ein paar Stunden mit Grayson zusammen, ehe wir nach oben gingen und den besten Sex hatten, den ich je hatte. Anschließend sprachen wir über Gott und die Welt und mit jedem Wort, das seine Lippen verließ, wurden die Schmetterlinge in meinem Bauch ein wenig mehr. Ich hätte ihm ewig zuhören, ihn ewig ansehen, ihn ewig küssen können und wäre dennoch seiner nicht satt geworden.

Ehe ich mich versah, war wieder Freitag, und ich hatte eine ganze Woche mit diesem Mann verbracht, der das exakte Gegenteil von dem war, wovon ich geträumt hatte. Und dennoch war er gleichermaßen genau das, was mir immer gefehlt hatte.

„Heute ist der Tag", trällerte Nora, die gerade an mir vorbeilief, als ich mich im Flurspiegel betrachtete. Sie schmunzelte amüsiert, als ich zusammenzuckte.

„Nervös? Mach dir keine Sorgen. Er wird dir dankbar sein, da bin ich mir sicher."

„Klar." Ich schluckte.

Nora und Ilay hatten heute früher Feierabend gemacht, um alles noch einmal durchgehen zu können. Während ich im *Goldies* arbeiten und auf sie warten würde, würden die beiden sich mit Maya, Max, Luna, Drake, Romy, Jonah und Mika treffen. Sie würden alle gemeinsam ins Diner kommen und alles mitbringen, was wir benötigten. Dann war es nur noch wichtig, dass es mir gelang, Grayson für mindestens fünfzehn Minuten aus dem *Goldies* zu schaffen, damit sie alles vorbereiten konnten. Aber diesbezüglich machte ich mir keine Sorgen; ich hatte da schon so eine Idee ...

„Wieso grinst sie so komisch?" Ilay war neben seine Freundin getreten und runzelte die Stirn.

„Hat sie bis gerade noch nicht." Nora betrachtete mich skeptisch. „Ich glaube, sie ist einfach total nervös."

„Verständlich, das ist eine große Sache."

„Nora, Ilay. Ich muss euch etwas sagen." Ich atmete tief ein und wieder aus. Die ganze Woche vor ihnen zu verbergen, was mit mir los war, hatte sich nicht gut angefühlt. Ich war für Ehrlichkeit, und ich wusste, dass es den beiden genauso ging.

„Es ist nicht Max." Ich biss mir auf die Unterlippe und blickte erst zu Ilay, dann zu Nora. „Ich liebe Max nicht. Ich liebe Grayson."

Hätte ich das, was nun geschah, aus Außenstehender betrachtet, hätte ich es sicher urkomisch gefunden. Vollkommen synchron klappte beiden der Unterkiefer herunter. Sie tauschten einen Blick, sahen mich an, dann sich wieder gegenseitig und schließlich wieder mich.

„Du liebst *Grayson*?", wiederholte Nora.

„Du *liebst* Grayson?", echote Ilay.

„*Du* liebst Grayson." Nora schlug die Hände über dem Kopf zusammen und kicherte nervös.

„Lieben im Sinne von sehr gern haben, wie du uns magst?", erkundigte Ilay.

„Oder eher so, wie wir uns mögen?" Nora fuhr mit ihrer Hand zwischen sich und Ilay hin und her.

„Eher Letzteres." Ich musste schlucken, so flau war mir auf einmal zumute. Hatte ich ernsthaft gerade das große, magische L-Wort benutzt? Tatsächlich musste ich mir eingestehen, dass ich es nicht nur ausgesprochen, sondern auch so gemeint hatte. Das, was ich für Grayson empfand, ging längst über Sympathie,

Schmetterlinge im Bauch und Verliebt sein hinaus. Und das nach einer einzigen verdammten Woche!

Mein Handy vibrierte in meiner Hosentasche, aber ich ignorierte es. Wir starrten einander an, und ich wollte nicht unhöflich sein und als Erste damit aufhören. Wahrscheinlich war es Tori, die sich über den Stand der Dinge informieren oder Harvey, der mir davon berichten wollte, dass eine neue exotische Chipsmarke auf den Markt gekommen war. Knoblauch-Zimt-Tabak oder so.

„Jenna!" Noras Stimme ließ mich zusammenfahren.

„Wie lange das mit euch schon geht, haben wir gefragt", wiederholte sie das, was ich offenbar überhört hatte. „Und wir freuen uns für dich, Süße, wirklich. Es hat uns einfach erstaunt. Aber Grayson ist ein toller Kerl."

„Ist er nicht um die vierzig?", merkte Ilay an.

„Sechsunddreißig", korrigierte ich.

„Sieht älter aus."

„Ich halte ihn jung", konnte ich mir nicht verkneifen zu sagen.

Kapitulierend hob er die Hände. „Was auch immer dich glücklich macht, kleine Schwester."

Dankbar lächelte ich die beiden an. Ich wusste, dass sie lieber Max an meiner Seite gesehen hätten, Grayson aber ebenfalls mochten. Was Cara zu ihm sagen würde, war eine ganz andere Geschichte. Bill hatte sie damals nie gemocht und immer schlecht über ihn gesprochen, doch nach der Trennung hatte sie mir die Schuld an allem gegeben und des Öfteren angemerkt, dass ich mir meine Chance bei einem wirklich guten Mann vergeigt hätte.

„Ich muss dann mal los. Wir sehen uns später", erklärte ich, wandte mich wieder meinem Spiegelbild zu und strich mir eine schmale Strähne hinter das Ohr, die sich aus meinem hohen Zopf gelöst hatte. Ich trug eine hellblaue Jeggins, eine weiße Rüschenbluse und weiße Sneakers. Zuerst hatte ich vorgehabt, ein etwas schickeres Kleid oder einen Blazer anzuziehen, aber Grayson sollte auf keinen Fall wittern, dass irgendetwas im Gange war. Ich wollte, dass er vollkommen unvorbereitet und unvoreingenommen überrascht wurde.

Auf dem Weg zum *Goldies* zog ich kurz mein Handy aus der Tasche, um nachzusehen, weshalb es vorhin geklingelt hatte. Der entgangene Anruf war von Romy. Seit die *Rettet Grayson Kane*-Aktion lief, hatten wir alle unsere Nummern ausgetauscht, um im Austausch bleiben zu können. Nora hatte sogar eine WhatsApp-Gruppe eingerichtet. Ich entdeckte, dass Romy mir eine Nachricht geschrieben hatte. Nicht in der Gruppe, sondern privat an mich.

Ruf mich mal zurück, müssen etwas mit dir bequatschen!!!

Wow, sogar drei Ausrufezeichen. Wahrscheinlich wollte sie wissen, ob ich mehr hellblaue oder mehr dunkelblaue Ballons im *Goldies* verteilt haben wollte. Unwillkürlich musste ich grinsen. Ich nahm mir vor, mich später bei ihr zu melden und verstaute das Smartphone vorerst wieder in meiner Hosentasche, als es just in diesem Moment erneut vibrierte. Eine Textnachricht von Harvey.

Es folgten ein Zwinkersmiley und ein Link. Neugierig klickte ich darauf und konnte überrascht dabei zusehen, wie sich vor meinen Augen eine geheimnisvolle blaue Website aufbaute, in deren Mitte eine Kristallkugel und die Worte *Madame Hekates Blick in deine Zukunft* zu erkennen waren. Das Wort *deine* war in kursiven Großbuchstaben gehalten. Ich klickte auf die Kristallkugel und stellte überrascht fest, dass ich zu einem Anruf weitergeleitet wurde. Ups! Eilig wollte ich wieder auflegen, doch sofort ertönte eine mir wohlbekannte Frauenstimme.

„Madame Hekates Blick in deine Zukunft", verkündete sie ruhig. „Wünschen Sie die große, umfassende Deutung oder eine kleine kompakte Zwei-Minuten-Beratung? Und wie möchten Sie zahlen?"

„Eigentlich gar nicht", antwortete ich verlegen. „Ich habe versehentlich angerufen. Mein Freund Harvey hat mir den Link geschickt und ..." Ich holte tief Luft. „Aber da wir einmal miteinander sprechen, möchte ich mich bei Ihnen bedanken. Hier ist Jenna."

„Wer?"

„Jenna vom Jahrmarkt", erinnerte ich sie. „Sie sagten mir, ich sei eine verirrte Seele, wissen Sie noch? Ich habe alles getan, was Sie mir geraten haben, und jetzt bin ich hier, weit weg von meinem Zuhause, und habe meine Mutter, meinen Job und meine Freunde zurückgelassen, um mein Glück zu finden. Und es hat funktioniert. Glaube ich zumindest. Können Sie ... mir eventuell noch sagen, ob ich mit der Annahme richtigliege, dass es Grayson ist und nicht Max?“

Am anderen Ende der Leitung herrschte Schweigen.

„Mein liebes Kind, deine Seele ist nicht mehr verirrt, das spüre ich“, antwortete Madame Hekate dann endlich nach einer gefühlten Ewigkeit, in der ich schon fast damit gerechnet hatte, dass sie gar nichts mehr sagen würde. „Aber du musst dir selbst vergeben. Deine Angst hinter dir lassen. Deine Vergangenheit darf deine Gegenwart nicht beeinflussen. Sei du selbst, denn wie du bist, so wirst du geliebt.“

„Das ist mir alles zu schwammig“, platzte es aus mir heraus, ehe ich darüber hatte nachdenken können, etwas Höflicheres zu sagen. „Können Sie mir nicht einfach eine weniger verworrene Antwort auf meine Frage geben?“

„Du willst Antworten. Anleitung, Wegweisung ... aber nichts davon brauchst du wirklich. Ich kann dir geben, was du wirklich brauchst.“

„Und was will ich wirklich?“, erkundigte ich mich zaghaft.

„Glaube, mein Kind. Du willst Glaube.“

Grayson stand an der Theke und tippte auf seinem Handy herum. Als er die Tür hörte, hob er den Blick. Sofort erhellte sich sein Gesicht, als er mich sah.

„Grayson“, brummte ich.

„Jen“, brummte er grinsend zurück.

Extra nah ging ich an ihm vorbei, um mir ein Tuch zu schnappen und unnötigerweise an der bereits sauberen Arbeitsfläche herumzuschrubben. Außer einem alten weißhaarigen Herrn, der kaum sprach, aber regelmäßig seinen Kaffee hier trank, war niemand da. Da er so vertieft in seine Tageszeitung war, riskierte ich einen kleinen Kuss auf Graysons Mundwinkel. Überrascht sah er mich an.

„Du kannst wohl heute nicht bis zum Feierabend warten“, raunte er mir unmerklich zu, eine Hand hinter der Theke um meine Taille legend, die er im Zeitlupentempo weiter nach unten strich. Sofort wurde mir heiß.

„Vorfreude ist doch die schönste Freude“, grinste ich, brachte ein wenig Abstand zwischen uns und sah ihn provokant an.

Mein Handy vibrierte kurz in meiner Tasche und zeigte mir eine erneute Nachricht von Romy an, die es offenbar gar nicht erwarten konnte, etwas loszuwerden.

Melde dich, Jenna! Du wirst nicht glauben, was passiert ist! Wir wollen es dir persönlich sagen, am besten schon vor heute Abend, damit du es vor allen anderen erfährst.

Es folgte eine ganze Ansammlung von Herzen. Ich musste grinsen. Unfassbar, dass meine absolute Lieblingsautorin mir persönliche Nachrichten schickte und offenbar Wert auf meine Meinung legte.

Ich tippte schnell eine Nachricht zurück und ließ das Handy wieder in meiner Tasche versinken.

Melde mich gleich.

„Dein Freund?“, erkundigte Grayson sich unbedarft.

„Nope." Ich schüttelte den Kopf. „Der steht schließlich vor mir."

Hatte ich das jetzt ernsthaft laut gesagt? Peinlich berührt sah ich ihn an, um seine Reaktion abzuwarten. Ich hatte ihn als meinen Freund bezeichnet, dabei hatten wir das, was zwischen uns war, bisher noch nicht ansatzweise analysiert oder benannt. Es war einfach das, was es war: locker, aufregend, regellos. War er schon bereit, das zu ändern? Sich festzulegen? War ich es?

Grayson erwiderte meinen Blick mit seinen dunklen Augen ruhig und ließ ihn über mich schweifen, über meinen Mund, meinen Hals, mein Dekolleté. Schließlich biss er sich leicht auf die Unterlippe, schien ein Seufzen zu unterdrücken und griff nach meinem gebeugten Ellenbogen, um mich sanft in seine Richtung zu ziehen.

„Ich muss mit dir reden, Jen."

Wieso wollten denn plötzlich alle mit mir reden? Erst Romy, dann Grayson. Wer kam als Nächster? Meine Mutter? Oprah? Gott?

„Okay …", sagte ich gedehnt und versuchte, mir meine Enttäuschung darüber, dass er sich nicht zum Thema Freund/Freundin geäußert hatte zu verbergen. Immerhin hatte er nicht gesagt, dass er an einer Beziehung mit mir *nicht* interessiert war.

„Nachher kommt jemand, um mir etwas vorbeizubringen." Grayson schien jedes Wort kurz in seinem Kopf abzuwägen, ehe es seine Lippen verließ. „Und ich möchte, dass du vorbereitet bist."

Ich runzelte die Stirn. Wieso sprach er in Rätseln und sagte nicht einfach, was los war? Gerade weil er doch inzwischen wissen musste, welche Irrungen und Wirrungen meine Gedanken gewillt waren zu gehen.

Gerade öffnete er den Mund, um etwas hinzuzufügen, als die Tür zum *Goldies* aufgestoßen wurde und eine vierköpfige Gruppe junger Kerle ins Diner stolperte. Sie sahen aus, als ob sie erst seit ein paar Tagen offiziell Bier trinken durften. Was für ein Timing! Unfassbar. Ich musste an mich halten, sie nicht wütend anzufunkeln. Dabei hatte Grayson mir doch gerade erzählen wollen, wen und was er nachher erwartete. Schien ja etwas wirklich Wichtiges zu sein, wenn er mich unbedingt darauf vorbereiten wollte. Mit einem unterdrückten Seufzen begrüßte ich die Gruppe, die ich zum ersten Mal hier sah, und sah missmutig dabei zu, wie sie auf den Barhockern anstatt an einem etwas weiter entfernten Tisch Platz nahmen. Dann hätte Grayson mir vielleicht zumindest flüsternd erzählen können, was Sache war.

„Vier Bier", verlangte der Kräftigste der Gruppe, ein freundlich aussehender junger Mann mit rundem Gesicht, blauen Augen und Locken.

„Ausweise", brummte Grayson und machte eine fordernde Handbewegung.

„Klar. Hier." Der Lockige hatte seinen bereits griffbereit, während die anderen zu kramen begannen. Mit einem stolz wirkenden Gesichtsausdruck präsentierte er ihn erst mir, dann Grayson.

„Happy Birthday", gratulierte ich grinsend. Er hieß Jamie. Das passte zu ihm. „Und du hast dir das *Goldies* ausgesucht, um deinen Einundzwanzigsten zu feiern?"

„Nicht ganz." Er saß uns am nächsten, daher nahm er auch die Ausweise seiner Freunde und präsentierte sie uns. Die ganze Gruppe war einundzwanzig bis zweiundzwanzig Jahre alt und durfte demnach von uns ganz offiziell Alkohol ausgeschenkt bekommen. „Wir ziehen später nach Belbridge weiter. Aber für den Anfang wollten wir etwas Ruhiges."

„Er meinte, wir haben etwas gesucht, wo man günstig vorglühen kann", übersetzte einer seiner Kumpels, ein schlaksiger Schwarzhaariger im Ankletop, und stieß das Geburtstagskind grinsend gegen die Schulter.

Lachend machte ich mich daran, die Bierflaschen zu holen. Endlich herrschte mal ein wenig Leben im *Goldies*! Ich stellte mir vor, dass das demnächst öfter so sein würde, wenn (und daran glaubte ich fest) der *Rettet Grayson Kane*-Plan greifen würde. Die wichtige Angelegenheit, die er mit mir besprechen wollte, würde vorerst warten müssen. Und Romys ebenfalls.

Erst am frühen Abend, etwa eine halbe Stunde bevor die *Goldies*-Clique laut Plan aufkreuzen sollte, beschloss die Gruppe um Jamie, dass sie nun genug vorgeglüht hatte, um weiterziehen zu können. Meiner Meinung nach hatten die Jungs schon nach zwei Bier genug vorgeglüht, aber mich fragte ja keiner.

Deutlich angeheitert verabschiedeten sie sich und brachen Arm in Arm Richtung Bushaltestelle auf. Grinsend sah ich ihnen nach und beeilte mich, alles wieder sauberzumachen und ordentlich herzurichten, ehe die anderen kamen.

„Lass uns reden", verlangte Grayson, als ich gerade den nur halb vollen Müllbeutel schulterte.

„Sofort. Ich bringe nur schnell den Müll raus." Ich drückte ihm einen Kuss auf die raue, bärtige Wange, mit dem er nicht gerechnet hatte, und verließ im Laufschritt das *Goldies*.

Neue Energie hatte von mir Besitz ergriffen. Ich war aufgeregt, fröhlich und ein wenig ängstlich, wenn ich daran dachte, dass er gleich die Wahrheit erfahren würde. Wir würden ihm eine ganze Menge Geld überreichen. Viel mehr, als ich je erwartet hatte zusammenzubekommen. Außerdem würde er mit ansprechenden Flyern, professionell designten Werbeplakaten, einer eigenen Website und einer neuen schicken Speisekarte überrascht werden.

Dass er ausgerechnet jetzt mit mir über etwas reden wollte, passte sogar recht gut. Ich würde ihn noch ein wenig hinhalten und dann dazu überreden, mir das Ganze im Obergeschoss zu erzählen. Die Eingangstür würde ich wie geplant heimlich anlehnen, damit er sie nicht hörte. Euphorisch schleuderte ich die Mülltüte in den Container und schlug diesen wieder zu.

Im selben Moment hielt ein Wagen auf der gegenüberliegenden Straßenseite: ein dunkelblauer Jeep mit abblätterndem Lack und riesigen Rädern. Die Fahrertür öffnete sich und Sandy Cheeks stieg aus, eine schwarze Mappe in der Hand, die farblich nahtlos in ihren todschicken Hosenanzug überging. Also doch kein roter Ferrari, schoss es mir ungefragt in den Kopf. Sie schlug die Tür zu, schüttelte ihre langen, perfekten Haare aus und ... winkte mir lächelnd zu. Moment mal. Sie winkte mir? Um mich zu versichern, dass sie tatsächlich mich meinte, sah ich mich erstmal um. Doch Grayson konnte sie sicher nicht sehen, und außer mir war weit und breit kein anderer Mensch da. Ich winkte zaghaft zurück, als sie auch schon die Straßenseite überquerte und mit großen Schritten und hochhackigen Schuhen auf mich zueilte.

„Jenna, richtig?" Munter griff sie nach meiner Hand und schüttelte sie, während ich sie noch sprachlos anstarrte. „Sie sind Graysons Freundin. Sie müssen so stolz auf ihn sein. Es ist keine leichte Entscheidung, die er da getroffen hat."

Mir fehlten immer noch die Worte. Wovon sprach sie?

„Fun Fact am Rande." Sie räusperte sich und zwinkerte mir zu. „*SpongeBob Schwammkopf* wurde 1998 erfunden. Ich bin 1975 geboren. Ich bin also das Original."

1975? Sie war fünfzig Jahre alt? Ungläubig sah ich sie an. Nur wenn man genau hinsah, konnte man die feinen Fältchen sehen, die sich in ihrem dezent geschminkten hübschen Gesicht befanden.

„Wenn Sie mich fragen, ist es die beste Entscheidung, die er treffen konnte", kam sie wieder auf Grayson zurück und wedelte mit der schwarzen Mappe, als wüsste ich auch nur annähernd, welche Dokumente darin abgeheftet waren. „Das Gebäude hat Charme, absolut, aber eine Goldgrube ist es nicht. Es hat mich überrascht, dass es so schnell geklappt hat. Sie nicht auch?"

„Doch", antwortete ich wie gelähmt, während sich ganz langsam die einzelnen Puzzleteile zu einem großen Ganzen zusammenfügten. Normalerweise pochte mein Herz in beängstigenden Situationen wie verrückt, nun jedoch fühlte es sich an, als würde es langsamer werden. Träger. Kälter.

„Sein äußerst humaner Preis hat den Käufer wohl direkt angesprochen. Er hatte nur einen einzigen

Wunsch: Sollte es weiterhin als Diner genutzt werden, muss der neue Besitzer den Cocktail *Jennas Delight* auf der Speisekarte behalten. Sie haben einen ganz schön großen Platz im Herz dieses Mannes.“

Ich rang mir ein Lächeln ab, das sich wie eine Maske anfühlte.

„Nun kommen Sie schon.“ Aufmunternd klopfte Sandy Cheeks mir auf die Schulter und wedelte wieder mit ihrer Mappe. „Lassen Sie uns feiern, dass das *Goldies* ganz offiziell verkauft ist.“

Kapitel 23

Überraschung

Stumme Tränen rannen mir über das Gesicht, während ich wie ein Roboter einen Teller nach dem anderen spülte. Das Spülbecken in der kleinen Küche war niedriger als das hinter der Theke. Es hatte genau die richtige Größe für mich, und verrückterweise fragte ich mich, weshalb ich nicht öfter hier gespült hatte. Dabei war mir längst klar, dass ich überhaupt nicht mehr hier spülen würde. Nicht in diesem Waschbecken und auch nicht im anderen.

Ich hörte, wie Grayson sich von Sandy Cheeks verabschiedete, dann verrieten mir seine Schritte, dass er sich der Küche näherte. Stoisch wandte ich mich wieder den Tellern zu.

„Jen …" Grayson blieb im Türrahmen stehen und sah mich an. Ich erwiderte den Blick nicht, aber ich spürte ihn. Wortlos nahm ich einen neuen Teller, tauchte ihn in das heiße Wasser und schrubbte ihn mit dem Schwamm. Der Geruch des Spülmittels drang mir in die Nase. Zitrone-Minze. Eine einzelne Träne fiel ins Becken.

„Ich hatte keine Wahl."

Schweigend nahm ich den Teller aus dem Wasser, lehnte ihn zum Abtropfen gegen die anderen, die ich bereits gespült hatte, und nahm den nächsten. Ich hörte die Eingangstür, die betont leise geöffnet wurde. Falls Grayson sie ebenfalls gehört hatte, schaffte er es sehr gut, die Tatsache zu ignorieren, dass sich gerade Gäste ankündigten, oder es interessierte ihn einfach nicht mehr.

„Jen …“ Er kam langsam zu mir herüber, als fürchtete er, dass ich wie ein wildes, verängstigtes Tier Reißaus nehmen könnte. Direkt hinter mir blieb er stehen, griff um mich herum und hielt meine Hände fest. „Die Teller sind sauber. Hier standen überhaupt keine schmutzigen Teller. Hast du sie aus dem Schrank geholt, nur um irgendwas tun zu können?“

Ich nickte, während eine weitere Träne von meinem Kinn ins Spülwasser tropfte.

„Ach, Jen.“ Grayson seufzte leise, dann griff er nach dem Küchenpapier, ohne dass die andere Hand mich losließ, zog meine Finger aus dem heißen Spülwasser und reichte mir einige Lagen Papier zum Abtrocknen.

„Mach es rückgängig!“, verlangte ich heiser.

„Das geht nicht.“ Grayson schüttelte den Kopf. „Es ist alles längst unterschrieben. Ich dachte ehrlich gesagt, du freust dich.“

„Mich freuen?!“ Ich warf die durchnässten Tücher auf die Arbeitsfläche der Küche und sah ihn fassungslos an. „Das ist das *Goldies*, Grayson! Das Herz von Little Goldcoast! Wie kannst du es bloß einem Fremden überlassen? Was, wenn sie es völlig auseinandernehmen und hier drin ein Solarium einrichten? Oder eine Spielothek? Oder … oder einen Puff!“

„Das halte ich alles für sehr unwahrscheinlich“, seufzte Grayson. Er lehnte sich mit dem Rücken an die Küche, verschränkte die Arme vor der Brust und betrachtete mich, als wäre ich ein unheimlich schwer zu lösendes Rätsel.

„Dich kennenzulernen hat mir gezeigt, dass nicht alles so bleiben muss, wie es ist. Manchmal muss man etwas verändern, etwas anpacken.“

„Ach, jetzt ist es also meine Schuld? Du sagtest, das *Goldies* sei das einzig Gute, was dein Vater dir je gegeben hat.“

„Das sehe ich auch immer noch so. Und nun wird dieses einzig Gute dafür sorgen, dass er die Pflege erhält, die er benötigt“, erklärte Grayson abschließend.

Kopfschüttelnd schlang ich die Arme um meinen Körper. Plötzlich war mir kalt. All das, was wir auf die Beine gestellt hatten, um genau diese Situation zu verhindern, löste sich vor meinem inneren Auge in Wohlgefallen auf. Grayson brauchte unser Geld nicht mehr. Das *Goldies* brauchte keine neue Speisekarte, keine Werbung, keine Website. Bald schon würde jemand anders hier arbeiten und sich im Obergeschoss vermutlich eine kleine Wohnung einrichten. Das *Goldies* würde wahrscheinlich nicht einmal mehr *so* heißen.

„Jen …“ Grayson schloss mich in die Arme, und meine Gegenwehr war so schwach, dass ich sie mir selbst nicht abkaufte. „Ich wünschte, ich hätte es behalten können. Aber es ging nicht. Und dank dir habe ich endlich den Mut gefasst, diesen Schritt zu gehen. Es mag jetzt hart sein, aber schlussendlich ist es ein Ballast, den ich abwerfen kann. Ich habe dir gesagt, dass ich unmöglich beides stemmen kann, und nun muss ich das auch nicht mehr. Weißt du, was das heißt?" Er packte mich an den Schultern, hielt mich ein Stück weit von sich weg und sah mir auffordernd in die Augen.

„Dass ich in einen Arbeitslosen verliebt bin?", brummte ich schwach.

Graysons Mundwinkel zuckten, ehe er mich wieder an sich zog. Ich spürte, wie erleichtert er war, auch wenn ihm der Verkauf des Diners schwergefallen sein musste. Doch meine Traurigkeit überwog noch.

„Ich werde mir einen Job suchen, versprochen. Aber erstmal heißt es, dass ich mir eine kleine Wohnung nehmen kann und viel Zeit habe für ..."

Ein dumpfer Knall direkt nebenan ließ uns beide aufhorchen.

„Ist jemand im Diner?", murmelte Grayson erschrocken.

„Ja, vorhin ist jemand reingekommen", erinnerte ich mich, und dann fiel es mir siedend heiß ein. „Oh nein!"

„Oh nein, was?", erkundigte er sich, war jedoch schon auf dem Weg zum Auslöser des Knalls.

Ich folgte ihm auf dem Fuße und lief direkt in ihn hinein, da er überrumpelt stehen geblieben war.

Die *Goldies*-Clique alias *Rettet Grayson Kane*-Clique war bereits so tatkräftig bei der Sache, dass mein Herz sich schmerzhaft zusammenzog. Langsam schritt ich an Grayson vorbei und versank einen Augenblick lang in der surrealen Vorstellung, alles wäre gutgegangen. Im nächsten Moment holte mich die Realität ein und zerriss die Traumvorstellung in abertausende Stücke.

„Die Überraschung ist geplatzt", brach es mit einer solch unerwarteten Heftigkeit aus mir heraus, dass mir die Tränen kamen.

Schockiert sahen die anderen mich an. Maya stand auf einem Stuhl, der von Mika festgehalten wurde, und hängte Ballons auf, wovon noch mindestens zwei Dutzend auf dem Fußboden lagen. Nora und Ilay dekorierten die Fenster mit Lichterketten, während Max festliche Servietten und die neue Speisekarte auf den Tischen arrangierte. Romy verteilte mit der Hilfe der kleinen Charlie Girlanden und Konfetti, Jonah und Drake pusteten Ballons auf, und Luna hatte einen Laptop auf der Theke aufgebaut, auf der die neue Website zu sehen war. Ebenfalls auf der Theke befand sich das große knallrosa Sparschwein, in das wir all das Geld gesteckt hatten. Daneben hatten die Freunde einen kleinen Hammer drapiert, der Grayson dazu anregen sollte, das Schwein an Ort und Stelle zu schlachten. Es war alles so, wie es sein sollte, wenn nicht sogar noch besser.

„Was ist denn hier los?" Grayson trat neben mich und stemmte die Hände in die Hüften.

„Gar nichts. Es sollte eine Überraschung werden. Wenn du ... wenn du bloß ein bisschen länger gewartet hättest", brachte ich mir schmerzerfüllter Stimme hervor.

„Ich verstehe nur Bahnhof." Er kratzte sich verunsichert am Kopf. „Was für eine Überraschung? Hat jemand Geburtstag? Soll ich schnell ein paar Bier holen?"

„Nein, verdammt!" Ich verdrehte die Augen und rieb mir mit dem Handrücken unsanft die Tränen aus dem Gesicht. „Die Überraschung war für dich. Wir haben Geld gesammelt, Flyer entworfen, eine neue Speisekarte designt, einen konkreten Plan auf die Füße gestellt", zählte ich atemlos an meinen Fingern ab. „Aber ihr könnt aufhören, Leute. Bitte hört auf! Maya, komm da runter", verlangte ich und deutete auf den Stuhl, auf dem sie stand. „Grayson hat die Entscheidung getroffen, das *Goldies* zu verkaufen. Ich ... ich habe es selbst gerade erst erfahren. Es tut mir leid, eure Bemühungen waren umsonst." Ich schluckte schwer. „Das Geld teilen wir wieder auf, ich habe eine Liste mit dem Betrag, den jeder gegeben hat und ... und ich bezahle euch natürlich für euren Aufwand, schließlich war das Ganze meine Idee." Ich kam mir vor wie ein Versager. Wie ein Hochstapler. Alles war umsonst gewesen ...

Absolute Stille breitete sich aus. Einige sahen ebenso betroffen und bedrückt aus wie ich, andere schienen die ganze Angelegenheit noch nicht so ganz glauben zu können. Im Zeitlupentempo stieg Maya vom Stuhl und ließ sich mit einem lautstarken Ausatmen darauf fallen.

„Du hast das *Goldies* verkauft?", fragte sie traurig.

Grayson nickte.

„*Unser Goldies?*", vervollständigte sie, als wollte sie ganz sichergehen.

Er fuhr sich mit der Hand über das Gesicht, als könnte er all das, was geschehen war, fortwischen. „Ihr habt euch alle zusammengetan, um das hier ...", er machte eine weit ausholende Armbewegung, die den halb dekorierten Raum einnahm, „... zu machen? Für *mich?*"

„Aber natürlich." Drake schüttelte den Kopf. „Wieso denn nicht, Alter?"

„Du bist doch unser Freund", schloss Luna sanft.

„Auch wenn du nicht gerade der Gesprächigste bist." Jonah grinste breit. „Du weißt immer, wann jemand ein Bier oder eine Gitarre braucht."

„Du hast mir mein erstes Frühstück im *Goldies* spendiert und mir erzählt, dass Jonah kein schlechter Typ ist", erinnerte Romy ihn mit einem milden Lächeln. „Und dann hast du mir gesagt, ich soll am Abend wiederkommen, weil an jedem Wochenende einige nette junge Leute hier sind."

„Du nimmst Menschen, die von hier fortgegangen und wieder zurückgekehrt sind, ohne Fragen oder Vorurteile wieder auf", meldete Nora sich zu Wort.

„Und du merkst dir, was jedem am besten schmeckt", ergänzte Ilay. „Ich kann mir bis heute gerade mal so merken, wie Nora ihren Kaffee trinkt. Du hingegen kennst die Bedürfnisse von uns allen."

Grayson sah aus, als wüsste er gar nicht, was er sagen sollte. Das, was er gerade gehört hatte, schien ihn zu erstaunen. Offenbar war er sich seiner Wirkung in Little Goldcoast gar nicht bewusst und hatte sich, wie er es mir einmal gesagt hatte, tatsächlich eher immer als eine Art Randfigur betrachtet. In seinem Gesicht zeichneten sich unterschiedliche Emotionen ab: Überraschung, Unglaube, Rührung, Verlegenheit, Freude. Und dann – Betroffenheit.

„Ich danke euch wirklich", sagte er mit rauer Stimme. „Aber es ist zu spät. Das *Goldies* ist verkauft. Ich hatte keine Ahnung." Betreten fuhr er sich mit der Hand über den Nacken. „Ich habe Jen gesagt, dass ich keine Almosen annehmen und meine Probleme selbst lösen will. Sie sollte das Ganze für sich behalten. Dass sie sich nicht daran hält, hätte ich mir denken können." Er bedachte mich mit einem amüsiert-liebevollen Blick und kam näher, um mir die Tränen aus dem Gesicht zu wischen, ehe er mir einen sanften Kuss auf den Mund gab. Vor allen anderen.

„Ist das ... nur seine Art, *danke* zu sagen, oder sind die zwei ein Paar?" Drake schien völlig durcheinander.

„Er sagt so *danke*. Du bist als Nächstes an der Reihe", scherzte Ilay und spitzte seine Lippen zu einem Kussmund.

Maya kicherte. „Jeder, der Augen im Kopf hat, sieht doch, dass zwischen den beiden seit einer ganzen Weile etwas läuft", behauptete sie. Lautlos löste sich ein Luftballon von der Decke und segelte zu Boden.

„Ich dachte, sie geht mit Max", murmelte Drake.

„Überlass das Denken anderen", schlug Luna passivaggressiv vor und fletschte die Zähne zu einem aufgesetzten Lächeln.

„Ich wusste weder vom einen noch vom anderen." Mika hob die Achseln und ließ sie wieder sinken. „Wie immer."

„Ich muss Pipi", meldete Charlie sich zu Wort.

Schweigend deutete Grayson auf die Toiletten.

„Zurück zum Thema. Konzentration!", verlangte Maya wild in die Hände klatschend, stellte sich wieder auf ihren Stuhl und stieß einen kurzen Pfiff aus, um die volle Aufmerksamkeit zu bekommen. „Wie geht es denn jetzt weiter? Was können wir tun, um das *Goldies* zurückzubekommen? Wie machen wir diesen Verkauf rückgängig?"

„Ja, wo muss man da anrufen?" Max stemmte motiviert die Hände in die Hüften. Dass Grayson mich so kurz nach unserer Aussprache geküsst hatte, schien ihn gar nicht allzu sehr zu überraschen. „Ich habe ein paar gute Kontakte. Wenn du willst, setze ich mich sofort mit ihnen in Verbindung."

„Und ruf Sandy Cheeks an", verlangte ich, einen leise aufkeimenden Hoffnungsschimmer im Herzen. „Sie kann den Käufer direkt informieren."

Alle sahen Grayson hoffnungsvoll an. Der jedoch schüttelte resigniert den Kopf.

„Es geht nicht. Ich habe in den Vertrag schreiben lassen, dass es kein Rücktrittsrecht gibt, von beiden Seiten nicht. Ich wollte, dass das Ganze endgültig ist und ich nicht in ein paar Wochen erfahre, dass der Kauf rückgängig gemacht wurde. Wenn mein Vater erst einmal im Pflegeheim ist, habe ich das Geld ganz schnell aufgebraucht, das ich dann zurückzahlen müsste."

„Dein Vater muss ins Pflegeheim?"

„Wo ist er eigentlich?"

„Was hat er denn?"

„Ist er in Little Goldcoast?"

„Das ist eine andere Geschichte", unterbrach ich die anderen und wandte mich wieder an Grayson. „Also gibt es keine Lücke im Vertrag? Kein Schlupfloch, um das Ganze rückgängig zu machen? Wir könnten sagen, du warst nicht zurechnungsfähig, weil du ...", mein Blick glitt suchend durch das *Goldies*, „.... betrunken warst, als du den Vertrag unterschrieben hast."

„Das war ich aber nicht." Grayson schüttelte bestimmt den Kopf. „Außerdem habe ich Sandy die Vollmacht ausgestellt, einen Käufer zu finden, dessen Unterschrift einzuholen und sich um alles andere zu kümmern. Bis auf meine Unterschrift auf diesem Papier zu hinterlassen, habe ich nicht wirklich etwas dazu beigetragen."

Ein unruhiges Stimmengewirr brach aus. Alle hatten plötzlich Ideen und Vorschläge, wie man den Verkauf rückgängig machen könnte, einige kreativer und abenteuerlicher als die anderen. Doch Grayson schüttelte bei jedem Einfall den Kopf.

„Ist nicht machbar“, erklärte er. „Ist zu aufwendig … dauert zu lange … ist illegal … ich habe aber keinen geheimen Zwillingsbruder.“

Fantasievoll ging es weiter, bis Jonah sich vernehmlich räusperte. Dann lief er plötzlich hinter die Theke, schnappte sich ein Glas und ein Besteckteil und klopfte leicht dagegen. Das klirrende Geräusch ließ vermuten, dass er etwas Wichtiges mitzuteilen hatte. Vermutlich das, weshalb Romy mir vorhin mehrfach geschrieben hatte. Weshalb das, was auch immer es war, gerade nicht warten konnte, war mir allerdings ein Rätsel. Sie hatten wahrscheinlich ein Haus gekauft, oder Jonah war befördert worden oder Ähnliches.

„Dürfen wir jetzt auch mal was dazu sagen?“ Jonah genoss es sichtlich, nunmehr die ganze Aufmerksamkeit auf sich zu ziehen. Mit betont gemächlichen Schritten kam er zu uns zurück, stellte sich neben Romy und schlang den Arm um ihre Taille. Ihre Wangen funkelten feuerrot, was ein sicheres Zeichen dafür war, dass sie extrem aufgeregt war.

„Lieber Grayson.“ Jonah räusperte sich erneut. „Hast du dir schon mal die Mühe gemacht, dir den Kaufvertrag durchzulesen, nachdem Mrs. Cheeks ihn dir überbracht hat?“

„Ich … nicht wirklich“, musste Grayson zugeben, schüttelte aber sogleich den Kopf. „Aber ich sagte doch bereits, dass es absolut kein Schlupfloch darin gibt. Ich habe ihn vor dem Verkauf eingehend geprüft."

„Ich spreche nicht von vor dem Verkauf, sondern von jetzt", erinnerte Jonah ihn. „Hast du dir vielleicht mal die Namen der neuen Besitzer angesehen?"

Wieder verneinte Grayson. Widerwillig ging er schließlich hinter den Tresen, kehrte mit der berüchtigten schwarzen Mappe zurück und begann darin herumzublättern. Seine dunklen Augen flogen nur so über die Zeilen, dann verharrten sie abrupt. Im Zeitlupentempo blickte er zu Jonah. Er öffnete den Mund, um etwas zu sagen, schloss ihn jedoch wieder, starrte erneut auf das Papier und las weiter.

„Ich halte die Spannung nicht aus, tut mir leid." Mit großen Schritten eilte Luna zu Grayson, nahm ihm die Mappe aus der Hand und inspizierte die Seite, die er aufgeschlagen hatte. Ihr Gesicht erstarrte, wurde blass und schließlich rot, ehe es sich sichtlich aufhellte. Lachend nahm sie mich in den Arm und hielt mir die Mappe unter die Nase.

Ich hatte so viel geweint, dass meine Sicht auf die Zeilen getrübt war. Angestrengt kniff ich meine Augen zusammen, um die von Hand geschriebenen Namen zwischen all den getippten Worten entziffern zu können.

Verkäufer: Grayson Kane
Käufer: Romy Evelina Devon und Jonah Abercrombie

Meine Kinnlade klappte herunter. Luna lachte, nahm mir die Mappe ab und reichte sie an den Nächsten weiter. Ebenfalls mit Tränen in den Augen kam Romy auf mich zu und schloss mich in die Arme.

„Das *Goldies* ist nicht verloren, wir haben es gekauft", flüsterte sie mir beruhigend ins Ohr. „Das war es, was ich dir sagen wollte. Wir dachten, es wäre schön, wenn du es als Erste erführest. Immerhin ist die *Rettet Grayson Kane*-Sache dein Baby. Und, unter uns ...", sie senkte ihre Stimme noch ein wenig mehr, „... ich glaube, du hast ihn auch ohne all das gerettet."

Grayson schüttelte immer noch ungläubig den Kopf. Schließlich gab er sich einen Ruck und schüttelte erst Romy und dann Jonah die Hand. „Herzlichen Glückwunsch! Es freut mich, dass das *Goldies* in gute Hände gekommen ist. Ihr ... werdet es rocken, ganz bestimmt."

Jonah tauschte einen Blick mit seiner Freundin und seufzte gespielt theatralisch. „Wir werden es nicht behalten, Mann", merkte er ruhig an.

In Graysons Gesicht war das Fragezeichen förmlich zu sehen.

„Es gehört dir, nach wie vor. Wir schenken es dir", erklärte er. „Was sollen wir denn mit einem Diner? Ich würde das ganze gute Zeug selbst trinken, und Romy kann nicht kochen."

„Hey!" Romy versetzte ihm einen Stoß in die Rippen. „Ich kann sehr wohl kochen." Dann wandte sie sich an Grayson. „Aber natürlich nicht annähernd so wie du."

„Niemand kann das", stellte Mika klar.

Grayson blickte ungläubig von einem zum anderen, während die Nachricht, dass das *Goldies* doch nicht verloren war, zu einer völlig aufgeheizten Stimmung führte.

„Soll das heißen ...", setzte er stockend an und fuhr sich mit der flachen Hand über das Gesicht. „Soll das heißen, ich kann meinem Vater die Pflege ermöglichen, die er benötigt ... *und* das Diner behalten? Ich verstehe nicht, wie ..." Nach Worten suchend legte er die Hände auf seinem Kopf ab und lief verstört auf und ab. Nach einigen Metern kehrte er um, sah uns erneut alle der Reihe nach an und schüttelte den Kopf. „Wie könnt ihr ... wie habt ihr ...?"

„Meine Freundin ist sehr erfolgreich in dem, was sie beruflich tut", sagte Jonah locker, zwinkerte Romy zu und zuckte mit den Achseln. „*Sehr* erfolgreich."

„Ich fasse es nicht." Hilfesuchend sah Grayson sich zu mir um. „Das kann ich unmöglich annehmen. Das ist mehr, als ich je zurückgeben könnte."

„Kannst du und wirst du", entgegnete Romy mit einem ungewohnt strengen Unterton in der Stimme. „Man kann einiges mit uns machen, aber niemand nimmt uns unser *Goldies* oder unseren Grayson weg." Und damit trat sie auf ihn zu, stellte sich auf die Zehenspitzen und umarmte ihn.

Verunsichert blickte er mir über ihre Schulter hinweg in die Augen, ehe er seine Hände sanft auf ihren Rücken legte. Nun trat auch Jonah vor, gab Grayson einen Handschlag und umarmte ihn kurz. Nach und nach folgten alle seinem Beispiel, schlossen ihn in die Arme und murmelten ihm ein paar motivierende Worte zu, während er wie erstarrt dastand und mich ansah. Erst als Max, der Letzte im Bunde, ihn losließ, schien er zu verinnerlichen, was gerade passiert war. Langsam, ganz langsam änderte sich etwas in seinem Blick, der mich nach wie vor nicht losließ. Und als mir Tränen der Erleichterung über das Gesicht zu liefen, sah man deutlich, wie ihm eine Last von den Schultern fiel, die schon seit langer Zeit kaum noch zu stemmen gewesen war.

Mit feuchten Augen machte er einen Schritt auf mich zu, schlang die Hände um meine Taille und wirbelte mich im Kreis herum, drehte mich wieder und wieder zwischen unseren Freunden, unserem verloren geglaubten *Goldies*, der Bürde der Vergangenheit und dem Leben, das noch vor uns lag, während wir einander so festhielten wie nie zuvor. Und das war auf einmal alles, was zählte.

Als ich nach Little Goldcoast gekommen war, waren meine Vorstellungen romantisch gewesen, vielleicht sogar ein wenig naiv. Ich hatte nie vorgehabt, die Scherben eines anderen Lebens aufzukehren und wieder zusammenzusetzen ... bis ich Grayson traf und sich herausstellte, dass sich in den Scherben zerbrochener Leben oftmals die schönsten Lichter widerspiegeln.

Epilog

Zwei Jahre später

„Was ist, wenn er mich nicht mag? Nur mal angenommen. Es gibt über acht Milliarden Menschen auf der Welt, und die Wahrscheinlichkeit, dass mich alle davon mögen, ist ziemlich unwahrscheinlich. Es ist sogar wahrscheinlicher, dass mich ziemlich viele davon *nicht* mögen. Ich meine … wir sprechen hier von Millionen Menschen, die die Person Jenna Hope Graham nicht leiden können." Unwillkürlich hatte ich meine Schritte verlangsamt, die auf dem sterilen weißen Fliesenboden und von den Wänden widerhallten, an denen vereinzelte Schwarz-Weiß-Fotografien hingen, die von schlichten Holzrahmen gehalten wurden.

Grayson bedachte mich mit einem kurzen sanften Blick von der Seite, eine winzige grüblerische Falte zwischen den Augenbrauen. Ehe er etwas sagen konnte, fuhr ich fort.

„Nur mal angenommen …", wiederholte ich betont, im Augenwinkel die Zahlen der Zimmer, die in weißen kantigen Lettern neben den Türen klebten. 238. 239. 240. 241. „Das wäre eine ziemliche Belastungsprobe für unsere Familie, findest du nicht? Wenn er jedes Mal … keine Ahnung … um sich schlägt, sobald ich auftauche", fantasierte ich wild. „Oder sich weigert, uns meinetwegen zu besuchen! Sie können ihn schlecht alleine lassen, zumindest die ersten Jahre nicht, das ist mir schon klar, also werden wir uns jahrelang nicht mehr alle zusammen treffen können. Jahrelang!“, wiederholte ich beschwörend und betonte jede einzelne Silbe. „Oder noch schlimmer, was ist, wenn *ich* es bin, die *ihn* nicht mag? Aber ich muss so tun als ob, weil sie sonst alle nicht mehr mit mir sprechen. Und wir wissen beide, wie schwer es mir fällt, etwas für mich zu behalten. Irgendwann wird es mir herausrutschen. Und an Thanksgiving oder Weihnachten ...“

„Jen.“ Grayson hatte mich mit zwei großen Schritten überholt und sich vor mich gestellt, um mich zum Anhalten zu bewegen. Behutsam legte er seine Hände auf meine Schultern. „Ich sehe absolut keinen Grund, weshalb ihr einander nicht mögen solltet. Er wird dich abgöttisch lieben. Wie wir alle. Und du? Er ist ein *Baby*! Und ein Teil von den wohl wichtigsten Menschen, die es in deinem Leben gibt.“ Mit einem ermutigenden Lächeln deutete er auf die Tür, vor der wir zum Stehen gekommen waren. 261. Plötzlich war mein Hals ganz trocken, und die Hand, die den Geschenkekorb trug, schmerzte, so fest hielt ich dessen Griff umklammert.

„Bist du bereit?“ Grayson hob die Faust, um anzuklopfen, wartete aber auf meine Reaktion.

Tapferer als ich mich fühlte, nickte ich.

„Dann lass uns den kleinen Racker kennenlernen“, verlangte er sanft, klopfte leise an, wartete kurz und drückte schließlich die Klinke herunter. Gemeinsam traten wir durch die helle Holztür.

Das Erste, was mir auffiel, war die Tatsache, dass es ein Doppelzimmer war, das zweite Bett aber unbelegt aussah. Auf den zweiten Blick bemerkte ich all die Geschenke und Luftballons, die sich in dem kleinen Raum schier zu stapeln schienen.

„Celia und Amber", brummte Ilay erklärend. „Sie haben es sich nicht nehmen lassen, uns ein paar kleine Geschenke zusenden zu lassen."

Ein paar und *kleine* war maßlos untertrieben. Freudig umarmte ich meinen großen Bruder. Er hatte nie zuvor so müde ausgesehen – und nie so glücklich.

„Herzlichen Glückwunsch", nuschelte ich den Tränen nahe an seinem Hals.

„Danke", flüsterte er zurück und klang ebenfalls, als würde er gleich weinen.

Er und Grayson umarmten sich kurz, dann legte Ilay mir eine Hand in den Rücken, nahm mir behutsam den Präsentkorb ab und schob mich zum Bett am Fenster. Ich hielt den Atem an. Das kleine hohe Bettchen auf Rollen war leer, aber Nora, die in einer halb sitzenden Position im Bett lag, hielt ihren Sohn im Arm und strahlte nun abwechselnd zwischen ihm und mir hin und her. Sie war blass und sichtlich müde, aber auch unfassbar stolz und glücklich.

So behutsam wie möglich beugte ich mich über sie und schloss sie in die Arme. „Herzlichen Glückwunsch! Ich bin so stolz auf dich", flüsterte ich gerührt.

„Darf ich vorstellen?" Nora zog die hellblaue Decke ein wenig zurück, sodass ich einen ersten Blick auf das Baby werfen konnte. „Das ist Marley Aron Baker."

Mein Neffe war das hübscheste Neugeborene, das die Welt je gesehen hatte, das sah ich auf den ersten Blick.

Er hatte ein bildhübsches zerknautschtes Gesicht und einen ganz leichten roten Flaum auf dem Kopf.

„Möchtest du ihn halten?", erkundigte Nora sich leise.

„Ich habe Angst, ihn fallen zu lassen", sprach ich das aus, was ich Grayson schon auf der Hinfahrt zur Klinik erzählt hatte, und das nicht nur einmal.

„Das wirst du nicht." Ilay trat neben mich, nahm seinen Sohn behutsam von Nora entgegen und nickte Richtung Stuhl, der neben dem Bett stand. „Setz dich. Ich lege ihn dir in den Arm."

Wie betäubt tat ich, was er verlangte und öffnete die Arme. Marley gab ein leises Brummen von sich, als Ilay ihn mir behutsam mit dem Kopf auf die Armbeuge legte. Er war viel leichter und viel winziger, als ich erwartet hatte.

„Ist es normal, dass er so klein ist?", hörte ich mich selbst fragen, ohne den Blick von ihm zu lösen. „Ich meine … er ist das erste neugeborene Kind, das ich auf den Arm nehme, aber ich bin mir fast sicher, dass die nicht so klein sein sollten. Ohne euch beunruhigen zu wollen, ich meine nur … ist er okay?" Was war das für ein merkwürdiges Gefühl in meiner Brust? Ich konnte kaum noch atmen. Wie war es möglich, dass ich für jemanden, den ich gerade erst kennengelernt hatte, so viel Sorge empfand? Und das Bedürfnis, ihn zu beschützen. Und tiefe, innige, reine Liebe.

„Er ist vollkommen in Ordnung, kleine Schwester, mach dir keinen Kopf."

Ich hob den Blick und bemerkte, dass Ilay sich zu Nora ins Bett gelegt und den Arm um sie geschlungen hatte. Die beiden sahen aus, als hätten sie zehn Nächte nicht geschlafen und zugleich zehnmal den Nobelpreis gewonnen. Todmüde und überglücklich.

„Was ist, wenn er aufwacht und sich erschreckt, weil er ein fremdes Gesicht sieht?“, fragte ich besorgt. „Oder wenn er anfängt zu weinen?“

„Dann tröstest du ihn, immerhin bist du seine Tante ... und Patentante“, erklärte Ilay sanft.

„Ich bin seine ... was?“

„Seine Patentante“, erklärte Nora lächelnd. „Wenn du es denn möchtest.“

„Ob ich es möchte? Seid ihr verrückt? Natürlich möchte ich!“ Freudestrahlend blickte ich wieder auf das winzige Bündel Glück in meinem Arm herunter und strich behutsam über seine Finger, während meine Augen sich mit Tränen füllten. In diesem Moment öffnete Marley Aron seine kleine Hand und legte sie um meinen Finger, ehe er mit einer Kraft zudrückte, die man einem so kleinen Wesen im Leben nicht zugetraut hätte. Das, was ich gerade hatte sagen wollen, blieb mir im Hals stecken. Ich blickte auf mein Patenkind herab, auf die winzige Hand, die meinen Finger festhielt und spürte, wie ich ganz still und entspannt wurde.

„Jetzt weißt du, wie du sie zum Schweigen bringst“, hörte ich Ilay im Hintergrund zu Grayson sagen. „Ihr braucht einfach ein paar Babys.“

„So viele auch immer sie möchte“, antwortete Grayson sanft. „Eines Tages.“

Ich erinnerte mich an Jonahs Geburtstagsparty vor zwei Jahren zurück und daran, dass Nora erklärt hatte, keine Kinder haben zu wollen. Ich war so froh, dass sie ihre Meinung geändert hatte. Liebe und Demut schnürten mir die Kehle zu.

„Du solltest ihn auch mal nehmen", schlug ich nach einer gefühlten Ewigkeit vor, auch wenn ich den ganzen Tag auf diesem Stuhl hätte sitzen und dieses bezaubernde Baby hätte halten können.

„Solltest du", gab Nora mir recht. Ilay nahm den Kleinen vorsichtig aus meinem Arm, und Grayson und ich tauschten die Plätze. An Grayson gekuschelt wirkte er noch kleiner. Behutsam strich er über die winzigen Fingerchen, die runzligen Wangen, den zarten Flaum auf dem Kopf. Den Mann, den ich nun seit zwei Jahren liebte, so zu beobachten, ließ ihn mich nochmal auf eine ganz andere Art sehen, und wenn das überhaupt möglich war, liebte ich ihn in diesem Augenblick sogar noch ein wenig mehr.

Viel zu früh schlug Grayson vor, wieder nach Hause zu fahren und der frischgebackenen kleinen Familie ein wenig Ruhe zu gönnen. Zuerst wollte ich protestieren, doch die beiden sahen wirklich so aus, als könnten sie eine Mütze Schlaf und ein bisschen Pause gebrauchen. Schweren Herzens ließ ich zu, dass Ilay mir den kleinen Marley Aron, den ich inzwischen wieder hielt, aus dem Arm nahm und ihn Nora zurückgab.

„Meldet euch, wenn ihr etwas braucht", bot ich an, umarmte beide zum Abschied und drückte dem Baby einen Kuss auf den Fuß. Ich hatte gelesen, dass es gefährlich war, Neugeborene auf den Mund zu küssen und wollte auf keinen Fall riskieren, dass ihm irgendetwas geschah. „Danke, dass wir euch besuchen durften."

Ich war ein bisschen stolz, dass wir nach Noras Eltern und unserem Dad die ersten waren, die eingeladen wurden. Damit, dass sie mich zur Patentante machen würden, hatte ich jedoch gar nicht gerechnet. Wenn

Tori und Harvey das hören würden – Tante Jenna! Ich musste schmunzeln.

Beschwingt nahm ich Graysons Hand, als wir über den Krankenhausflur zurückliefen. Zärtlich drückte er meine Finger, als würde er mir ein stilles *Ich liebe dich* senden.

„Ob der Kleine unsere Mutter auch Cara nennen muss?", fiel mir ein, als wir das Krankenhaus verließen und zum Auto gingen. „Wenn sie sich beim Wort *Mum* schon alt fühlt, wie wird es dann erst bei *Granny* sein?"

Ich musste lachten. Cara war nun wirklich keine typische Großmutter. Ich hoffte, dass sie die Fehler, die sie bei ihren eigenen Kindern gemacht hatte, bei ihrem Enkelkind nicht wiederholen würde. Immerhin hatte sie innerhalb der letzten beiden Jahre viel dazugelernt und sich sogar zu einer Aussprache mit Ilay und Dad überreden lassen. Ich war gespannt, was die Zukunft für uns bereithielt.

Es hatte sich so vieles geändert, seit ich auf der Suche nach der wahren Liebe und meinem persönlichen Schicksal hergekommen war– nicht zuletzt ich selbst. Seit ich als Lektorin im Abercrombie Verlag arbeitete und neben vielen anderen Geschichten die Bücher von Suri Lilianna alias Romy bereits vor allen anderen lesen durfte, lebte ich einen Traum, der alles übertraf, was ich mir während meines Literaturstudiums je ausgemalt hatte. Die enge Beziehung zu meinen beiden besten Freunden hatte sich entgegen meiner Befürchtung nicht verändert, seit ich hierhergezogen war. Im Gegenteil. Neben all den Telefonaten, die wir führten, ließen sie es sich nicht nehmen, bei jeder sich bietenden Gelegenheit einen günstigen Flieger auf dem klebrigen WG-Computer zu buchen, um mich zu besuchen.

„Hey, warte mal." Überrascht hielt ich inne und drehte mich um. „Hier haben wir doch gar nicht geparkt."

Ohne dass ich es bemerkt hatte, hatte Grayson mich nach dem Verlassen des Krankenhauses über eine Straße in einen Park geführt. Ich war so in Gedanken gewesen, dass ich nicht mitbekommen hatte, dass wir uns nicht in der Tiefgarage befanden, in der unser Wagen stand.

„Das ist richtig." Grayson zog mich ohne Erklärung weiter, bis wir eine leere Bank vorfanden. Dahinter blühten unzählige Blumen auf einer großen saftigen Wiese. Was für ein hübscher Park. Was für ein hübscher *Mann.* Ich lächelte Grayson verzückt an. Seit das Diner so gut lief, unsere Beziehung sich richtig eingependelt hatte und er auch echte Freundschaften zulassen konnte, sah er um Jahre jünger aus. Er wirkte gesund, frisch und glücklich, und nach dem Tod seines Vaters hatte er mit seiner Vergangenheit gänzlich Frieden geschlossen.

Er schob mich auf die Bank und ging davor in die Knie. Offensichtlich musste er sich die Schuhe binden, begann dann jedoch, in der Innentasche seines offenen schwarzen Hemds zu wühlen. Ich runzelte die Stirn. Wonach suchte er?

„Jenna Hope Graham", setzte er an, griff nach meiner Hand und blickte mir tief in die Augen. „Ich muss dir etwas gestehen. Mit einem Aufsatz für ein Rührgerät kann man keinen leckenden Wasserhahn reparieren.

Ich habe einfach bloß einen Grund gesucht, in deiner Nähe zu sein."

Ich schmunzelte.

„Als ich dich zum ersten Mal am *Goldies* gesehen habe, wusste ich sofort, dass du etwas Besonderes bist", fuhr er fort. „Ich wusste nicht, dass ich dich eines Tages mehr lieben würde als mein eigenes Leben. Dass du mich in den Wahnsinn treiben würdest, wenn du deine kleinen Monologe führst. Dass du mich retten würdest. Ich kann die Gefühle, die ich für dich habe, nicht in Worte fassen. Sie sind nicht zu beschreiben, weil sie größer sind als alles, was ich je kennenlernen durfte. Alles, was ich weiß, ist, dass ich den Rest meines Lebens mit dir verbringen will. Du hast mein Herz berührt." Er atmete tief ein und wieder aus, öffnete den kleinen schwarzen Gegenstand, den er aus seinem Hemd gefischt hatte, und offenbarte einen wunderschönen Ring, in dem sich das Sonnenlicht brach. „Jenna Hope Graham, willst du meine Frau werden?"

Ich brach in Tränen aus. Überwältigt schluchzte ich ein *Ja*, küsste ihn und fiel ihm so stürmisch um den Hals, dass er das Gleichgewicht verlor und wir beide auf dem Boden landeten. Lachend steckte er mir den Ring an, ehe er mir aufhalf. Er passte perfekt. Sprachlos betrachtete ich meine Hand, die einer nun verlobten Patentante.

„Lass uns nach Hause fahren, Verlobter", schlug ich vor und rieb mir lachend die Freudentränen aus dem Gesicht. „Ich will ein paar Dinge mit dir anstellen, die hier im Park zu Hausverbot und einer Anzeige führen könnten."

„Na dann schnell." Grayson hob mich mühelos hoch und tat, als würde er mit mir auf dem Arm Richtung Auto sprinten. „Im Eiltempo nach Hause."

„Ja." Ich schlang die Arme um seinen Hals und schloss einen Moment lang die Augen, während ich seinen Duft, seine Wärme, seine Liebe einatmete. „Auf nach Little Goldcoast."

Little Goldcoast war nicht nur ein kleines Küstenstädtchen mit netten Bewohnern, einer uneben gepflasterten Straße und einem süßen, gut besuchten Diner mit *Gilmore Girls*-Flair, für das wir inzwischen zwei Angestellte benötigten. Es war unendlich viel mehr als das: Es war ein Zuhause. Eine eigene kleine Welt voller guter Herzen, in der die Zeit in ihrem eigenen Tempo verstrich. Ein Ort, an dem Seelen sich trafen, um den Rest ihres Lebens miteinander zu verbringen. Little Goldcoast war der heiße Kakao nach einem langen, kalten Herbstspaziergang und die Hand, die sich hilfreich entgegenstreckte, wenn man gefallen war und nicht mehr selbst aufstehen konnte. Ein Ort der Liebe. In Little Goldcoast hatte ich meine Kindheit verbracht und meine große Liebe gefunden. Es gab keinen Ort auf dieser Welt, den ich lieber als mein Zuhause bezeichnen würde.

Playlist

A Case Of You – Joni Mitchell

My Wish – Rascal Flatts

Dancing On My Own – Calum Scott

I Thought I Lost You – Miley Cyrus & John Travolta

Ayo Technology – Milow

What If I'm Right – Sandi Thom

Gimme Love – Sia

I Just Want To Love You – The Strange Familiar